U0104239

意識・20

陳嘉英　編著

目　錄

自景美，走出一條文學之路

　　欣聞三樂國文組同學，將三年辛苦的成果，彙編成作品集，令人好期待。三年前我們一起懷著忐忑的心進入景美女中，一起赴北京尋幽訪勝，一起到南投「聽見原鄉的聲音」。一千多個日子，我們在一起美得像一首詩，清麗又典雅，像一篇散文，雋永又豐富的校園中，共看晨曦，共數星星。看著妳們從青澀害羞的小高一，蛻變成亭亭玉立、自信成熟的尋夢少女。更令人驚艷的是嘉英老師的細心引領啓發下，妳們相偕進入國文的宮牆，從奠基句讀，拾級而上，學習「鍊字、鍛句、裁章、謀篇」等技巧，而在字詞的理解運用、遣詞用字、詞氣、文氣也自有領略。同時透過專題研究，由許多專家學者帶領大家在思路的啓發、義理的探討上，日起有功不斷充實，望七寶樓臺而全力砌築。如今筆之所至能如意，也能有物，令人欣喜，從同學們在「台北市青少年文學獎」的輝煌戰果，可見一斑。

　　本作品集分五大部分，乍見這些創意主題，就足令人對這些內容充滿興趣。言爲心聲、文爲心聲，你的尋覓、你的發現、你的領悟，均化爲一頁頁精彩，含英咀華，繽紛悅人，笑意彩繪：新詩，從篇中欣賞詩的節奏、旋律和押韻，發現有音樂之美；分析當中詩節的勻稱、句的均齊，有文字建築之美；而觀察詩中的辭藻，更包含了色彩美和形象美。

　　眞心指令：散文，由內容、風格和主題三方面，呈現出

作者理性思考，感性情緒及個人生活的點滴，文如其人，也是自然心聲的流露。

　　迷霧勾勒：極短篇，這種微型小說，掌篇小說，或一分鐘小說，獨運匠心巧妙轉折，而一意貫串，縱橫全文，更讓人看出同學學以致用，涵泳、體驗、實踐的善果。時空拼貼：小說，同學們天馬行空，小知小道的隨筆文學，心裁別出，點鐵成金，平心靜氣細研文意，在文脈悠悠處，皆能順理成章。

　　文學是不朽的生命，我們讀古往今來的優秀作品，其人雖已沒，千載有餘情，我們依然為之感動、嚮往。而妳們只是十七、八歲左右的少女，創作力已如此豐沛，一筆在手，可以「視通千里」，可以「照澈古今」，借助人生的驚濤駭浪，掀動作品的壯麗璀璨，在筆墨間點點灑灑寄託著天馬行空的追尋。各位，必是未來傑出的作家，在時間的推移中，及時創造每一個當下的永恆。有人說：「文學是真的事實，透過善的思想，運用美的文辭，而達到最偉大的教育效果。」希望大家柔軟晶瑩的性靈，在文學的洗禮中保持清新，永遠靈性可掬，祝福妳們，人生有文學為伴真好！

　　　　　　　　　景美女中校長　林麗華

話說樂在其中的創舉

　　這個樂班，總是讓人印象深刻。

　　為了因應少子化，學校配合政府的政策，減了兩個班，她們成了景女的樂班末代；為了發展語文、文化及創意教學，學校將語文實驗班改制為語文資優班，語文班不再實驗了，她們成了語文實驗班的最後一屆。

　　在她們奇幻的學習旅程中，學校在她們身上又做了許多的第一次：第一次帶領學生在學期中出國交流、第一次走入原鄉做服務學習、第一次參加台北青少年文學獎而獲獎連連、第一次利用正課時間，安排完整的專題課程，邀請學者專家到校作系列演講、第一次辦理文學月活動，讓同學在短時間內，濡沐在多位頂級作家的睿智風範之中。諸此活動，不單成為景美女中的學校特色，也成為爾後辦理類似活動的典範。

　　這一切成果，除卻校長及師長們為理想而不計付出的熱情，讓所走的每一步都是一個突破，更重要的是這群既聰明又有創意，既體貼而又可愛的女孩們所激發出萬丈光芒。

　　這本作品集，就是她們發熱發光的最好明證，無論是新詩或散文，都是她們青春無限的印記；每篇小說或極短篇，紀錄的也是她們在探索與成長中的種種歷程。其中，最難得的是大多數的作品，都是她們參加各項比賽中獲得肯定的佳作，有這樣一個獲獎無數的班級，能不叫人稱快？

　　翻閱著她們的作品，一個個活潑的身影浮現躍然紙上，畢業以後偶爾回到學校閒話家常，看著她們神采飛揚高談闊論的樣子，彷彿每個人都是可以氣吐干雲，力挺山河，彷彿每個人都有一個出類拔萃的未來。

　　這本集子，讓她們再次聚首，也期待能成為她們的另一個開始，每個人都走出自己的道路，向著快樂與美滿的方向前進。

教務主任　吳粦輝

2010 於景美

繼　續

　　我以為學生畢業了！

　　但是，當我知道他們仍和高中一樣繼續堅持自己的理想，甚至於還築夢，努力把夢想實現時，我莫名感動！

　　當其他女孩子刷起睫毛膏，在派對裡吶喊青春時，我的學生們搖著筆桿，在字裡行間吶喊他們的理想。

　　好勇敢的女孩！

　　要特別感謝嘉英老師。即使學生畢業了，嘉英老師仍不辭辛勞指導學生創作。如果沒有嘉英老師，她們的夢想也許在畢業時就停頓了！一隻蠟燭要燃燒，需要有火苗，而嘉英老師就是點燃他們夢想的火種。

　　原來，畢業了，只是逗點而不是句點，一切尚在繼續，筆依然振奮，年輕的脈搏有力地振動。這些年輕的女孩子在畢業後，人生繼續遠大光明！

導師　施惠文

2010

文字，箋註青春

　　對於每一位進入語文班的人而言，都是因爲聽見自己內心的呼喚而做出這樣的選擇。源於這份改變的動機，投入的熱情與好奇的想法，我們不但走入時光雕琢的北京，以文字鐫刻站在歷史場域閱讀現代光影的汩汩感動；深入布農族的原鄉，以其作爲認知的戲場，敘寫文化脈絡、儀式意義的深度。同時在建築電影充滿故事風采的情節探詢，到神秘幽微的新詩、驚豔奇異的小說趕赴一場場繁盛美景。

　　文學是一個沉靜的思慮空間，如同葉慈所說的，是自我與靈魂的對話。詩歌朗誦、簡媜及鍾怡雯文學月、台北市青少年文學獎、金陵女中文藝獎……，點點滴滴的個人獨奏，章章節節小組的合鳴，編織我們的青春故事，如冠冕般在心底閃爍輝煌的樂譜。

　　王爾德說：「每一位門徒都會從大師身上拿走一點東西。」在共同專題裡，來自各方的專家學者以寬闊的氣度與學養，就文化、文學與創新，撞擊創作視野，激盪詮釋密度，藉以提高閱讀與書寫的眼光。專題研究裡，我們幸運地擁有一個自足的世界，興奮地隨著作品穿過經驗的河流，體味靈魂孤獨的騷動，聽見思想深沉的聲音。在這個自在的世界裡，我們投入閱讀豐腴的縱深，以熠熠發光的魂魄在文學無邪的漫遊間，朗誦生命的質感，進而探究書寫視角與書寫者企圖，於多重的聲譜間尋求意義的思維，成就論文研究。

我們也用紀錄片說故事，將所做的事看成對生命的學習。欣見這二十位女孩在這段融入人文的血脈流動裡，學到最寶貴的東西，就是文學上的使命感和權威感，一種想在活動與創作、研究與生活的地圖上，各騁其妍建立地標，各躞蹀於一方風采的夢想。

　　入夜的景美，桂花香在月光裡低唱，寧靜的校園宛如一首欲言又止的詩歌，在椰子樹搖曳的風韻間緩緩流動。拉長的葉影投射在語文班潔淨而透明的窗櫺上，涓涓細流的一千多個日子，是生命最清醒的鈐印，也是青春最感動的歌曲。

　　意識・20，留駐這麼一張可供辨識的星圖，做為在我們空間與時間旅行的見證。

陳嘉英 2010秋時

停　格

　　無論三年之後各自擅長或習慣或經歷什麼，所有用文字堆砌起來的一切都只和個人意識相關。

　　其實硬是把這本書和書名冠上一個什麼輝煌證明或深遠期許，實在是一種不道德且勞心傷肝的事情。二十個人的風格迥異，總整成一本無法歸納，層疊喧擾安靜，高昂幽暗纏繞的文字網，只好如此概括為二十條比雙螺旋去氧核醣核酸所能顯現出的徵狀更加難以形容的意識流。

　　顯性基因僅僅是文章所標榜實際上已無關緊要的獎項紀錄，紙張纖維之後，暗流般思維才真正可堪處理重置：將早已熟悉各樣風格架構置入分類當中，編碼，排序。三年來形成或舊有的各種習性在幾百頁紙張中壓縮，成為某些不停歇播放的影像。眾人過往的畫外獨白在某個句讀分節，某一次可能的書頁翻動間於現今時日低迴，錯位的聲畫安排暗示了曾身處現場的人們現在景況原由的意義。

　　想像當獨自身處人潮洶湧街頭，往來紛雜的眾人實乃瞬間停滯的影格。或長或短人生光景截至眼前造就的形象經過，引起些許微瀾或否，比如所有文章所凝練再由某些人所領會出或嘲笑起的。然二十四分之一秒後，眾影格交錯，前行或後退、繼續於公轉軸中演映。

　　幾個月，乃至更久之後的某些時刻，我們在異常喧鬧或者慘澹的時刻中，突然想起過去共有的刺眼陽光和椰子葉。

各自正行走的道路上缺少了一種草的味道。而脫離城市，通往獨立世界的大門我們已永遠失去；如同進入拱門之前我們各自懷抱的某些片段，靜待召喚。

　　等待被研究的主題重新歸來，記錄影像中的迴旋梯亦總有其終點。步出時空的瞬間其亦已被凝結，將改變的只會是我們。而一本容納下二十人已被剝離於現實且無法被他人見證的記憶或意識，任何人無從置喙，即使已與當事人不斷被重複播放加工重置的片段不相符合。

　　原初的記憶只能孤獨停留在原始案發現場打轉。

　　自白，亦保留於此。

王喬

笑意彩繪

〔新詩〕

筆跡如貓掌輕微
遊走在文字與文字之間
思緒消失之前悄悄留下一抹微笑
——那如詩意般的形狀

石之等待

吳昱嫻

2008年第九屆金陵文藝獎新詩組第二名

天地甦醒　新世燒灼
於滾燙中浮沈　大雨傾盆
誕生之際　命定逐流

我於滔滔江水中滾動
熱諷浪濤不可一世的怒吼
我於灼灼火山口蹲坐
冷嘲紅漿急不可耐的竄動

我逐內心的流卻隨外在的波
我尋找心靈烏托邦
即使深知　桃花源
也不過人類紙上的墨跡

浪花洗滌我的銳　風塵舔舐
世界容我之處愈加縮小
千年的滾動
當下的殞落

當我在無盡的曠野中
望向過去　望向未來

望向千年我走過的足跡
思索這一路的堅持
孤獨　與等待
剩下的　僅是烏有

嘆息已沙啞
流淚已乾竭
理想始終
都不存於世界的名單
流浪千年　只爲
等一點紙上的墨痕
等一抹古今的幻影
一切　盡在風中沒落

筆下的心底波瀾

這是首很眞實的詩，也很是首很虛僞的詩。

最眞誠的形容詞，往往最痛。

一晚酣眠總有幾次的惡夢，總盼望在黎明時忘記。

曾以爲自己是特別的，深信能在芸芸眾生之中找到伯牙、子期。每天每天，因此活在灰色的尋找中，活在灰色的陽光與月光下。

眞實與虛無僅僅一面之間，天才與蠢才單單一線之隔。

不管黑夜多麼深沈，多麼無盡，霍然乍現的曙光總會帶來灑滿一身的燦爛陽光。

也許那時我們才能從自己的牢籠中清醒。

清醒，才發現昨夜哭著睡去的自己有多麼可悲。

眼下的心底波瀾

石之土拙，來自樸真；石之硬氣，因爲執著。

總要經過那麼一段自以爲風雨都懂，悲歡都懂的青澀年華，才願意舉目，願意解讀人間矛盾的背後，那小我的糾結。

人生，總是要這麼一遭的。

其實，淚是自己爲難了自己；嘆是自己委屈了自己。世間原本天朗風清，孤獨之，等待之，但將凡事化做水，去涉渡，此外，無語可替。

人啊！不要爲難自己！

昱嫻走得很感性，我也曾如此。而今回首，不禁啞然，笑看人生，盡是珍惜！

樸真的土拙，執著的硬氣，到後來，會淡去……

青春，真好！（劉美華師）

Two of Bar

吳昱嫻

《之一》

領帶蒙住了靈魂的眼。一整天。
黑色多麼沈重。套在身上。無月的夜。
慕絲倦了。風一吹便尷尬了瞌睡的髮。
好亮的星啊。小巷裡。
在嘈雜的霓虹中睜眼。

木門上的鈴已經睡了，夢囈叮叮。
一片朦朧，音響吞吐 BOSSANOVA 的煙燻。
你睏，拿起 MENU 更睏。世界恍惚。
親吻血腥瑪莉的手，與教父共飲。
豪邁灌下一整支螺絲起子，捏捏自己的臉。
想著金色的夢何時醒，墨西哥的日出何時來臨。

身旁的女人啜飲著單身的紅，柔軟的捲髮鈴鈴的笑。
沒有電話號碼。不坦白的黑絲襪。
沒有紙筆。酒漬游離於紙巾。

我住對面的飯店。那髮扭動款款弧度。
再一杯？酒保拿走你空了魂的殼。

你微笑。

今晚眞是個美麗的夜。

《之二》

歡迎光臨　先生

要特調一曲　或是忘情一舞

淺嚐回甘　還是深品燃燒

想與夜共舞嗎　先生

舞池已客滿了　火花成圈

伏特加與龍蛇蘭迷醉了周圍晚歸的星

深夜寧靜似酒　先生

再一杯馬丁尼　先生

與女王共舞　而後環遊世界　先生

是否　還能在銀河邊的海灘　舉杯晚風

晚風沒有歸途　先生　一如來時沒有跫音

相聚即是離去　先生　萍水同於廝磨耳鬢

這裡不需語言　先生　只有揮灑濃烈無盡

在離別時相識　先生　留下燃燒的

醉

附註：舞動女王、環遊世界、性感海灘、血腥瑪莉、教
父、螺絲起子、金色的夢、墨西哥日出皆爲調酒名

筆下的心底波瀾

我曾等待一個夢。

那是一個成長的夢。一道界線。一聲宣告。一種證明。

當我終於握緊證明，喊出宣告，跨過界線，觸碰夢。

卻發現，十八年來等待的，僅是一瞬。

我不懂細品，閉氣猛灌。皺著臉，齒舌間只有苦。

世云，忍受一瞬苦澀，等待永恆回甘。

原來，那夢。

自始至終，都是一種等待。

眼下的心底波瀾

《Two of Bar》是一篇會使人沉醉其中的作品。

像喝醉酒的氤氳，飄著淡淡的酒精味，一下濃烈，一下陶醉。詩中的燈光是昏暗的，一杯杯溫涇、冰冷的濃烈，彷彿真的觸碰雙唇，便會跟著馬丁尼一起醉臥。

舉杯晚風，帶著一些頹廢。

整篇作品，主軸雖然聲色，卻又瀟灑。坐上吧檯，代表準備將一整晚獻給酒保，任他用不同腥烈的調酒潑灑臉龐。發燙的雙頰是歷練所留下的痕跡。

赫然別過頭，旁邊坐著的是教父。

一個帶有脂粉味的女人走了過來，教父說：「瑪莉，帶他走吧。他醉了。」（教父）

湛藍
陸思妤

2007年第一屆台北市青少年文學獎新詩初選入選作品

藍藍的風吹過我髮梢

帶走了孤獨的分岔

白白的風吹起了我衣角

我把寂寞慢慢塞進了背包

伴著愛琴海的暖暖夕陽

喀嚓　用瞳孔拍下

雪白的建築

蔚藍的街道

夢幻又真實

坐在小巷尾端

大鬍子爺爺

吐了吐灰白的煙圈

向我揮了揮手

我才發現

他蘇格拉底般的氣質

一旁的黑貓

也入鏡了

喀嚓　心房裡的底片又少了一張

湛藍的樓梯上

衣服海藍的小女孩
朝我投了笑容和眼神
我的臉頰悄悄地
多了一絲柔嫩
多了一絲濕潤
喀嚓　嗯──心肌忙著捲片

信箱裡
缺氧的頭髮
發霉的寂寞
甜甜的唇印
三張明信片
靜靜的熟睡著
等著不捨回家的我

筆下的心底波瀾

　　我的心遺留在愛琴海，我吃飯時看它，如廁也看，睡前再看，失眠時更理所當然地看。

　　書角都油了，書皮都暗了，書脊都皺了，我怎麼還沒到愛琴海？

瘦紅

許甯

2008年第二屆台北青少年文學獎新詩初選入選作品

西風捲簾時
海棠花正顫抖
望遠的眼底
堆疊滿地的黃花
西樓之上
簾兒底下
芳草接天涯的那細細一線
牽起妳的思戀
雲鬢就這麼化為雪鬢
如金石上的鏤刻

夜燭下與妳背書對飲
無計可消之情
在殘酒未消的秋
灑上封皮落進書頁流過封底滲透妳的
夢，如見故人
熟悉氣息吹拂點點墨跡飛散
在良宵淡月裡冷冷　清清
妳執起手的疏影
約定一種相思

親愛的易安呀，我說
舴艋舟載不動的愁
就讓它沉沒
讓它伴著回憶寂靜

孤雁徘徊月下
那影子
縮得比黃花還瘦
深深庭院斜簪著梧桐
昨夜的驟風疏雨凝在妳的眉梢
才落下，卻又流上心頭
從心底奏出一闋又一闋詞
歌詠

在那樣的朝代那樣的
愁
親愛的易安呀
時間煨燼，妳是
肥綠中的一點瘦紅

筆下的心底波瀾 ✏

在所有詞家中，我最喜歡李清照，不僅源於她在男性文學史中成爲唯一而喜歡，還有更深一層的感覺，也許是敬意吧。

嘗試把李清照的經典詞句重組加工，加上自己的想法完成了這首〈瘦紅〉，是我想對她說的耳語——換個觀點，一切都會那麼不同。

眼下的心底波瀾

把李清照的詞重新組合，有計畫的放置，組成了新的圖案，不僅爲百年前的創作加上清新的調味料，也讓簡潔的詞，變成 MV 畫面式地躍於紙上。

李清照苦難的一生，憂愁、思念、寂寥，都在這首詞中有層次的出現。詞的主人，變成被述說的對象。立場角色的改變，使得我不再先入爲主，壓下心中所知道、迫不及待湧現的傳統的李清照形象。換了人稱，換了立場，這首詞有如翻案文學般醒目。

換個角度看李清照，的確大不相同。（林宜蓁）

夏

許寶

2008年第九屆金陵文藝獎首獎作品

鳳凰花閉眼假寐

墨藍色的輕紗朦朧地灑下微涼

熱絡了空氣的是沙沙的

樹林裡流傳的耳語

輕巧的音符

建構了蚱蜢的喧鬧

唧唧向耳蝸深處打起節拍

慫恿著舞步

　　　　　出

　　　　　　　走

螢光流動在水潤的墨綠萍葉上

濃稠的鄉音將五線

編織成　網

網起煩悶又用西瓜子兒栓上

天空漾出淡黃的笑

咯咯笑聲嵌成斗杓

落在荷上的

滾成透明的童謠

聆聽蛙和蟬的嘴，合聲

喧嚷了歡愉的

雙眸　凝視

童年的微笑
牽起
細雨的呼吸

用狂野的步伐旋轉
一曲屬於夏的森巴

筆下的心底波瀾 ✎

這篇作品得到首獎我真的異常驚愕，因為我自覺它還沒有達到最棒的境界，若是未來有時間，筆也沒有鈍的話，我會再修。

感謝評審對這篇作品的肯定，這將會是我繼續提筆，一直寫下去的動力。

對夏夜，我一直有一種想像：唧唧蟬鳴、滿天星斗、無數隻螢火蟲自草叢中飛舞而出、清涼舒適的微風吹拂河面，籠了層輕霧的荷葉……儘管這一切都只是我的想像。從小便在都市生長的我真正看過，而且「記得」的夏也只有螢火蟲而已。

這是對童年的懷念與弔唁，懷念小時候單純美麗的笑容，也弔唁我一逝不回的童年。

眼下的心底波瀾

眼睛　看到了色彩繽紛的畫面
鮮紅、墨藍、深綠、淡青、淺黃……

耳朵聽到了喧鬧歡愉的聲響
樹林沙沙的耳語……
蚱蜢唧唧的吟詠……
螢蟲濃稠的鄉音……
天空咯咯的笑聲……
蛙蟬完美的合唱……
還有，孩童無憂的歌謠

嘴巴　嚐到了西瓜的甘甜
皮膚　感受到了清風的微涼、荷塘的水潤、細雨的呼吸
身體　不自主的跳起了狂野熱情的森巴！

這個「夏」淋漓暢快！
這個「夏」很──感官！（媽媽）

夢遊

許寗

2008年第二屆台北市青少年文學獎新詩佳作

輕輕閉上
水靈的雙眼
做了一個夢

大樓與大樓之間沒有喘息
天空被壓縮嘶啞著救贖
靈魂迷失在
北斗七星隱身的雲翳
霓虹燈燃燒炫目
黑夜如晝
而我深陷街燈的黎明

柏油交錯成巨大迷宮
路標指向四方
道不出夢的走向
回家的地圖遺失在群山陷落的繁華
擁抱總朝著影子的方向
像記憶裡的長巷已典當給時間
餘暉中不過是海市蜃樓
樓所不在前方

背影與背影總是

低聲吟詠著相同的頻率

並在踏過的路徑刻劃著 r-e-p-e-a-t

螢光幕上的姓名早已失聯

親暱都封成了塵埃

每每在捷運邊錯身的陌生

已不只是種風景

在心上刻成浮雕

戒不掉，然後成癮

101究竟是什麼指標

高空的凝視如此冷漠與孤獨

低處的視野不勝寒

泠泠雨下

香水繾綣了空氣

足跡朝著紙醉金迷延伸

而夢，走失

在你的我的他的她的追求之中

淚水失去了原始的溫度

夢遊

踏遍不夜之夜

佐以兩百萬人的夢

評審言 ✏

　　這首詩以夜晚臺北表達年輕人迷失的感覺。第一段是靈魂迷失，第二段是柏油迷失，第三段螢光幕上、網路上的迷失，第四段也是寫101等迷失，最後一段以「踏著不夜之夜，佐以兩百萬人的夢」的句子表達，這氣勢很大。佳作是可以的。（向陽）

筆下的心底波瀾 ✏

　　這次的文學獎和文學營都是很棒的經歷。認識了身處各校卻有相同的興趣的人，在絞盡腦汁的發表中激盪出許多新的想法，在名家的演講中發現與從前迥異的特別觀念。

　　為期一個星期的決選稿寫作，我盡力讓稿子呈現最完整的面貌，對我來說，得獎的肯定比什麼都重要。

眼下的心底波瀾 ✏

　　城市裡喧囂的街道繁忙，路標錯綜，卻道不出夢的走向。時光飛梭，儘管有了指標，指向的卻不是自己所嚮往的，如同夢遊，身體執行的每一個動作，卻不是意識傳達的命令。

　　人行道上糾纏的影子，被時間所牽動著，一日復一日地流連在同樣的路段。記憶中熟悉的名字，在時間中沉澱。有多少人以為自己走向的未來，卻是永無止境的不歸路。（胡耀倫）

鏡

許霽

2008年45屆景青文學獎新詩特優

銀色的刃
一刀分離了裡外
視線與視線的交錯之間
是不同的世界

觸上那面冷銀
看
我們有著一樣的軀體
手的掌紋分毫不差
微勾起的十八度嘴角印刻著相同的笑容
但當我的眼瞳映著雲
你卻如死魚般回應藍天
飄落的細雨沖刷著悲傷
你只歪曲了沒有表情的臉

向左的略影
暈成一團鮮紅
歪歪斜斜地勾勒唇邊的艷麗
深黑的朦朧
往右的邊界漫延消失
黯淡著不平衡的眼眸

吶，誰是眞的呢？
影子抹出相同的黑色調
心沒有跳動的頻率
你是假的
誰是眞的呢？
一味盲從是生存之道
毫無虛假的映照流逝光陰
你是眞的

眞實的我活在虛假裡
獨誦不存在的旋律，然後
淹沒在颯颯風聲
虛假的我活在眞實中
撐起笑容，空洞
終究被謊言所掩蓋

輕撫你我之間的邊界
心上或許有個天秤
在等著被界定
掂一掂
會偏向哪一邊也說不定
指間透骨的寒
裂出一道女媧也補不起的
心碎

筆下的心底波瀾 ✏

愛麗絲在夢遊之後進了鏡子裡探險，那裡的一切都是左右相反的。

誰知道宇宙之中究竟有沒有另一個平行宇宙，存在著另一個和我一模一樣的人？在那裡微笑勾起悲傷，眼淚承載著希望，和我所生活的空間是完全相反。但當我靜靜凝視，卻又覺得如此相似。

是否有一天，擁抱將不再代表愛戀，而是遺忘的序曲？自口中說出的字字句句將不再可信，這世界成了用謊言構築的空間？

總覺得自己已一分為二，似乎怎麼也無法再度拼合……

眼下的心底波瀾

我常會聽到，或想到一些莫名其妙（當然也可以說是很有意思）的大哉問，如：「人活著是為了什麼？」或者，「最後都會死，那麼我們為什麼還要存在？」然後種種結果論者與過程論者的詭辯持續進行，問題也越來越多。

另如：「世界上會存在多少個跟自己一樣的人？」從我現在的位置投影到赤道 $y=0$ 的這個平面上，那個點會在哪裡？（不要跟我說 y 座標是 0）而那個位置的自己，又處在生命中怎樣的定位？

我們常無法用一個很準確的形容詞抓住自己，甚至於完全不了解自己。也許我們是生命中的過客，總有些人的定位

是很模糊的，於是人們試圖從眼前的虛無之中抓出一些永恆，藉以證明自己的存在。但有名字，有形體，有一個處於現在進行式的生活模式，卻活不出自己。

當你發現網誌的標題開始為大考倒數，或是煩惱於社會的種種紛擾時，總想逃脫，或是為自己的盲從而無助，然後開始悲觀地思考這世界是頹廢虛假無意義矯揉造作的；甚至因為跟朋友發生了小口角就對人性絕望，然後開始懷疑之前對你的關心問候都是謊言及表面工夫。

也許人在孤單的時候會想很多，看著一面小鏡子就可以思索解構並同時建構意義，但終究只看到眼前那幅跟自己長得很像的圖樣。

人的世界不是歌劇魅影的場景，女主角看到鏡子，雙腳一踏居然就到了神祕的地方，這不一樣，完全不同的。我們所看到的鏡子反映著所有的事實，它既完整又透徹地告誡我們原本看不見的盲點。人總是畏懼於比自己聰明的東西，鏡子一清二楚你的弱點，鏡裡的人那個人好像完全猜透你的心，漸漸吞噬著原本的理智思緒，你開始思考著自己是否就這樣被替代。

誰是投影？誰是主角？你失去了掌控自己的主權，臣服於它，憂鬱急躁又負面的想法充斥腦袋。

你迷惘了，害怕了。

但你想了又想，它不過是面鏡子罷了。（胡乃文）

愛的辯證

許嶧

式一：我到水中尋你

俯視
漩渦之中你浮腫的眼
離水之後慢慢褪色成黑白
慢慢的，冰冷

潰爛的手在腦中紮了根
纏繞於你身軀之上的水草
夜夜將我捆綁
石橋之下灰白的身影
徘徊　等待

水蛇噬咬著理智線
我想你，我
愛你
愛
你

浸水的等待用淚伴隨
我，到水中尋你

式二：橋下

暴風吹起徬徨
殘瓣的玫瑰隨波漂流
愛你的勇氣棄守我的心
羈絆隨著那夜的風狂雨驟一起凋落

我說願為連理枝
握住的手心卻任流水旋散粉碎
不堪一擊的堅定
如不斷灌水的氣球
充了水，腫脹，而後爆破

你現在知道了
我輕踏步伐的鞋聲
撐起黃昏粉嫩夕彩的傘面
是沙漠中的幻影
我也知道了
依舊動聽的山海誓言
銀鈴般清脆的笑靨
不過是由偶像劇拷貝來的贗品

於是我終於了解到
我不過是個演員
並離我橋下的觀眾而去

筆下的心底波瀾

　　情真意摯地愛著一個人，甚至付出性命，這樣的癡情，是傻。然而尾生的情人是怎麼想的？是對愛人的死滿懷歉疚；或是在風雨交加的夜晚發現，她其實愛自己勝過尾生。

　　愛情到最後究竟會變成什麼？到死方盡？或者什麼都不是？

眼下的心底波瀾

　　情人的愛戀是一種強烈的執著，無可自拔的耽溺。許寧把尾生的故事拉到現代裡來，並轉而描寫女子內心。女子是殘酷的，「演員」的真情都是假意。式一中「我到水中尋你」的愛，以前曾經答應過的種種，只不過是看似幸福快樂卻無法實現的虛假。（林怡德）

城的背景

許寗

2009年第三屆台北市青少年文學獎新詩初選入選作品

落地窗將城市透光成背景
似一種易破的
紙張背面輕微的筆跡

小綠人把時間走快
眨眼就顯得比汗水蒸發緩慢
地圖蜷曲
發現路不屬於腳印
方向存在與白色箭號相反的
朝著來處延展的街巷
汗粒落下折射出形狀
不可名狀的呼吸
把空氣皺成瞇著眼的陽光
城的背景蒸騰而上
無關氣溫

遠方天際線顏色被刷淡
灰色的呼吸、潮濕的步伐
肩膀與肩膀沒有時間相互寒暄
只有背影清楚
什麼時候雲會拿起雨滴

灌溉一幢幢水泥
並低聲提醒忙著追逐的手
撐傘
小歇
以茫茫的城做為背景
於傘骨背邊題上期待彩虹之類的字眼

若城市身後便是背景，如同
背景包含城市
那麼在玻璃反光的那個角度
必須將其素描
成一個半透明筆跡
在瞳孔底部
（或者該說如幻燈片般清淡
這一瞬的存在）
用樓與樓之間破碎的光線
用行人崎嶇的影子
用失重的詩

筆下的心底波瀾

　　當凝神觀看窗外的城市，焦點以外的一切都顯得模糊。妳忘我而至失神，城市便成了妳思緒的背景。離自身極近而又遠離的光影，晴、雨、人、景交錯迷離，搬演城市的所有細節。

開啓一種片段畫面的跳躍式剪接，像一部連貫又不連貫的電影。

我委身在城市之中卻視城爲變動的背景，相處以一種相互依存的表演夥伴關係。已經無法更動也不願改變的模式，重複無趣卻無法不斷用文字記錄瞬間。

死水般的依存生態，但這就是我與我眼中我的城市。

失眠

許寗

2009年第三屆台北市青少年文學獎新詩佳作

秒針走啞
咖啡因漂染整個房間
寂靜是隱匿的海綿
不斷吸水膨脹並將我擠壓
時間停格在有限的氧氣裡
開始沉澱
開始扭曲凝結

枕上一對眼瞳血紅失焦
不甘心地滋養夜影
當翻身的形狀被記憶進鏡面的右邊
耳蝸無限擴大
遠處的秘密低聲喧鬧
一種竊竊私語的集體逐漸腫脹
潛意識過量超載
交錯的思緒不斷發酵
釀一室濃稠的煩躁

一床夢境
隨愛麗絲的足跡徘徊
用透明的步伐迂迴仙境

忘了折返的座標

也許跌進潘朵拉的盒子

緩緩剝落或

窒息

鎖成夜晚塵封的秘密

也許被摺疊

並夾在書頁裡被壓扁，被

遺失如多年前

不小心抖落塵封的古籍裡一朵泛黃的牡丹

於是在破曉之前

身體決定旋轉最後三圈

並承認成為一尾以月色晾曬

無法闔眼的魚

擱淺在床褥縐摺之間

筆下的心底波瀾 ✏

　　夜裡在床鋪上翻滾扭動，儘管極端疲累卻無法闔眼入夢。感官莫名敏銳，任何動靜聲響皆被顯微，擴大的體積擠壓睡眠的生存空間。突然覺得自身如一尾離水魚，夢境是泅泳的水域，而我擱淺在床褥之間，面對時間與黑眼圈無能為力。

近況

賴怡安

你如何能懂得我的寂寞
當我獨自站在世界的中心
你如何能夠，你如何明白
我心裡想的，又是什麼

庭牆裡的花與藤傾圮了
窗台上的盆景怎能活著
死神來到我的床前
鐮刀上的星斗
是我所能掇取的
然後跟隨著月亮
俯視大地的冷與沉默

我以為我很快樂
並且懷抱許多的夢想
我以為是完美的人格
寬恕與包容，汎愛眾
也清楚自己為什麼活著
覺得這樣的人生
充實　美好

然而痛不會渾然不覺

在冷濕的病房裡
拔除所有的藥劑與點滴
深灰且斑駁的天花板
跳動的曲線漸漸平緩
所有的情感都已離我遠去
就如同那些通訊錄裡的名字
在我被世界遺棄的同時
它們，也遺棄了我
寂寞的恐懼就像蟻群
四面八方的湧來我的四周

冬天去了，春天又來
今年不能上山看花
於是明年我就在那等
讓長成墓碑的臉朝著陽光
櫻花的香氣就一瓣一瓣的
掉落在
我隆起且
長滿草的
背上

筆下的心底波瀾

美術老師說，梵谷跟一般精神病患的差別，就是在於他會畫畫。

或許我也是精神病，唯一的差別在於我很幸運的會用淺顯的字表達淺陋的自己，一點一滴，暴露我的瘋狂。

眼下的心底波瀾

讀完這首詩怎麼會有共鳴的感覺？

像一個喃喃自語的人在傾訴他的寂寞，向世界沒有人存在的角落述說他的孤獨。

整首詩漫著淡淡的哀傷，輕柔卻深刻。

一個被視為精神病患的天才，有常人不懂的心情。

是他跟不上世界？還是因為他超越的當下，卻無法被守舊的人接受？受苦難沉重的壓力扭曲天才。

精神病與天才的一線之隔，就像棺木與墓草，黃土下掩蓋的，是死神帶來的解脫？

墳上草青青，向著陽光，梵谷是否快樂？（林宜蓁）

屋簷日記

賴怡安

2006北投健康城市繪畫暨新詩比賽佳作

落日臥倒於河水出海的溼地
我啣著精挑細選的乾草與軟泥
飛往靜巷裡的屋簷下遮蔽
微風喃喃的言說小鎮的向晚
偶爾我也會想起一些遺失的日子
如雪花般散落於季節的邊緣
西伯利亞，一個穿著靴子的人
手執生存的長鞭，驚動了安然收摺的
羽翼，穿梭於月曆的空隙　飛起又滑落
如同季節的花落入生命循環的懷抱

南風自異地吹來　一陣隱微的鄉愁
在海上漂泊的夜，我以此尋找方向
是一塊倒懸的玉，是流洩於浪上的蜜蠟
以我小而無力的足緊緊扣著生活的下一段

夏天的晨露餵養著蟲子，蟲子餵養著我的夏天
精湛絕美地翱翔在你狹小的視窗
我用我的翅膀告訴你天地有多大
同時也藏了一塊在我泥造的小屋
藏了一塊澄淨的美好扉頁

理由是企圖忘卻嚴冬灰濛濛的天

這裡的春天沒有最後一頁
地磁再強　也敵不過迷途與遺忘
我想我仍會告訴寶寶，一個關於大雪的故事
大雪，儼然成為只是口耳相傳的故事

筆下的心底波瀾 ✏

　　高中常經過的三合街上，有很多燕子巢，有最常見的家燕，還有巢的形狀很特別的赤腰燕，牠們有些是飄洋過海來的，有些是世居於此。聽說南飛到異地過冬的燕子，都會記得自己築的巢，但日子一年一年過，不知道住在這裡的，還是去年來的那一家燕子嗎？

眼下的心底波瀾

　　燕子比較不怕人，相反地，牠們的生活空間與人接近。初夏的早晨，常見燕子的穿梭在屋簷、騎樓，雛鳥探頭，鳥爸鳥媽凌空、俐落翻身的獵食、展演空氣的藝術。人們相信俏皮的燕子能帶來福氣，多數住家、店家會為屋簷下的燕子保留居住空間，同時為了維持自己住處的清潔，燕巢下方通常會有紙板木板阻擋鳥糞掉落。（曾馨儀）

倔強

賴怡安

2008年第九屆金陵女中文藝獎新詩佳作

風吹走的回憶　恰似斷了線的風箏
我的手裡　只剩一端透明的倔強
凝視著寂寞的水氣
微風拂著一片　只有我的草原

命運甩開了我們
於是開始　漂泊在光與影的幻想
教室那扇不上鎖的窗
等待，在走廊的盡頭被拉長
拉成一絡甜甜的麥芽糖
青春就躲在陰涼的地方
釋放潮濕的味蕾
偷偷地　舔著琥珀色的陽光
歲月的蟻群也不停襲來
一趟復一趟地帶走
悸動遺留的巧克力屑
還有嘴邊的最後一滴
蘋果汁的味道

縱使心裡明白
所有的童話終將走向崩壞

卻仍止不住，行雲流水
寫下一頁頁　註定的寂寞

筆下的心底波瀾

事情總在猶豫之後煙消雲散，惆悵之後像隔夜的菜湯，只有像我這種消失了靈感的人才能一直老調重彈。

當旅途過去了數年只剩下票根，隨著日子的過去，所有的人啊事啊物啊景啊都不是原本的樣子了，並不是被時光輾碎，而是我們都回不去了。（怡安）

眼下的心底波瀾

風箏飛遠了，卻不願放開最後的堅持；遙望天空，但天空裡沒有任何飛翔。一幕幕畫面重複播映著：同樣的夏日午後，同樣的電話聲響，同樣的夢的迴旋，同樣的淚，也同樣的在尖叫驚醒。

多希望夢裡的花海仍然艷麗，而不是凋萎枯零的落瓣。

電話那頭的和聲悄悄抓住了心弦的共鳴，如歌的旋律使我陷入設計精準的無限循環，無奈的語氣縈繞在耳邊低訴這個故事，連最後一點回憶也緊抓著思緒不放。

水界

賴怡安

搶在秒針移動前
呼嘯而過
路人站成了荒島上的石像
而風不動聲色　樹葉輕輕擺動
此刻的心是一張
拉滿弦的弓

夜半　漁火稀稀落落
月光燒著尋夢的路上
而漩渦在深處轉著
在水界下仰望曖昧的天
星辰張牙舞爪
我是一條溯迴的魚
無意跳進倒映的你的眼中

遠山染成朦朧的綠
粉蝶的黃卻在眼底透明
氣息　圍成無邊的流刺網

指尖輕觸的肌膚滲出了水
慾望是隻深黑色的蜘蛛
在眼裡結成鮮紅的網

不是血，蜘蛛也沒有眼淚

是不可接受的凝視
未必能跨越雷的巨柵
闖入你的窗扉
羽　何曾是你能緊握的我？

天地一片寂靜
縱身躍入思念的泥淖
墮落　我身的殘影
在水與空的交界
激起　一陣破碎的浪花

筆下的心底波瀾

　　那年暑假下午，我和同學頂著大太陽，去淡水找一間書店。汗濕了背，他好心地幫我背包包、拿雨傘。回程的路上，寫了這首詩送他，他嚇了一大跳，那神情就像櫥窗前的女人看著鑽戒一樣。

　　這是描述與自己眼裡的蘋果走在一起的感覺，描述心底的慾望、緊張而混亂的意象。

眼下的心底波瀾

　　不斷出現的意境描繪在我的腦海中魚貫出現，像是在一條長而沒有盡頭的畫廊走著，漫無目的地隨意瀏覽，卻總是被每一幅靜物畫所吸引。

　　在這些靜物畫中，每一幅都有自己的風格與色彩，黑與深藍交織著夜，鮮紅和銀灰，清澈的湖底沉澱著感覺。

　　天地真的是一片寂靜，心裡再大的衝突也沒有聲音。

（連捷）

意識·20

航

謝容之

2008年第二屆台北青少年文學獎新詩初選入選作品

只是一個下午的悠閒
陽光們都很安靜　很乖
有些斑駁　有些城市的
咖啡
也只是三合一
角落裡
老老的唱盤老老的唱：

　　　I am sailing…

　　cross the sea…

老唱盤
旋轉　　旋轉　　旋轉
我的聲帶也慢慢被捲進去
一個鹹鹹的漩渦
忽然遠方左耳湧起
深藍潮汐
貝殼不屑傾聽那段
帶有腥味的旋律

吉他載著小船
薄薄結霜的四根弦上

42

搖呀搖槳叮叮噹噹
我的耳朵突然有點發癢
逕自鑽出一些
大海詩篇的意象

於是海草開始劇烈繁殖
螃蟹緊接著嘶吼歌唱
最後海鳥一躍而起
張開手臂張成翅膀──

噢，如果自由也像一隻海鳥
牠曾輕輕落下
在某個午後迎風的船舷上……

筆下的心底波瀾

Rod Stewart有一首歌叫 *Sailing*。

就是它。

這首詩寫一個人被唱片機捲進去，跑到大海裡的故事。
我寫得滿快樂的，因為海裡面的意象很多，魚蝦水草跑來跑去。

眼下的心底波瀾

拎著長湯匙的手指叮叮噹噹的繞著咖啡泡泡，腦袋身體

卻突然闖進洛・史都華 Sailing 歌詞的景象裡，老老的有點
斑駁掉色的樣子，迂迴的唱著 I am sailing……。（侯奕宇）

汪洋城市

謝容之

2008年第二屆台北市青少年文學獎新詩佳作

小時我以為

生活的台北是一座海洋

台北人的秘密

藍得跟大海一樣……

海鳥啣起一日的開始

人們似海盜般搏鬥廝殺

並且歡愉得吃下

50元的滷肉便當

附上一杯蛋汁

打翻成金黃波浪

水草裡暗藏我們

嗷嗷待哺的慾望

傍晚洋流捎來消息

車群如鮭魚迴游產卵

產下一股甜腥的焦慮

像是我夢中那美麗的的暴風雨……

長大後我終於明白

生活的台北只是只巨大的水族箱

被現實的細線釣起

我的那條金魚

腹中藏了太多的謊……

筆下的心底波瀾

我發現自己無意間就寫了很多關於海啊，魚啊的詩。

眼下的心底波瀾

我認識了一個一定得有放風時間的人，有束縛她就開心不起來。封起海洋的玻璃，將會被她所建造的造船所撐破，撐出艘能切破現實水族箱和細線之下，吹海風一輩子的海洋。

小龍珠她真的放風，也收風。（張繼尹）

如果可以

謝容之

如果可以
請在書桌上鋪些芒草
讓陶淵明跟所有的陶罐們
都排排坐好
然後數到三
鑽進被窩一起睡覺
我呢
就可以讓鋼筆戴回他的帽子
順便摘下所有的手指
而眼瞼的大袋子
也可以少裝一點討人厭的硬石子

如果可以
請把鬧鐘塞進糖果屋的旋律
我便不著急按掉
讓所有的小時候的記憶
都叮叮噹噹作響
反正長大是不透明的
當我們都以為有無限的明天

如果可以
請在書上種滿太陽

燒掉所有的名字
或是那些
關於影子的公式
我就回歸成我
潔白得再不需任何註釋

筆下的心底波瀾

寫後記的時候是中秋節，月餅放在電腦旁邊只吃了一口。

辛樂克颱風過境，外面風雨交加，想到明天還要在大風大雨中去上學就覺得好累，眼睛看電腦看好久也好累。

高三制服繡楨只繡了一件，跟個白痴一樣，也許只是想要把高二冷凍密封保存起來。

眼下的心底波瀾

如果可以

請讓謝容之當上船長，我願意當她的水手，陪她看海看貓。（陸思妤）

魚的出走

謝容之

2007年第一屆台北青少年文學獎新詩初選入選作品

思緒
是一條魚
悄悄的
游離我頸上的玻璃缸
我知道你絕不甘受限
這世界為你織就的框
你要的是另一片
供你伸展的海洋
休管那一頭蓬亂的水草
只管穿梭在多情的熱帶海域
也許在珊瑚礁處
撞見一尾人魚？

帶著一生的熱情
卻捉弄地配上
一身的逆鱗
多刺而尖銳

我美麗的魚
吐出名為孤獨的泡沫
浮載一片片凋零的詩心……

「同學！上課不要發呆！」

冰冷的魚叉
穿透
我可憐的魚
終究逃不過
被釘死在課本上的宿命

筆下的心底波瀾

寫這首詩時是小高一，寫後記的我已是老高三。

看到自己以前寫的東西會有點尷尬。這首詩敘述有一個人上課時在亂想，出走的思緒化成魚，游出腦袋，這樣的感覺至今依舊。

眼下的心底波瀾

我也要有一條可以用意念操空的魚，牽著牠的鰭，讓牠帶我去世界各地旅行。（Jean）

幾回日夜

謝容之

2009年第46屆景青文學獎新詩佳作

幾回日夜

昇起千萬朵月亮

摔死上萬輪太陽

黃昏雖美

夜卻太冷　太黑

你的眼睛是墓穴

裝著死屍的袋子發著惡臭

蠟黃的臉橫溢著黑蝙蝠的血

當檯燈點起狼煙

醒醒吧

燈光裡吃草的小羊

別忘了書桌可以是沙場

成長的鐵蹄無情的踐踏

壁鐘裡的雙箭磨成一把

最銳利的圓弓

你說：

這是戰場！

我說為什麼而戰呢？

何其崇高的王！

也許有天
理想的血液不再潮汐
那時我便摘些清芬的菊花
放在你蒼白嫩弱的墓前吧
你仍活著
雖然你已死去

筆下的心底波瀾

這應該是目前我寫過最憤世嫉俗的詩了，以後應該不會
再出現這種東西。

反正就是在抱怨。老實說如果我看到別人寫這種東西，
會覺得「又來了又是一個自以為世界要毀滅的青少年」。

然後題目不知道要訂什麼，就自以為是古詩，取最前面
一句。

眼下的心底波瀾

無波，你的湖似鏡。月光下升起氤氳的霧，朝日下飄浮
和煦的風，岸邊柳樹圍了一圈，細碎的笑著。晃著，扭著，
爭什麼先恐什麼後？湖是湖，湖不是智者，風動鳥鳴，微笑
般一池鏡也似的湖緩緩皺了，像一幅畫，水彩抹上計算紙。

世人的心都豢養著麻雀，而你的漣漪震盪在湖底
（OTAYAH）

夢樂園 李佳嬉

舌信吻過的蘋果
發著異光
妳捧著那幅貪婪
狠狠咬下
舌尖　滴落劇毒

妳說
不想看他流浪世界的地平線
不想再等他回來妳的世界
跪在原處那塊聽妳訴說的石
笑得很含蓄，他說
他身上的疤痕就是
他被傷害過的次數
他說……
那溫柔不懂感情為何物的風
只負責提醒妳殘缺的遺忘和
遺忘的殘缺

那尾笑得扭曲的毒蛇
將尖牙湊近
耳邊，他說：
愛情輪迴的單位便是千年
一圈亮晶晶旋轉的木馬

一個隨灰塵翻回伊甸的美夢
妳臥躺在夢與夢的裂縫之中
連笑容都無法擁有

筆下的心底波瀾

一直很想試試創世紀的題材，想聽聽夏娃和毒蛇的聲音。

妄想夏娃摘取罪惡的理由源於她對亞當的愛情；又想，或許每個女人扭曲嘴臉的秘密，都是男人。

像那枚苦笑的石，我不予置評。

眼下的心底波瀾

蛇緊緊糾纏再也回不去的伊甸園，好久好久以前咬下的那一口禁果如今只剩苦澀，妳也不知道自己究竟後不後悔。

回憶積滿厚重的灰，像妳曾經等待的他的容顏，已封成遠古的一抹掠影。妳說他模糊不清的背影已經去了比地平線更遠的世界，像血紅色的夢。妳說你不知道做著同樣的夢是無法跳脫的輪迴，還是另一種對思念的解脫？

也許自始至終最忠誠的只有那一尾蛇，忠誠的向妳吐信──從不間斷地告訴你，計算愛情使用的單位。（許霄）

流亡

李佳嬑

清醒
是為那抹依附在刃面
從此懂得何謂自由的
意念
一頭肆虐的獸
它的軀殼伏在我的頸子邊
在我千年流不盡的血脈裡安睡

星子織羅的網在眼前
灑開一路昏暗的旅途
將屆三更的此刻
夜濃露重，魂牽夢縈
我以為自己做了魏晉之中一縷未竟的夢魂

沒了放紙飲墨的興致
我選擇隱沒成為
天空中一點歸鴻
午時之後死去的指尖
現在重新活過一遍
還是熟悉的五弦琴
還是那曲不肯熄滅的廣陵散
俯仰自得，我心漫遊太玄

像游魚忘了囚錮自己的竹筌
只是我觸不得
那葉半步之內的翠竹

我身已乘風而逝。這個念頭
是一帖劑量最重的寒食散
我的孤寂被一口吞下
啃碎我站立於天地間的腳骨
它跟隨我的髮膚一起融合
水、火
嚴寒，滾燃，然後冷寂……
我還是那一片清涼
窩在魏晉之中
未覺的殘魄
斂起五根弦的風流
我的思緒舞著零亂
垂釣九淵
卻只釣起這片異鄉的夜空
和我所選擇的流亡

筆下的心底波瀾

對嵇康的感情是特殊的。

第一次認識他是在國中的歷史課本，當時只覺得竹林七賢是一群放浪形骸的文人，直到寫論文，才對觸碰到他們孤

傲的心境。

　　他們曾經有過理想，卻無處發揮。

　　那一夜，我寫嵇康流亡，近乎直覺地，可以感覺他千年前的血，在我的體內流亡。

眼下的心底波瀾

　　這首詩讓人回到當時的場景，有種淒涼的感覺。

　　嵇康的死亡悲涼而壯麗。因為鍾會進讒言於司馬昭而引來的殺生之禍，他從容赴死。行刑前五弦琴，在指間扣響出讓人為之心碎的廣陵散。

　　「意念　一頭肆虐的獸　它的軀殼伏在我的頸子邊　在我千年流不盡的血脈裡安睡」。寧以死而不苟且偷生，這是嵇康的風骨。在這篇詩中，嵇康做了一場還魂的夢，卻再也回不到魏晉竹林七賢的時代。但我想，時空倒流，嵇康的命運會有什麼改變呢？要是嵇康當時應了鍾會的心意，結局不會如此，但，這就不是嵇康了。

　　縱使在刀刃下瓦解，桀驁不屈的精神仍是一股在那個動盪不安，人心不安時的清流，這是他的選擇，但也注定了孤寂的宿命。

　　嵇康已逝，他的魂，他的魄依然在，在意念和現實間流亡。（林怡德）

征三部曲

林郁馨

長風幾萬里，蒼茫雲海間

負手迎風
氈房牲口　紫騮英健
睆睆然在瞳目之中
萬里天涯盡是左衽的亡命狂人

幾番長風舞沙奪聲震天
眼裡映著殺戮的殘忍
血脈淌著坐享一切的渴求
敢問
懂得立國的綱常倫理麼？
曉得治國的神聖使命麼？

吾等生不同道　不相為謀
以此蜓城為界
「千古萬古消兵甲」

黃沙百戰穿金甲，不破樓蘭終不還

說什麼漢蕃聯姻，永結同心
只聞公主幽怨琵琶哀
說什麼人生樂在相知心
只見昔為匣中玉，今為糞上英

說什麼大唐天威震天下
空見絲路葡萄入漢家

魁魋諸夷啊，且勿矜誇
漢家大將西出帥
五千銳騎，十萬雄師
半卷紅旗出轅門
滿地碎石蹭蹬如吼
風頭如刀面如割
將軍金甲夜不脫
鐵戟暈渲殘絕血
矢交墜兮士爭先

走馬西來歸期何
「匈奴未滅，何以為家」
衛我族祚綿長，生死安足道哉

一片孤城萬仞山，月明羌笛戍樓間

風吹邊隅，茂陵塚丘殘陽斜
蹄輕雪盡，燕然山銘迤邐行

明月蒼涼，羌笛嗚咽
來時路的盡頭
斷斷續續傳來孟姜女的悲愴
噙著用血淚編織的勳旗

挖掘，下放，蓋土
纖弱素縞的身影箍著灰碑
刻著：
「到底是戍客
才能領會望邊色的蒼涼
由是征夫
方能解語思歸的苦顏
這一夜
望穿了多少裘袞？」

筆下的心底波瀾

　　這首詩源自讀余光中的詩作，沒想到它所引出的連鎖反應，讓我幾乎無法負荷。

　　過程中六度刪易的慌張失措，那種絞盡腦汁的痛苦，情緒感情無法奔流順暢，下筆時斟字琢句的徬徨猶豫，都讓我認清自己在詩的殿堂前多麼渺小。

眼下的心底波瀾

　　埋首三類科目焦頭爛額的青春，即使腦中盈溢大漠情懷，終是片片跌落在教科書上，似是嘲笑我盲目的背離自己所愛。想起紅樓文藝營裡的那個女孩，一年前的旅程，帶給她的回憶與感動是一年後仍爬上臉頰的紅潤。我乘興的提到，自己將是下一個旅人。沒想到……與素顏的北京擦身而

過，電視機裡輝煌的開幕式粉碎了一半的幽古遐韻，變味的北京，能去哪裡尋回呢？

這篇詩達達的闖進我半哀悼的心情裡，似乎是沒什麼考慮就答應了，因為不想繼續溺在錯過與遺憾裡，為了，自己所愛。

通篇寫一軍之首的責任與心念，沉重抑鬱，尤其末尾似遺言的墓誌銘書出征人的悲涼與傷痛。

莽莽的風沙長城與壯闊的開幕式，展現中國人崇拜的壯美，但凝住一身蒼涼沉顏的長城，哪裡是四個小時的表演能道盡的？（高莘）

冰箱 POST IT

陳怡帆

比薩電話磁鐵

圓形鏢盤上
曬滿血腥紅色肉塊
臉色發綠的
甜椒
躺落一旁早已成焦屍的橄欖
被拼湊成一幅
過度鮮明的
遺照

下面浮著
2882-5252

行事曆

狂妄的主導者
操控它的子民每天
應該出現的位置
號碼
顏色
下面的一整串達文西密碼
總是找不到解碼器

唉
還是明天再完成吧

便條紙

今天不回家吃飯了
媽媽，明天學校日
同學打電話 林德明
星期二晚餐
下午飛機 2:00
2367-0823
鮭魚炒飯
老師說要先交回條
去上海要五天才回家
註；妹妹說他要鮭魚炒飯不要鮭魚
晚上八點以後回電
我放在我的書桌上
媽媽，那我的鮭魚炒飯不要白飯……

造型磁鐵

你是河馬
我是大象
你我失去了尊嚴
只得
隔著一張蠟筆爬過留下的體液
不知道又是他

哪一次分屍的蠟塊

吸附在一個飢餓的無生物上

筆下的心底波瀾

小冰箱上的門面從來就沒有空白過，總是被我貼滿磁鐵，無論是快餐店的訂餐單、美術課畫的抽象畫，或是為了滿足蒐集癖的磁鐵。冰箱在隨時拼貼、改裝之間構成「奇觀」。

刻意以便條的短小簡要形式讓詩可以被貼到冰箱上。第一個POST-IT，是比薩的訂餐磁鐵，以商業包裝的行屍軍團，來寫灑滿橄欖大塊豬肉、血紅番茄和誇張牽絲的比薩餡，至於色彩的渲染，則是諷刺包裝過度。

行事曆是我最喜歡貼在冰箱上的展示品，記錄著想完成卻還未完成的工作，佈滿號碼、不同的顏色，偶爾也會畫個幾張小插圖和簡潔有力的詞語，像是「學校日」、「今天不在家」、「休假」或是「某人生日」之類。

便條紙本來就是一個雜亂無章的記事方式，往往是想到了就貼一張，因此順序會在不經意弄亂，被貼在最下面的反而是最迫切處理的，所以就採用這種寫作方式。

眼下的心底波瀾

自從便條紙發明之後，我們便活在滿天飛的便條中，被

便條上要完成的事情制約。電腦上，冰箱上，廁所門上，書桌上，檯燈上，課本中，筆記簿裡，滿是五顏六色的便條紙，愛心形的正方形的長方形的蘋果形的，花俏得像公關，不知不覺成了與別人溝通的重要工具，地位僅次於發達的MSN。

在這繁忙的社會中，磁鐵，便條紙，廣告標章，行事曆，都是人們加深記憶力的工具。作者在第三段詩中，以擬人的，第三人稱的視角，把我們視為理所當然的磁鐵，幻化成孤零零的生物。

忙忙碌碌的都市中，五顏六色的記憶工具，也一樣忙忙碌碌。散亂的便條紙，在怡帆的解讀下變成俏皮的詩，呈現出忙碌的一天與被制約的人生。（林宜蓁）

真心指令

〔散文〕

字句皆昂首
姿態似乎不可一世
轉身的瞬間
瞥見真心的色調由剪影拉長……

C'est La Vie
—— 青春微醺及回顧

王馳萱

2008年第二屆台北市青少年文學獎散文初選入選作品

> 遠方沒有名字，只有存在
> 遠方沒有地圖，只有方向
> 我將去遠方走走，心是唯一行李
>
> —— 鍾文音・帶著心的行李

生命像一張薄紙，寫滿了昨日的嘆息、今日的喜悅和明日的驚喜，它將成為我們前往理想的藍圖，指引著旅程的方向，走向未知的遠方。

〈巴洛克式起程〉

記憶像風，轉眼就過，歷史的洪流裡打轉的我，試圖為自己留下些什麼。

一再經轉述的仍被繼續轉述著：「你喔，出生的第一天你爸就說你長得跟關公一樣，臉紅得發亮。第二天，你爸又改口了，說你是張飛，嬰兒室裡重量排行的亞軍。第三天才有趣呢，你成了豬八戒，肥頭肥腦的，哪有點女生樣？」

事情就是這樣，誰也沒想到眼前如柳一般風吹就倒的小女生，竟是當年籃裡的3450公克的大塊頭，那是頭上頂著兩根沖天炮、頸上掛滿大紅色塑膠珠子項鍊、口袋裡裝滿了各式娃娃、邁著企鵝搖擺式步伐的小女孩，竟已亭亭玉立。

不過，歷史是不可更改的，一如剛掠過腦邊的思緒只能在紙上再次呈現，思考的瞬間即成了過去，永遠是過去式而不是現在式，我們只能敘寫曾經。

〈看！野獸裡的小東西〉

　　打從精卵相遇的那一刻開始，我的命裡就帶有狂的基因，羊水裡不安分的打轉著，甚至將兩隻小小腿兒擱在母親胸前的肋骨上，倒吊著，嘴裡哼哈著昨夜聽到的愛樂電台。那時候，媽媽心裡該被新生命的喜悅充滿著，慈祥地看著因為我的小腳丫而微凸，見證孕育生命而產生的妊娠紋——一條一條猶如靜脈血絲浮現。

　　野獸派的狂野在我身上發揮得淋漓盡致，喝奶時搖頭晃腦，一夜七次呼天搶地找奶喝，或是在換尿布時來個小童噴泉秀，氣得阿嬤牙癢癢的卻又捨不得還手。

　　一切的一切在眾人的心裡畫下難忘的一頁，然而我只能從微微泛黃的照片，或是大人的口中裡探點端倪。多麼希望擁有時光機能回到過去，好讓我用睫毛剪接每一個美好畫面，放在心裡永遠保存。

〈野獸再現部與青春稍快板〉

　　時間像一枝射出的箭永不回頭，當頭上綁著兩支小沖天炮的小女孩化成長髮披肩、額上開始氾濫青春的大女孩，不再朝思暮想著父親每日回家的時刻，不再是無尾熊黏著父母。

　　羽翼漸豐的她，熱衷於跟蘇東坡一同遊赤壁，和曹操對

飲感嘆欲得賢才而不能；開始關心膚色是否夠白皙，體育課時的陽光是毒辣得使她該待在樹蔭底下，和同學們討論著時下的流行；開始被分數排名的起伏影響，想盡辦法讓自己的成績像底數大於一的指數函數一般──隨著X軸的增加，Y軸遞增的越來越快的向上曲線；開始沉浸在「月光和星子，玫瑰花瓣和雨絲，溫柔和誓言，美夢和纏綿的詩」。一方面嚮往風花雪月的愛情，在轉角遇到白馬王子並有著童話般的結局，或醉神於青春微醺如濃度百分之五的伏特加裡；另一方面，她又開始認清事實，體認社會的無情，以及所有她所該知道的。

　　然而，什麼是她所追求的？是在成績單上填滿「優異」二字的好學生？還是回眸一笑就迷倒眾人的芭比娃娃？或是部落格上的人氣王？或是被眾人所期望、裝飾著，漸漸忘了自己是如何存在著？

　　她回首，開始思考存在的意義，學習自剖，窺探世界的每一個小角落……

〈程式部迴旋〉

　　多年以後的某一日，她將會靜靜的憶起，有關於過去的曾經。也有一天，她會了解到徘徊於變與不變之間的永恆，她將被這麼敘述著：「她曾活過、寫過、愛過。」一如十九世紀的現實主義詩人的墓誌銘一般，活過、寫過、愛過，將如幽谷中的百合，靜靜地開。

筆下的心底波瀾

初選作品C'est La Vie——青春微醺及回顧，成為我生命中的印記，青春十七歲的回望。

文學一如天空之廣大，其實無邏輯可尋，唯有感動是唯一目的。巴金曾言：「我寫作，不是因為有才華，而是因為有感情。」記錄生命間的感動，對我而言是證明存在的方式，也是責任。

眼下的心底波瀾

當年，到嬰兒房看了新生的娃兒。孩子的爹跟我不禁疑惑著：這真的是我們的孩子嗎？怎麼看都不像啊。於是兩人一起問護士：「這不是我們的小孩，是不是你們弄錯了？」護士搖搖頭說：「不可能錯的，很多新手爸媽也反應過類似的問題，我們很小心的，絕對不會弄錯。」

這有什麼辦法呢？誰叫小baby一出生就長得如此壯碩，肥頭胖耳，完全不像兩個瘦巴巴的爹娘呢？

產後返家，娃兒的爹和外婆外出買尿布，我獨自在客廳發呆，或許是意識模糊吧，忽然聽到一聲微弱的貓叫，驚醒了我這做娘的。猛然發現：那不是貓，而是睡在嬰兒床上的小娃娃肚子餓的哀鳴。湊近一看，小嘴巴扁扁的，像是受了委屈呢！於是趕緊手忙腳亂地泡起牛奶來。

一歲左右吧，我把娃娃擺在嬰兒床上，推到廚房的門口，背對著娃兒煮飯。過了一會，外出的爹回來，看到滿嘴

是血的小娃娃正啃著嬰兒床上的木頭圍欄，嚇傻的爹娘趕緊抱著娃娃去醫院急診，再也不敢把娃娃放在小床上做自己的事了。

時光流轉，往日甜美的小女孩變成過去式，現在的「她」亭亭玉立，很有個人見解。爹娘漸有「空氣」的感覺，昔日的小公主不再來身邊撒嬌，接受寵愛，同學、朋友、功課成為她生活重心，感覺愈來愈遠了。

但感嘆雖多，仍為她的成熟、理性、認真感到驕傲。終於，小娃娃長大了，可以出去闖一闖了。

祝福小公主一飛沖天，鵬程萬里。（母親　洪幼玲）

北城之戀

王馳萱

刊登於明道文藝391期，2008年10月

　　陽光以三十度偏角，注入這胭脂盆地，像晶亮的蜜緩緩流入透光的玻璃瓶。這是某個早晨，我聽見島嶼北端屬於她自己的聲音。

　　時光的記憶錄，她緩緩道出過去：

姓名　　台北

生日　　或曰1709年的開墾，或曰1884台北府城建

星座　　具有雙子座的個性多變，又帶著天蠍和射手轉換

　　　　日的才華洋溢

住址　　經度街121巷，緯度弄25號

　　她踏過高速運轉的現代，走進過去的迷宮裡。那是好久好久以前，一個記憶風化、愛恨模糊的年代。那是一個海水鹹澀拍打、半淡半鹹水性貝類的時代，水汪汪的。此時的台北仍是個多愁善感的女孩，漸漸地，她開始茁壯，汪汪淚水匯流成河，奔向海洋。收拾好兒時的玩物，一如父親常用的打火石、母親的骨角器。她大聲宣布，她要出走，揚帆準備啓航。

　　終日望著遠方，海的那端終於有了點消息，「Formosa！」海上的郎兒這樣喊道，叫她如何不心動？然而葡式的浪漫止於遠觀，雖然嘴上奉出了讚嘆，卻只留下了謎樣

的微笑，縱使眼中有著地中海式的燦燦夏陽，卻仍是個匆匆過客。她只好收著愛戀，默默看著他離去。

日一樣地升起落下，星辰一樣閃爍相望，時間洪流裡有衝出了一道波濤洶湧。先是她的姊妹淘有了荷籍男友。

此時的她已亭亭玉立，細柔的秀髮如瀑而下，被人們喻之為丘陵的胸脯日益飽滿。該是時候了，只為一個無怨的青春而展開一場驚天動地的愛戀，邱比特沒有辜負她的期盼，在一春天的晚上，一個月如杏黃披著薄紗的夜晚，西班牙籍的他毫不費力的佔領她的心，並在其上築了小小的城。那是他們愛的印記，磚瓦誓言的絳紅，那不是窗扉緊掩的，而是面朝大海且遼闊的。但──看似人人稱羨的愛情並非表面那麼美好，來自海上的他愛流浪，愛四處探險；她戀家，緊守土地的愛戀。就這樣，愛情的這張網有了破洞，狂風暴雨的試煉下，他們認輸投降。

她極需另一段感情來填補這樣的傷痛，但心裡的小城依舊佇立著那段悲痛。城牆上的磚瓦已斑駁，這時居然出來個意外與驚駭，那來自於姊妹淘的男友，荷籍的他。愛情來得太快，像龍捲風，離不開暴風圈來不及逃走，就這樣陷入漩渦，忘了友誼曾經堅定，忘了過去嘻笑怒罵和摻著星一般璀璨的曾經。荷籍的他精於計算，屬於她的一點一分都在他的掌中，市場採購的一斤一兩，甚至於她的衣、她的鞋、她的香水，都在他的計算之中。她開始懷疑，這樣的男人是真心嗎？難道他對她的好都出自於公式的量化，他對她的溫柔都是為了自己的體面而鋪陳？他要她走出狹隘的框架，開始學習文字、走入教堂，不再是陶瓷娃娃放在玻璃櫃中，僅供觀

賞。她對這些轉變抱著懷疑，難道一定要這麼順從聽命嗎？過去的純樸與小小幸福難道不值得繼續維持嗎？

他開始對她洗腦，他要擁有完完整整的她，他摧毀過去西班牙舊時的回憶堡壘，按著那基地再次重建。他要她看見他對她愛，這次，不再是絳紅，而是微微泛著血色的磚紅。這是段苛刻而傷痕累累的愛情，她打從心底開始懷疑，這樣的延續是否還有意義？

這些不深不淺的愛情，填滿的記憶的缺口，然而日益飽滿的過去卻沒有為她帶來幸福。她開始思索如何踏出屬於她自己的步伐，前往快樂殿堂。

不幸是生命中的狂風暴雨，悲傷是撕心裂肺的深層哽咽。

一場未被完全了解的交易中，她淪落到了日人的手上，她深深得被撕裂，由一個侵入性的港口直達心窩。他是商人是上司，甚至於警察。他握著基因的密碼，強行注入思想，貫穿她的全身。她，在這場交易裡是個陪葬，一個低泣嗚咽的弱者。

他為她加上冠冕，一個名義上的后，她靜坐著不敢吭氣，然而思想沸騰的種子在她心中慢慢發芽。總有那麼一天，這一切會結束的，她相信。

「轟」的一聲，聲響與震撼呈同心圓在整個太平洋擴散。一切都結束了，那一聲，是救贖，是靈魂的釋放。屬於自己的聲音在此刻爆發，像巨石滾入了房間那樣急劇地轟隆，她知道，這是她走出自己生命的轉角，迎向陽光的燦爛。

踩著時代的高跟鞋，她走著，在東區地下街，以高鐵速

度流竄的血液翻騰著，拎著活力的旅行包，故事繼續進行著……

筆下的心底波瀾

寫到了一個地步以後，開始回眸。

我之於文學，文學之於我，文字之於文學，抑或於文學之於文學獎以及我。

友人曾羨慕我加入語文班後，有正當的理由可以繼續寫作，我默默不語。不知道該怎麼回答。

寫作這種事情：Right & Write，屬於青年的，像詩人羅智成所說的：我還處於青春期，我抓住青春的尾巴。

文學是孤獨的道路，而我們一起孤獨。

眼下的心底波瀾

親愛的喵兒馳萱，很開心能在大二幫你寫序言。

北城之戀寫一位奇特身世的美麗女孩，也是我們出生與成長的城市。如果歷史課本有這麼一段敘述引言，相信學童們必然會對台北故事充滿興味；當外來的殖民者變成一個個情郎時，讀者的心必然會緊緊地牽繫在台北這個女孩身上。

文章於「故事繼續進行著……」戛然而止，女孩的蛻變、近年來學生姐妹新北市的誕生、藝文活動與花博妝飾的美麗髮箍……一連串未竟的台北故事，我，可以先預約先睹為快嗎？（吳佳芸）

紅潮來襲

王馳萱

2009年第四十六屆景青文學獎散文佳作

　　十二月明媚晴日，我蜷曲在圖書館裡的一個溫暖角落。

　　陽光在陰鬱的藏青色地毯鋪上了一層溫暖，我把膝蓋搬上了座椅，讓身體折成U字狀，一臉皺折。

　　每個月到了這個時候，所有思緒都倒入了巫婆的湯鍋，攪和、混合，散發出無可奈何的味道，魔法詛咒的濃稠色調。不聽使喚的身體，以撕裂的痛楚抗議我平日的疏忽，拉起布條指責我的不是。

　　一個月一次的失序是上帝對於夏娃偷摘蘋果的懲罰，但為何這樣的痛苦獨讓女人承擔？亞當不也該被烙下分贓的罪名，外加上沒有盡到丈夫規勸妻子的義務？為什麼沒被裝上一個育兒袋來分擔夏娃的懷孕之苦？

　　頭一偏，我滾回南北戰爭那個混亂的年代，將滿肚的怨念暫時冷藏。這也是萬般無可奈何的，誰叫學測拿著鞭抽我；課本與參考書聯合遊行，在我的書桌前大喊：讀我、讀我，像法國大革命時的婦女們遊街大喊：麵包、麵包，那樣的殷切激動而具有殺傷力。

　　這時，一棒子似馬達打在我毫無保護的下腹部，以小腹為中心點，左上右下的轉動，毫無人性的攻擊。我將上下門牙準確地卡上，一臉慘白，緩慢地轉身面向H。他一點驚恐地問：「你怎麼了？」「我……經痛。」不等他說話，我趴的一聲貼到桌上，抱著肚子，臉別向他。我總覺得跟一個男

生說經痛是件難為情的事，想要他知道女生有多辛苦，但他知道之後卻不能有直接的幫助，頂多衝出去買點巧克力或是黑糖茶，或是給一個擁抱讓心裡上好過一些，但，痛，還是我在痛。

　　大約過了五分鐘，那棍子大概玩膩了，拍拍屁股走人。我撐著頭，繼續爬那些因思緒混亂而開始飛舞的前人滄桑，1823年門羅主義提到：讓美洲人管理美洲人的美洲。我突然很想回他一句：那我們台灣人可不可以只讀自己的台灣？若是學術也可以有保守主義的話，那麼我現在就可以把外國史搬到資源回收室、將張牙舞爪的等比公式及三角函數全數清倉，什麼北大西洋暖流也一並殲滅。

　　「喔……」一聲虛弱的哀嚎從我口中吐出，經痛這次是「毛巾式絞痛」。若是這樣的痛真能讓經血一次驅逐出境，那我甘心領受，但扭攪的次數由不得我商議，只能任它遊戲，玩夠了就放我一馬，留給我一個可以安心讀書的下午；若是玩性大起，我也只好任它蹂躪。

　　背包裡準備了兩顆白色長形藥丸。「普拿疼」三字還取得真有意思，大概是希望把普遍出現的疼痛通通拿掉吧。前陣子還推出對付經痛的熱飲包，說穿了成分裡還是普拿疼，加上了甜甜的葡萄味，但畢竟是「藥」，還是少碰為妙吧！人的身體總有自己恢復的能力，看了看粉白的藥丸，算了，反正沒什麼大事業要經營，痛就讓它去痛吧。

　　周芬伶在〈汝身〉裡將生育過程比喻為火蓮日，人身與人身的分離是如此驚天地泣鬼神，這麼一來，月月而來的經血便成了苦難的預習。護理課中老師曾播放真實生產的畫

面，膽大的睜眼見證全程，稍有膽識的半遮半掩，然而大多數則是在一陣啊啊哦哦的驚駭聲裡苟且偷渡，能不見，就不見，反正與孕婦的距離甚為遙遠，何必急著預知那千軍萬馬踐踏肚皮、撕裂與苦楚如火焚身的恐怖光景！

有趣的是，鮮少聽見母親抱怨生產的地獄景象。或許是母性堅強，我當年並沒有死纏爛打不願離宮吧！生產大致與個性有些相關，一次，老師曾提到自己在十一點時前往醫院，十二點半娃娃就已呱呱大啼。老師一向性急，生孩子也不例外，不用打壕溝戰費時耗力，倒是賞它一枚原子彈乾淨又有效率，若是我日後生產有如此痛快之舉，也是人生裡的一大幸福吧！

就這麼周而復始，月復一月，與「小月」相處也六年多了。據說女人一生有三百至四百次的月經來訪，那我是否該結繩計數，盼望免疫的那一日到來呢？這般有「棉棉」陪伴的歲月也別有滋味，就讀女校不乏發生「求棉事件」，同學登高一呼，望四方資助三十二公分的加長夜用型乙片，說來或許不可思議，但就是如此。或許，在多年之後我們脫離小月的日子裡，會想念紅潮來襲的燦爛時光。

筆下的心底波瀾

紅潮仍來襲，俏皮地用文字記錄後，它的身影依舊存在，在有風的午後，在擁擠的捷運車廂，紅潮依舊來襲，在時光的篩子下閃耀青春的光芒。

Found

江芃

2008年第二屆青少年文學獎散文入選作品

直到明瞭蘇格拉底的「know yourself」……。

移動的城堡，在未命名的無盡中，蹣跚踽踽蹣跚。向左走，向右走，路又長又遠，接下來去哪裡，不知道，因為沒有目的，而不懂的你總叫我堅持下去。是否有正確的方向，歸引回我的蛛網，自己創造的地盤？

Who am I？一張白紙，塗鴉醜醜的自畫像，從小我們就是如此摸索自己的面目吧……。

所以可以問問你自己，說真的哪裡出了錯；問梵谷，怎麼在數幅的自像畫中，轉化成可辨識的象形文字，翻譯為當時的人共通的語言，怎麼做才能跟自己格鬥而不至於毀滅，反得重生，幽幽綽綽，或許根本沒有對錯，始終混沌，當，世界還小時。

已經講了百遍：請聽我訴說，不要待我殞落，你們才隨後祈願。當我傷情，洪水淹沒大地；窒息，宇宙止轉。

究竟我有多少能耐，生命的存在與否，在琳瑯的自救書裡尋不著，在名人傳裡窺不見自我的足跡。他們常說偉人站在時代的前端透悉人類的命運，何以他們不能預言我的到來？我是何人？我屬於這個世界嗎，如果是，為何我總是迷途羔羊，在舉目無一物時，掉淚。或是寄居者？如頑石擅闖俗塵，在識過世面後驀然回首，思鄉情難遣。

我想問祂，要等多久才能被接回真正的家？已沒有耐心

繼續苟活，活的盼望幾乎杳逝，在雜沓人群裡殘喘。聽不見，我最後的呼吸，該武裝自己，因爲，世界太危險。

怎會空虛無度？天那麼高，地何等闊，身旁如此歡騰鬧音。縱情浮世，不傾耳去聽，好像一切世事順理成章。聽見緬甸紅潮的聲浪，西藏獨奏的樂譜，憑追求自由的形影，卻遭消音的命運，使我好想聽聽他割耳後所聽到的聲音。而全宇宙似乎都對戲劇化的生活上癮了，就在中國發射嫦娥一號之際，人類待解的謎團又在另一時空重新演繹。

少之時，血氣未定。在蓬勃生長的年齡不知何處伸展，要學習面對身體的記憶，在變動中的自我景觀中，多明察鏡中的自己，看輕他人的目光，價值。定位。

何謂活著。

一線候升還降的脈搏顯示就能道盡？

理性主義宣稱的「理性的存在就是活著」？

張愛玲：「生命祇是一襲華美的袍子，爬滿了蝨子」？

我思故我在，抑或我在故我思，有何好議辯，一樣是在場邏輯？

納西族跟世界上其他民族一樣，對於生命現象曾有過苦苦的探索，形成了對生死認識的生命哲學。 在他們的生死觀念中，既有浪漫的玄思遐想，也有「生死乃自然規律」的人生感悟，理智地看待死亡這一生命現象。

如何在每天都是走向死亡的倒數計時裡，說得如此灑脫？

　　小乘佛教執信人有魂魄（靈魂），卻不一定是人的魂魄，更不是自我同一的存在，故可以轉世、轉生。這個魂魄有六種俗世存在（稱六凡）的方式，即天、阿修羅、人、畜生、餓鬼、地獄。如果以某種方式存在一次，無論長短，便都是一世。所謂死亡，就是這一世結束，但這並非意味魂魄消滅，它只是轉到另一個存在方式，開始另一世，故稱為來世。種下的善因惡果決定投胎轉世或沈淪至地獄，縱使來世仍能投胎做人，可能是貴人，也可能是賤民，但絕對不是跟今世相同，因為今世的我必種下了不等量的善惡種子，使來世的魂魄的存在方式，稍有改變，這是因果報應之說。

　　我，對付不起這樣的人生，何是善？何是惡？誰又是判準的那把尺？

　　基督宗教相信人有靈魂，我們在此世的生命，是靈魂和肉體的結合，那所謂「死亡」是什麼意思呢？

　　就現象上來說，死亡就是靈魂跟肉體分離而肉體瓦解，奧古斯丁稱為「自然之死」。「按著定命，人人都有一死」（《聖經・希伯來書》），也就是身體的一切機能停止而開始腐敗。這種死亡對信徒來說並不是壞事，它代表息止世上勞苦，得以「安息」。保羅以帳棚來比喻身體是靈魂在世上的住所，離開這身體也只是離開此暫住的帳棚而已。奧古斯丁更認為身體是靈魂的監牢，故這種自然之死，實是靈魂離開監牢，重獲自由、重獲新生之始。因此，在世的死亡不是一切的終結，只是一個階段的結束。

　　那麼靈魂往那裡去？湯馬士（1225～1274 A.D.）說：「人在塵世的生活之後還另有命運；這就是他在死後所等待

的上帝的最後幸福和快樂。」簡言之，就是上天國、上天堂，與上帝同在而得永生。就意味，靈魂離開俗世身體，不僅不是死亡，更是永生的開始，但前提是在世時人必須愛上帝、信上帝，依上帝的指示來過塵世的生命。至於那些違背上帝的靈魂，則重蹈亞當和夏娃違背上帝意旨，是有罪的靈魂，將受審判。《聖經・保羅六：23》上說：「罪的代價是死。」即是入地獄，是奧古斯丁所謂的「永恆之死」。 總括而言，基督教視此世為過渡的生命，其目標不在「此」而在上帝的國度，故人在俗世的死亡，並不是一件可怕和悲哀的事，反而是一件嚴肅而受祝福的事，因為他是「蒙主恩召」，靈魂將獲永生。

我願是初始的夏娃，言聽祂愛的叮嚀，不去碰知識善惡樹，而溯回生命的源頭。

誰也不會怪你？誰也不會尋根究柢的問你，你究竟是誰？每個人都戰戰兢兢地活著，每個人都在遊戲，每個人都演著自己的角色。

盧梭憂憤而死，臨終時的遺言裡有著這麼一句話：「我一個人孤獨地活在這個世界上，沒有兄弟，沒有親近的人，也沒有朋友；除了我自己，沒有任何社交活動。」

搜尋。尋找的過程總有意外碰上的解答，卻多是一路跟跟蹌蹌，自圓其說地為自己斬劈問號的荊棘……。虛擬的世界是許多人的迦南美地吧，是人人平等的極限嚮往，是表達自己的友善空間。即時通版面上有人呻吟，昭昭表白自己的狀態：「好想死……。」交友網頁，按進去就是人性設定的

空格，白恍恍的暴露自己？其實我們都隱藏了什麼，渴望在瀏覽的影像拉軸中，找到彼此破碎的身影藉以拼成完全。部落格，人氣指數升升，降降，留言板上摸到了交疊的腳印，日誌上滿了無國界的文字，字字召喚從屬的靈魂，美其名是分享，實際的寂寞卻難教人排遣，教人承認。時間永嫌不夠，這該死的狀態！

單車環島，戴著面具去旅行。聽故事的同時，加減乘除，揉合、捏成更好的現實形狀。在沿海的堤岸上有人持著噴漆在作畫，在眩目的幾何色塊裡，浸身。從此沒有任何禁忌了，因為那是虛偽，不是逃避，而是出走。邊走在喝著：「盼望眾人能了解我，但一旦被看清卻覺自己好遜。」

拿破崙說：「我的字典裡沒有失敗兩字。」多麼鏗鏘！這就是我所編撰的青少年成長寓言。

我的自傳得填上：

我乃瘠壤上方才飄零的綠葉

不是風雨打落　沒有半個贅音

而恆以休止音律韻成颯爽

共震彼方貼滿生機之青空

使青空搖撼　吹燃遠方烽火

並響起八方吆喝　腔腔皆是豪情

這就是一種狂狷

事隔一生，才填補一章後記──

「野渡無人舟自橫，只是當時已惘然。」

有些事現在不做就永遠不做了，就像寫詩一樣，如夢的

青春，耕筆不勤就來不及了嗎？我在無字的自然裡，切切尋訪知音，那葉那花那生命……還是選擇把那些譬喻還請天地吧，不是命運，也非宿命，否則即失其原貌。

在空白的白紙上，創造情境，角色是虛擬的卻異常寫實，僅有我和另一個我。在劇情中，沉重而缺乏壓力釋放地追尋自己，過度強調生澀青春的痛苦，不願接受真實自我的救贖……總想有些感應，不是刻意的等在夢境，等待解答，卻也不想成為失夢人，在臨界點僅摸著熟悉與陌生，沒有實際。

萬物立足在均衡運作的平面上，而人類有支配萬物的力量，有時卻連自己都無法掌握。X軸Y軸Z軸恆接在一點上，原點等於終點。究竟如何擺置——現在。過去。未來？

光明是影子，影子尋找身體，而光逐漸減弱，意義的追尋迄今未明，永遠尾隨如月亮般只是冷冷地放光，也吸光。

不止地問，問我，問你，問不變的永遠。

筆下的心底波瀾 ✏

其實這樣的主題，每個人或多或少都會觸及。文章就像寫日記一樣，只是帶進了更深刻的自剖，寫來非常適意。

對我而言，這是難得的坦誠，也替我那段時期所有曾思想的事畫了清晰的輪廓。不懂得人也許看來無病呻吟，因為這抽象的表達，略顯瑣碎，或許這就是成長的調性，無足怪矣。

眼下的心底波瀾

每個人對於自己的存在都曾有的恐懼，疑惑，徬徨：下一秒的我將在哪裡？想要幫自己找一個解釋、一個活著的理由。

從開始尋找的不確定感，到逐漸描繪出自我輪廓的過程中，夾雜著一股股複雜的感受，就像冒險。而我們總在冒險中成長。（凌佳儀）

夢衣

江芃

2007年第一屆青少年文學獎散文入選作品

「喀！喀拉」輕輕敞開角落的衣櫥，一眨一眨地窺探裡面神秘的色彩。毋須在這黑暗空間中摸索前進，只消伸出手細細地去觸摸那陳列的衣精，深深地吸一口氣，便彷彿和記憶連上了網絡，曩昔的情味頓時襲上心頭。驀然驚覺，記憶的寶藏永遠守在一隅，等待……。

紅的奔放似馬，澄的喜樂似鳥，黃的象牙智慧，綠的文思似泉，藍的柔情似水，紫的爛漫似……彷彿三稜鏡折射出七彩色光。

衣服，是飛盪的精靈，儼然造物者預留美麗、溫暖的容身，讓他們漂泊人間，像漂鳥般流浪，直到人們將她擁入爲懷。儘管最初的鍾情，終將被薄悻見捐。不過在一個個交疊的精靈兩眼相視，剎那的會心頷首，便讓閃動靈性的衣精們，甘心接續人們的夢與前身難抹的記憶，如接力賽般，默默傳承生命不可承受之重。恰似閃閃鎂光燈下，「啪孜！啪孜！」展示於伸展台上陣陣唏噓的流川，波浪般的淹沒一時的激賞又是下一波輪迴。

遙想伊甸園正在交歡的亞當夏娃，本自然裸身地與這世上的一切交融成趣。某一天，受了美麗狡詐的蛇精誘使，一步步逼向氾濫著生命果的樹盤。在毫無預警之下，夏娃欣喜地喫了一口，亞當亦毫不猶豫地喫下。美麗的事物總伴著遺憾；彼時之後，他們忐忑地織著腳邊拔起的秋葉黃、流淌的

溪水綠、天邊的雲彩藍。「唰！」集天地精華，淡雅有致的
衣服飄然展示眼前。亞當夏娃無暇欣賞，慌慌穿上他們，才
覺坦然安心，而衣精也就從此背負著原罪，不回頭的流轉世
代。

「你們不要為穿什麼而憂慮，身體不勝於衣服嗎？你們
看天空的飛鳥，他們既不種也不收又不收積在倉裡，你們的
天父尚且養活他們……」（馬太福音6章25節）

這是一個怎樣的時空，人們顛狂逐步時尚，競相較勁那
虛晃的符號，凌遲了生命無盡的遐想，真理的追尋。

奈何悲哀總在時代的推進下繁衍，竟生生不息。文明的
視野是否難再被世人傳頌？難道歷史總無情，當走到所謂名
利凌駕萬有，曙光何嘗消殞？解鈴還須繫鈴人，地球人們心
連心，順著自然的脈動，讓人性的光輝得以喘息，回歸創
世紀那最初的憶想，盍如天上翱翔鳥兒，跳脫零和遊戲的桎
梏輪迴，乘著赤裸美麗的回憶，御風而行！

「叮噹──」沉重的午夜鐘聲催促那恓惶的步伐，放
手、回歸，何其不忍！奈何宿命糾纏，讓轉瞬的永恆伴夢的
裳衣隨風飄忽。追啊！王子在身後，追追追，身一彎徒留下
一雙遐想……。

似幻的衣裳豈不憤慨，為何美好的事物總是伴隨遺
憾……？我們卻執意如此，不悔追尋！每每令人駐足流連，
極目眺望，那遙掛在天際的一個夢。

中國旗袍、日式和服、直挺挺的西裝燕尾，揭示的是地

位、氣派。魯迅的〈孔乙己〉斑斑可觸長衫客短衣幫，坐著喝站著喝，無奈地蹍進當時階級的旋風裡，捲進那不堪的時代！遑論束縛著身心靈的禮教。

是誰？是誰給衣精戴上了緊箍咒，鑲上難逃的咒語。從此，五行山下有一股潛形的身軀世代騷動，翻滾著。等著如來掌翩來救贖；還是，堅立不為動，掘出一道生路；又或許，許一個無礙的夢，埃塵下就地長眠，直到聽聞，那耳邊後人之聲聲譏諷、哀歎。

阡陌隊伍，橫七八豎的延展開來，紅澄黃綠藍靛紫僭天衣語此起跌宕狀似一彎彎的漩渦，擠擠的將人們捲在一點、一線、一面。嘉年華會的盛況，不由分說，人們一旦迷走在這失落的帝國中，最終將渴慕一位分身，與這殘疾大地，驟暗天涯有所差別。一面面具，一襲屬於自我的偽裝，當在人群簇攘間，跳躍式地鮮明迸發，一齊拼貼出希望的彩圖，豈道盡了一切？

廣西雲南，景和春明，溶蝕的石灰層理，層層理出那少數民族的獨具的色彩身著的民族衣裳，鮮黃駭紅、郁郁燦爛，織出了縷縷子民的冀盼，標幟的圖騰慷慨昭示著少數的極致，舉手投足間，洋溢著不凡的聲響，撲天蓋地地招搖。你可曾聽見？

李白「一片長安月，萬戶擣衣聲」，聲聲刻畫出傳統女性的肩擔，臣服於此境，你有所感觸？遊子吟：「慈母手中線，遊子身上衣，臨行密密縫，意恐遲遲歸。」衣針衣線的穿梭，灌注愛的絲絲縷縷，纏綿不絕，織網出思子的纏綣，何以報得三春暉？

　　喜獲兒女時，親人們合衲新衣，雙手以祈福的心意，編裁出滿溢的祝禱。在穿上的瞬間，眾人的應許如湧流的奶蜜，滲入百家衣。

　　一個入秋的傍午，耀眼的流金透過窗隙流瀉在媽媽的背影上，身後搖曳的枝椏，也在光影中徐徐搖擺，搖唱那遠方的愛……。我好奇張望，蹦到她的身旁一看，一位黝黑稚齡的男孩，洋溢的喜樂笑逐顏開，背襯著荒渺的黃沙躺在方框的鏡頭裡。

　　「這是我在非洲領養的5歲Vinna，她穿著剛寄去的淡藍襯衫，衣服上映著皚皚白雲，還滲出一絲光芒。我希望她能平安成長，快樂的迎向她未來的天空！」媽媽娓娓述說，眼角淚珠打轉。

　　我恬然偎進她的胸懷，闔上雙眼靜聽她律動的生命，那賜平安的信息此時不知傳遞何方，僅依稀聽見Vinna 響亮的呼喊在我和媽媽的耳際起了漣漪——。

　　佇我西床沿，著我舊時裳。啊！美麗的羽衣，一片驚艷！

筆下的心底波瀾 ✏

　　夢的聖火在心中點燃，當各國度召示著屬於他們的存在時，國旗飄揚如衣服般乘風飛逸——。

　　那裡，是我們過去的干戈。

　　這裡，是我們現在的和平。

　　夢裡，是理想升起的地方。

眼下的心底波瀾

站在五分埔的街角，我準備迎戰巷道中五花八門林林總總的服飾。武裝心志讓自己不受誘惑，緊握錢包讓它不至於衝動。面對重重關卡我昂首跨步，亮眼的T-shirt搭配一條合身的牛仔褲。走在路上，不必擔心強風突襲裙襬飛舞，也不必煩惱玷汙了耐磨的牛仔褲，輕鬆恣意是我的自信。

每次上街和媽媽購物，都是一段愉悅的回憶，藉由品味的鑑賞、賞衣的哲學，達成共識，相互妥協進而達到心靈的交流。每一件衣服都擁有全新意義，經由母女倆人的對話，給彼此詮釋的新觀點。

由接受到內化，衣服不再只是衣服，而是諜對諜的縱橫捭闔，是爾虞我詐的匠心獨運，更是主權的宣示，美學價值的展演詮釋。（張心怡）

談靈

何宛庭

2008年第九屆金陵文學獎散文入選作品

每個人小時候都有過抄寫國語生字的經驗。

當時提起筆來，腦中出現的訊號即是：快快把生字寫完！毫不在意這一筆一劃被粗黑的鉛筆刻得多麼凌亂而潦草，也從沒想過這一撇爲何寫在這裡，一捺又在那裡……反倒抱怨這國字是如何難寫，筆劃爲何不精簡些？恭喜的恭下方爲何不是「小」，竟還要多加一點？「太」和「犬」明明就是「大」字再加上一點，爲何兩字不能通用？……

抱怨多了，竟發現中國字的創意。

說穿了，中國文字不過分成「形」、「音」、「義」三個部分，然而這三大軀殼裡卻藏盡一切，若非用心鑽研鐵定無法發掘其奧秘。其實筆劃各有獨特的性格，各自擺上不同的姿態，交疊成嫵媚及挺拔。

仔細一瞧，竟然連長相都不盡相同！當大丨火」被擠壓得喘不過氣而縮成了「灬」，燕子的尾巴、小鳥的腳，也被剪成「灬」。火先生是否會氣得冒煙，燕子和鳥是否會飛不上天？好奇的是，造字的人怎想得出這種方法？而每一點所偏轉的角度也微妙地讓人瞪大了眼珠兒，驚嘆這樣的傑作！它們實在精密得讓你每每閱讀起這些密密麻麻的符號，總不禁要問上一句：「這字爲什麼這樣寫？」

深藏體內的「心」改成了國字後，莫名其妙地生出許多樣貌怪異的兄弟姊妹：長高的稱作「豎心」，開過刀的成了

四不像，只有恭喜的「恭」肯收留……。更沒想到這些奇怪的筆劃造出了一個「字」之後，竟然還樂得教你它有個名字，你得這樣稱呼它。

「讀音，是我解讀世界的第一把鑰匙」，陳大爲爲這一方無際得不知從何探索的天空下了這樣的註解。穿梭在窈窕、豐腴、肥胖，玲瓏與修長的字群之間，這才發現它們的背後潛藏著更多身世之謎。讀音老愛跟人玩猜謎，它的樂趣在玩弄人們死板的腦袋，即使答對一層讀音的通關密碼也不得驕矜自滿，因爲它會用成條成串的文字意義鎖，教你百思不得其解，圍困在重重形音義關卡之間。

在所有的文字當中，我最有興趣的，其實是「靈」這個字。小時候還不認得這個字，但看它的模樣，彷彿可以從密密麻麻的筆畫當中萃取出一連串的故事：天神發怒，怎麼也不肯給人間降雨，人們只好依靠能以心靈通達天頂的巫師，請求向天空祈雨，解救地上困苦無辜的人們！巫師嗚嚕嗚嚕唸起了咒語，手中捧著珍貴玉珮，向天上的神虔誠地敬拜，懇求降水。中間三個口，我老是搞不懂其中的涵義，只好異想天開地給它編造個奇幻的意象：中間的三個口其實不是「口」，而是巫師施展法術的時候，無形之中幻化出的三團雲霧，而雲霧裡滿滿的涵括了人們心裡的不安，祈禱的話語密密地被混進雲霧當中，藉著巫師的法術升騰至空中，傳進天神的耳裡。天神終究是被大家的誠心感動，降下大雨……。我這時三個口成了人們張著大嘴的口，大家齊聚一堂不約而同向天空望去，望向一陣迷濛的天空，如針的

雨絲凝聚成如豆的雨滴，如豆的雨滴又匯集成如球的雨團，向上望著這些雨絲雨滴雨團相互溶合又牽動四周下所凝結而成的景致，實在足以讓我的眼眸也隨之凝結這種迷幻的氛圍……。

可是在我了解「靈」這個字的各類字詞之後，當初教我如醉如痴的幻象霎時間如魔術師掀開黑布般令人震驚！這個字的力量竟可以作爲「神鬼」的泛稱，無形當中被它們牽引著我們的行動，乃至於我們的思考。

中國在商代即已創造出獨特信仰，人們要祭祀的不只是天神，還得要有地祇、人鬼。鏡頭拉到中國以外的蠻荒之地，不同的民族所信的靈從每個人的心中流洩出某種微妙，像雨絲凝聚成雨滴，再凝聚成雨團的模式。

靈悄悄地存在著，成爲安定的力量，遠離世俗干擾，因此靈不只要人們參拜它，它尚且要駐進我們的心。

我們從此有了「心靈」。

不曉得是人們急切地需要它，抑或它的野心逐漸地擴張。靈，逐漸擴大領土，更幻化分裂出幾百幾千個兄弟姐妹，當然，也有突變種的惡靈，爭著治理這個世界，搶著駐進人們的「心靈」。從相鬥到糾結，又從糾結激起了令一種不可思議的浪花，像雨滴落入了地面，由漣漪的波動四散開來……紛紛擾擾，就在這個世界的另一面，從人們的「心靈」可以映照得出：人們的矛盾不就是靈的矛盾？人們的心靈對抗著外在的誘因，同時也對抗著自己受不了誘惑的矛盾心靈。這才發現，是「心靈」不斷地在作怪？！

誰說「靈」只能搞出這些玩意兒？再翻翻字典，又發現了新奇的奧妙！文字本身竟也有它們的靈、它們的魂！

　　是文字創造了「靈」，但是「靈」卻也存在於文字當中。

　　也許還是靈那一股細細的牽引，柔情款款地觸動了心靈，心靈也嬌柔嫵媚地擺盪而起，大腦卻聲稱那是「靈光乍現」。「乍現」兩字，就能解釋得了這一切不知從何而起的微妙作用嗎？但可以確定的是，自從所謂的「靈光乍現」之後，人們似乎變得聰明些了。有了靈感，從此不再文思枯竭，洋洋灑灑編織出文字的傑作，情感洶湧而出，難道是那落入地面泛成漣漪的雨絲，在心靈糾纏不清的時節，努力匯集成使靈光乍現的波濤呢？

　　從此人們跟靈再也分不開，靈光乍現地創造了文字，塑出了藝術，雕琢出宗教信仰……。這靈，乃是啟動知識之門的鑰匙，但它何嘗不是觸動心靈思維的那一波蕩漾？基督教徒渴望──一股無聲無息卻長存不朽的上帝之愛，好教彼此之間的的衝突與爭端都在這靈的引領之下逐漸隱沒。

　　渴望被聖靈充滿，祈禱的話語從心靈冉冉而升，循著煦煦靈氣氤氳升騰至上空，慈藹的上帝必安撫我們深藏內心時而躁動不安的靈。從天而降的信息乃是上帝最大的祝福，祂要聖靈向著我們而來，聖潔的靈我們無從尋覓起，乃是靠著早已留駐體內的靈，接通了另一方源源不絕充滿著愛、充滿著靈氣的洞天福地──所謂的「天堂」。

　　沒想到我們所探究的不光只是一個文字，不光只是追求

層層謎語關卡破解後的解答，而是逐一分解文字雨團，再用雨絲細膩的靈感重新凝結出創造力的奇葩！就在雨絲落進漣漪的刹那——一切便從靈開始了。

筆下的心底波瀾 🖋

這是在嘉英姐國文課中所波盪起的漣漪……記得是「戀」這個字，被嘉英姐一一解剖開來分別講解：中間的「言」代表情人的絮語，左右並置的「糸」是絮語的綿延無盡、思念的悠悠揚揚，是心中無限的牽掛，如繩，垂繫在心上，在嘴邊……多美的一個中國字。

那是堂「文字解剖學」，而我意識到親手「做實驗」所帶來的快感。

在腦中搜尋出字首、字尾、字根，終於，我找出一個可以與「戀」媲美的字——靈。摸不著它的娉婷嫵媚，望不清它的耐人尋味，嚐不盡它的嫻雅如水，只是在冥冥之中，挑起了如此這般，緣起緣滅。

所以我決定寫它了！

從一開始的資料搜尋，進入自我幻想的醞釀期，再交給嘉英姐過目修改……，這些日子，是時針分針的移動，雙眼的呆滯駐足在螢幕上緩緩游移，一次又一次，不厭其煩，不顧一切所下的簽注。進入金陵文學獎的評選，固然是一次歡欣鼓舞的力量，但是始終相信文學的蛻變永不止息，必然持續下去。

眼下的心底波瀾

　　曾有人說：「柔軟的心像湖水，你拿一顆石頭丟到湖裡去，湖面一定會泛起漣漪。」是的，人是該有顆柔軟的心，包容一切、回應一切，轉出屬於自己的一片天地。但因歲月的遞嬗，利智的追求，人的心漸漸變得堅硬了，也產生了人我之分、師心自用甚至是文人相輕。於是，有顆柔軟心變得更加難得可貴。

　　宛庭這個孩子有種柔軟的感覺。軟軟的聲音、春水的眼神柔柔的身段和錦緞式的思維。宛庭，就是讓我有這種柔軟的感覺。

　　剛接觸她還是個朗讀的選手。字正腔圓的口語令人讚嘆，但思想的旁徵博引，迴繞自如並未成形。拾起一粒小石子（演說）投入這潭湖水，春潮的波動，一往一來她漸漸有了令人驚喜的表現，因她接受了一切，也轉化成一切。

　　至今她學文有成，請老師寫序，我看見那抹蕩漾依舊，用柔軟的心去看字，從「靈」中體悟了人性，因而寫出了一篇令人驚喜的細微。

　　這時老師懂了：

　　漣漪，仍在，且一圈圈無遠弗屆的轉出去……。宛庭，加油。（陳玉玲老師）

思念

李之安

　　在熙熙攘攘的台北人群中，我走進了一家書店。明信片展示的風景就像片片回憶在腦海中流轉，一張澳洲風景，交錯我曾經美好的回憶。

　　那年，我在澳洲寬廣的草原上，一大片一大片的綠，清新得讓我喘不過氣，就像晨曦中剛萌芽的小草在向我招手，邀請我與她一起享受陽光。踩在大自然的肩膀上，單純得像個孩子般奔跑，我舒暢地在她的臂彎裡吵鬧。

　　什麼是澳洲最珍貴的寶貝呢？那必然是袋鼠！明信片逗趣可愛的袋鼠，帶我回到南澳動物園。你能想像被一群袋鼠蹦蹦跳跳圍繞在身旁的興奮嗎？撫摸著牠們柔順的毛，圓亮的眼睛彷彿好像也在仔細觀察著我，那種被接納成為一分子，化為袋鼠的感覺，讓相處的半個小時成為記憶裡的永遠。

　　架上這張袋鼠照片，讓我重溫那年跟牠們膩在一起的感覺。帶著這樣的甜蜜懷想，我的眼順著明信片，超脫時空看到澳洲首府坎培拉。三年前我曾在那裡遊學，跟這裡的人們相處。褐色頭髮藍色眼睛透露出親切的優雅，談吐開放中帶著矜持的限度，成熟中帶點稚氣。另一張是澳洲的國會，白色的大理石建築，在陽光下更顯得亮眼而寧靜，不是那種唯我獨尊的傲氣，而是柔和與對稱，就好像坎培拉中學所認識的同學們燦爛的笑。照片一角的風景，路邊的一棵小樹，都好像在呼喊著「快點回來呀，我們都在等你再度光臨呢！」

回憶就像投影機般一張張迅速地在我的腦中播放，但再怎麼快也比不上我心中流轉的畫面。坎培拉市的天空呀！你是否也存放著我曾存在過的證據？是否記得仰著臉戀眷你的小女孩？

青春真實的留在這空中，雖然它不停地流轉，我的記憶不會消失，它會隨著雲，靜悄悄的飄著，輕輕地迴旋在這城市的上空。

在這書店中的一角，我穿越了台北，騰空飛向澳洲國土，懷抱著我的回憶旋轉在澳洲的空氣之中，你聞得到嗎？

你一定聞不到的，因為這是屬於我自己的味道。

轉個彎，優雅的走出了書店，說穿了還是放不下過去，才會企圖撿起那些曾經。看著明信片的風景，是回憶，還是這一切都是自己的幻想？

我只敢想澳洲那無邊境的草地，只敢想那藍到不能再藍的蒼穹。

那在蒼穹之下，草地之上呢？

把所有可愛的無尾熊，澳洲的點點滴滴都堆疊在心底，自以為可以把回憶鎖在密不通風的心底，很安全；自以為偷偷的把它放在回憶的一角，便不會遺失。

深吸一口氣，連空氣都變得好重。

是氣推動了陰與陽的變化、支配著萬物的生與死嗎？站在台北的人行道上，我感受不到空氣。二氧化碳、氧氣從我的鼻腔，灌進再呼出，灌進再呼出……機械式的身體規律地運轉重複的軌跡。

　　雜亂般的思緒不是自然的本意，是人們可笑的證明自己的存在。

　　深吸一口氣。

　　漫進肺裡的塵埃一點一點，輕輕的，像個小貓用爪子悄悄的刻下牠的腳印，潛入台北天空下人群匆忙紛亂麻木的腳步。

　　好想飛啊！可是身體越想張開翅膀，羽毛卻更用力地散落了一地；奮力一振，卻只能在美麗的迴旋之後，跌得滿身灰。

　　我的心臟，快喘不過氣卻也無力敲開它，血管受到壓力一層層的拍打推擠，遏制著我的瓣膜通過新鮮的血液，想換氣卻替換成兩千萬人的紛擾。晴與喜、陰與悲，毫無痕跡的幻化成了空氣，在地之上，雲之下，流轉著一輪又一輪隱形的洪流。

　　它是透明的，我伸手抓不見，因為空氣。

　　試圖在城市之中把沉重都拋下，把過去都拋開，它卻好像影子一樣，剪不斷的惆悵在空中搖晃，降落在我的眉心，眉頭深鎖之間。揮之不去的思念，就像一疊疊枯燥泛黃的過期報紙，厚重的沉積在褪不去的回憶裡。

　　回憶糾結著想念，想念紛飛著眼淚，眼淚蒼老了誰？

　　北風掠過了這座孤寂的城市，沒有你的城市，沒有氧氣。

　　風信子灑落滿地的凋零，就像菊花，殘滿了地上，我的心靜靜地淌著血，都因為你。

　　七夕的橋下，朦朧霧中瀰漫著的想念，悄悄地填滿了穿

越時空的瞬間,照亮了整個鵲橋。一片粉紅色的欣喜,浪漫的香氣擁抱整個宇宙。盡頭處是織女纖細的身影,她要向神明祈禱多少個夜晚,才能得到這短暫的絢麗?

穿梭在萬顆鑽石堆砌而成的星河,碰觸到指間的剎那,整個天地就要崩塌,宇宙回到洪荒,光陰的海水就要倒流,他們的愛情,愛得壯烈。

那是一種什麼樣的力量足以驚動蒼天?

是想念。

陽光灑落在星巴克咖啡的一角,我一個人讀報,拿鐵咖啡上一層厚厚的鮮奶油,那是我的思緒吧!綿密卻沒有規則地積成重重雪白一片。拿起木匙以最纏綿的方式不驚動它天成的輪廓,溫柔的攪拌細細的勾引出它的香氣,一圈圈的漣漪濃得劃不開,怎樣也見不到我的心底。那澄澈的的完美比例,被思念的雲層層覆蓋,找不到出口。沒有了窗,陽光透不進來,我的心情也被關在小小的牢,總在要試著衝破烏雲之後,自己又狠狠地撞出了一身灰。

遺留在那裡的,還是不解的思念。

北極星跟南十字星的距離,跨越了半個地球的軌跡。我的想念會隨著地球的圓弧線蔓延,也許千年,也許億年。

終將傳送到你身邊。

筆下的心底波瀾

這篇文章是我耗時最久的一篇,是由許多不同種的都市文學結合在一起,切點都是從空氣開始,因為空氣最直接的

接觸人，往往悄悄的把它們吸進心裡內化成我們的感覺，只是我們渾然不知。

　　澳洲遊學經驗是為後面的情緒而鋪陳。我試著揣摩一個女子從明信片中的風景，回憶起往日戀情，那種突然想起便不能停止追憶的感情，都用空氣連結，因為感情其實是隨著氣息流動的意境。

北京之旅

李之安

> 流水走過四季
>
> 種下一朵朵　璀璨的青春
>
> 每一個今天
>
> 都是明天最珍惜的經過

人的一生便是一場旅行，無數次大大小小的出走，移動，每一次與人事交錯的際遇，都是餵養生命的音符。你我在這條人生路上，也許是各自一百八十度的平行線，或者是關係深厚的九十度垂直線。人與人的相遇錯綜複雜，構成嚴謹綿密的直角三角形，平淡而規律；或是狂放的鈍角三角形，馳騁及時行樂的快感，但也有可能是綺麗花俏的多邊形，不是嗎？

北京行，像是時間與空間分隔出的世界，把我們從繁忙的現實生活中拉出來，離開人潮擁擠的台北，走進脫離時空的北京。空氣裡飄浮的是黃土高原的樸拙味、皇天后土庇蔭的天子殿堂味、歲歲年年養活生靈的麵麥味和中原文化的典雅味。

三千年來，這塊沉穩而又輝煌的土地上，鑴刻過歷代皇帝的驕傲與霸氣。

在北京平民的臉上，我看到的是天子腳下屬於北京人獨有的驕傲、開朗的幽默，一如北京的天空，是尊貴的黃。儘管那已褪色的黃，但當璀璨走入歷史，只能在雲的背後，靜

靜守護這塊子民的同時，唯我獨尊的北京人，以現代化建立全然新興的都市，讓皇家輝煌氣派以另一種形式在全世界前展示傲氣。

怎麼樣的牽繫，撞出怎麼樣的火花，拼湊、交雜，剎那間擁抱了一群人的故事。

北京的朋友很熱情地唱歌給我們聽，在上課時陪伴在我們的身旁，聽我們說話，給我們鼓勵。他們讓我知道，再怎麼短暫的時間，只要感覺對了，便能激起好大一片浪花，這片浪花，用力地拍打在我心深處，也許終須退潮，但留下的是最美麗的貝殼。

在海淀中學三天，大家口裡說的話一樣，但是心裡的價值觀是不同的；同一個血液所塑造出來的人，心中的民族感也許還在，可是始終有些話不能說。

我們心裡都明白，這三天中，不管是講話艱深發音奇特的英文課、還是鄉音濃重的語文課、聽不懂卻深感有趣的物理課、增進感情最多的體育課……這些記憶的碎片，在我的腦海中，已交織成一張張照片。它不用底片保存，它直接住我的心裡，裝進了一個盒子，而這個盒子的名稱，就叫做難忘。

雨會下，雨會停，距離擋不了記憶的催眠，鍵盤打不出我們的心酸，不過一切都結束了，化成一絲煙徐徐地隨風而去。只要這片感動依舊在我們心裡，就好。

筆下的心底波瀾 ✏️

在這篇文章裡，我想製造一種溫柔的感覺，寫出這段回憶的珍貴，把我所知道、我曾在這塊土地上的記憶都寫入這篇。從啓程到離別，不同的心情不同的角度，從期待到不捨的轉換，都是我想表達的。

眼下的心底波瀾

北京的大門，由兩張機票打開……

北京，是什麼樣子？

層層黃土下，埋藏著怎麼樣豐厚的歷史陪葬？

紫禁城的瑰寶在浩瀚黃土高原上起舞，而我，也即將成爲舞台上的演員。

井字的城市，星羅棋布，誰知道下一步，會是勝仗，還是敗仗？

引擎轟隆，我們踏上北京─流動的城，如黃河一般宣洩，像是要控訴不平等條約，衝向2008，一個未竟的海洋。

這部立體的史書，不斷在建築，繼續的翻新，城在移動，城在沸騰。現在的北京，用另一種方式轟烈一段新的榮耀──要在2008奧運，迸出最絢爛的彩球。　（曾馨儀）

回去

李佳嬑

2008年台北市第二屆青少年文學獎散文初選入選作品

記憶是碑石，在沉默裡立起

——〈死後書〉楊牧

　　一瞬間我竟以為那微微側著半邊臉，背對我坐在案前對我微笑的，是另外一個自己。

　　1930年代，一個說靜不靜說亂不亂的時代，如今只能被定格為照片的底色，就像黏混為老屋樑柱上的一抹昏黃，印證敗落的疲勞。黑白的相片，黑白灰的世界，飄浮的光線在四個方向閃爍，停駐著空間中氣流的足跡，低調地滑上那框被時間遺留在過去的鏡頭。書桌上紙張卷宗散亂，指尖停在一個我看不清的文字上。背景之中，櫃子的表面透明玻璃窗上的反光無法顯示；而那盆曇花靜靜地垂著睡眼，閃著淚的光澤，色彩在一面瓷碟上調弄，揉成時間的記憶。

　　我對那時候的空氣和天空有許多想像，也許那時的空氣沒有現在溫暖，也許那時的天空比現在更藍，仰角看去的天空不會因為高樓而被切割得殘破灰澀。相片中央坐著一位年輕人，他的眼眸因專注而深邃，眉線黑得很英氣，就和我所知道的他一樣，臉部線條很溫柔，沒有太多冰冷的稜角，鼻樑上掛的眼鏡，鏡片圓滾滾地映照出當時的水氣含量還有室內的溫度。他端坐在書桌前書寫，寫著我所不知道的過去，我所不知道的心情。

我，您那個最小的孫女看見了。

在那副古典鏡框下的眼裡，您是笑著的。

　　印象中，爺爺的話並不多，大概是因爲奶奶年輕時就把他「管」得緊，就像模子印出的生活裡，不論大小事、不論究竟誰對誰錯都無所謂，爺爺習慣成爲讓步的那一方，什麼怨言都自己吞下，因爲知道奶奶要爲家裡八張吃飯的嘴愁，壓力實在不小；而他只能出外工作，把公務員不多的薪水領回家。

　　爺爺一直貫徹那個事事不與奶奶爭辯的「和平式哲學」。

　　爺爺，當您的目光低垂，窗外小巷的盡頭透進的光線投射在墨水未乾的紙張表面時，您，想著誰呢？還是您其實什麼也不想，只是「放空」？

　　我所不能解讀的心情，都在那抹若有似無的笑裡頭，淡淡淺淺輕輕，卻隱約有著深不見底的思緒。是愁、是憂、是悲、是嘆，是懷傷？

　　沒有人告訴我。

　　這之間不需言語。每天下午放學時間，我總能在我的小學對面看見他在找他的小孫女，而他的孫女只要負責從擁擠的校門口找到他，握住他的大手。這樣，就能讓他獲得很大的滿足。

　　我還記得，您住的那間二樓盡頭的和室，像是一個隱藏在這個時空裡的另一個時空。我喜歡坐在那裡與您並肩，看您拿出那些從時光隧道的另一端帶回來的照片、記錄以及您

美麗的字跡。

爺爺在那個我所不知道的世界裡，如此年輕。

檜木的衣櫃五斗櫃書櫃纏繞住空氣很濃烈，爸說過您最喜歡把錢和時間花在這些您喜歡的氣味上：書香、檜木的香氣、時間存放在空間裡很久很久的味道。

就是那個時候，我看見這一張照片。您坐在桌前，專注，用一支鋼筆揮灑著理想。我永遠忘不了，雖然那時的我不懂那些夢想、那些努力去追尋的事物有何意義。但也在那一刻我才發現，您長得很像另一個我認識的人，很像。

就是我自己。

通常傍晚是爺爺出門散步的時間，他會用他自己的節拍，把這個他生活了近半輩子的圈圈兒繞過一遍又一遍，然後在他每天會經過的車輪餅路邊攤停下腳步，和攤子老闆說今天也是五個紅豆五個奶油。

爺爺買車輪餅一定買一半紅豆、一半奶油，讓我這個小鬼把奶油口味的全部吃得一個不剩，然後再用不單純的眼神瞪著那幾個上面灑著黑芝麻的，另一半紅豆。

我的書桌上散亂著所謂的族譜，所謂的身家資料，還有那本梅紅色的回憶錄也攤開著，全都和您有關，熟悉的不熟悉的都有，然而我卻不知道該如何起手。

暫時，我還靜不下來。

今天我在看的，是一位我最愛也最尊敬的人的人生，而我等一下竟然還要把這麼多個十年寫成千字。

難以冷靜，一團亂。

爺爺是很愛漂亮的老人，就算是規模不大的家庭聚會，也一樣嚴格地要求造型師把他打點體面，要有熨得平整的襯衫，要有一條打得俐落的領帶繫在他的領口下，還有筆挺的西服西褲，以便塑造成受過高等禮儀教育的老紳士形象。

　　通常這些造型師都是業餘的，他的兒子女兒。看著將近十雙手，一些在他的衣櫃裡翻找，一些把那些躺在床上的衣物往他身上比對，我想爺爺一定知道還有一雙手正打電話確認餐廳的訂位，而另一雙則在客廳裡親戚的笑語裡誇張的比劃著。

　　從捷運下車，出站，再走過那些所謂現代下的產物，大馬路的旁邊有小巷子等著人們彎進去冒險。小小的轉角之後，是一個不同的世界，在那裡，人們還保有過去的依戀，還有著鄰居間緊密的羈絆，以及天真的夢想。或許稱不上是透天厝，或許空間並不是那麼公平的分配在每個樓層，但那裡就是過去我和爺爺共同生活過十幾年，我人生的一半歲月。

　　格局是很簡單的，老老的鐵柵門，老老的電鈴，老老的回應。老老的花台上是一大片盆栽和老樹交織成的叢林，走過庭院，是老老的大門老老的紗窗門，裡面老老的燈光老老的時間正在沉睡。

　　小時候總會覺得自己和家人一起住在同一棟房子是理所當然，但是當我終於發現這和別人家裡根本不同的時候，我已經十三歲。而當時的我不知道的是，明年的我就會站在另一層公寓另一個高度，遠遠地看著這裡，看著我的過去。

　　看著爺爺一年一年老去，他還在等我回到那裡，回到過

去。

　　不知是不是巧合，也許是的，我再一次把我多年前瞥過一眼便忘不掉的那張爺爺的照片翻出來，我的眼睛又像那時候一樣亮起震撼。

　　一時之間，我竟以為那微微側著半邊臉，背對我坐在案前對我微笑的，是另一個自己。

　　輕輕吻它，

　　使殘留一些花痕，

　　像火熄了，小橋斷了，馬蹄鐵遺落滿地。

　　　　　　　　　　　　　　　　——〈劫掠者〉楊牧

筆下的心底波瀾 ✏

　　爺爺的故事是寫不完的，印象裡他是沉默的，即使關心，也從不訴諸言語。

　　現在，他的話多了些。

　　其中的變化我不懂，也許沒有人能夠懂，除了爺爺。

　　一直想為爺爺留下一些痕跡，用我那枝快要折斷卻又看不到方向的爛筆。

　　說不定不知不覺中，我已經了解在他心中掙扎大半輩子的疙瘩？

　　誰也不知道。

眼下的心底波瀾

　　雖說這傢伙寫的東西向來被取笑成無法理解的謎，但是某種原因之下，我似乎一直都能理解她想說什麼東西。

　　當然，或許只是我自以為能夠理解。

　　不論是散文或是小說、新詩，李佳嬅的作品都有種很沉靜的風格，文字的背後看上去一片虛無，但似乎隱藏著什麼很重要東西的空白，怎麼說，有點像楊牧。（王喬）

緬懷孤寂

李佳嬅

2008年台北市第二屆青少年文學獎散文優選

或許還是有孤寂感，就某種不知道結局在何方的意識層面而言。

我是不懂。

當我看不清這個暫時被稱作「家」的城市，我甚至開始質疑故鄉的定義。

南京東路復興北路口，辦公大樓的玻璃帷幕透著簡約的俐落感，倒映在表面上的，是一幅滑稽又誇張的超現實幾何構圖：從捷運站出口湧出的上班族，彷彿跳著高跟鞋版本的踢踏舞，急促而神經質的節拍，在溫度很極端的柏油上成為台灣味道的愛爾蘭舞曲；黑色漆亮的小牛皮裹著強而有力的戰鼓，向業績衝刺。從高處俯瞰，一塊塊由人身組成的色塊，像層層剝落的瘡痂，像久久不能痊癒的傷口，用另一種角度解讀，便是隨著陽光折射的冷漠，刀刀劃上這個佈滿傷痕的都市。

捷運忠孝復興站附近，百貨公司和購物中心，像怪物一樣輾過我記憶的幻影。小巧的商店街和偶然邂逅的零食小舖被不留情地用銳利的白刃把殘留物連根剷除，換上號稱旗艦店的龐然大物，大馬路於是顯得擁擠。

然後以我為中心的另一條路線，通往火車站，附近的南陽街和公園街，被一年年更替的學子暱稱為補習街與便當街，前一秒在腦中旋轉不歇的數學符號，在出了補習班之後

便被拋到下週同一時間的輪迴裡。這個特殊地段附帶的奇異味道，昇華在遠方天際的中央，一抹不容直視卻又親近的蛋黃色餘暉，總在補習時間逼近之時惹得我雙眼發痛。

或許能夠證明自己還活著的東西，已經不是那些抽象的笛卡兒理論「我思故我在」，而是手裡握得死緊的鈔票，因為在這裡，錢可以換到溫飽，可以買到貪婪的虛榮之心，可以擠進上流的社會，可以光宗耀祖腳底生風。當近乎無所不能的一張單薄的紙成堆成了捆，甚至以百億為單位，或交換一個眾人皆知的名字，或學習成為稱職的媒體追逐者，人的價值遂簡約以新台幣計算。

我看見的，是比其他縣市快上數倍的生活步調：從出了家門開始，在小綠人從漫步到跑步，從四十秒到倒數讀秒之間，有了準確的計算。公車站頂上，或是捷運站裡，跑馬燈安靜地標出下班列車進站的時間，站立著垂下眼沉默的人，也都在計算等待所需的機會成本。最後，是衝進公司打好卡之後對繃著臉的上司解釋，自己遲到三十秒的原因是電梯塞車。

還有午夜十二點之後的溫度，三點半，一格徘徊在最清醒與最想沉沉睡去的時間點，對只是吊在米白牆上數著節拍的鐘而言，趕軋支票的下午三點半，和這個妄想與神祇搶奪時間的三點半並無差別。從這個角度，我看不見樓下那家便利商店的招牌燈亮著等待孤單的靈魂，沒看到蹲坐在誠品敦南店裡啃食想像乾糧的人們，也看不清夜店酒吧台上那杯馬丁尼的苦澀醉意。關掉部落格的管理視窗，同時也鎖上名為疲憊的鎖頭，轉過身，我只是傻傻地，等著那個好多年都沒

能再見的日出：

「你要記得喔，不管到哪裡，想我的時候也好，或者你家眞的不要你的時候，即使有一天我們眞的失去了連絡，我還會知道你在天空的某一個角落，最少，你跟我還是看著同一片天空。」

即時通被我定位在比書信更眞實的避風港，大概就是從這段對話開始，那時候的我，能夠眞心相信的事物不多，這段話的主人正好是這其中之一。然後她說，這是她的朋友給她的台北定義：只要在這片天空之下，一切希望，一切記憶的證明題都成立。

還不懂所謂存在的意義，不懂以後該做出哪些選擇，不懂夢想爲什麼有好壞的差別，接著，又繞回存在的意義這個話題；是否，這只是我一個人不捨抽身，在這個時空流連？

「不在，才是最大的現場。」

我不在場，連帶著我的夢也閒置在不在場的宣言字句間；因爲我不在，所以我沒有資格問，問我的過去如今流落何方。那紙荒誕的不在場證明，使我連辯解的力量都失去，每一個疑問都只能呑回喉嚨。什麼現場？什麼才是最大的現場？沒有人回答。

於是我又進入另外一個我不懂的圈圈了，在這個城市裡。

其實還在想念，當我聽見我的夢從未知的高度墜下，我感覺自己像是從101頂樓往下跳。

曾經，我認爲我的夢想太多，多得讓我失去選擇的能

力：有很多朋友，很優雅的談吐，還有知道得體二字怎麼寫的智慧，以後要上多好的學校，有一份多好的工作，優渥的旅遊資金，然後獨自過完我想過的一生。

很久很久以後我知道，當夢想耽溺於深入根脈，它就成了慾望，眾人盲目追求的核心。我其實不想要這種人際關係，因為有人告訴我這只是軟弱的隨便心態，我其實也想做我自己，但是這個社會告訴我這是不對的。我其實不在乎未來會變成什麼樣子，但是那些關心我的人在乎；所以我不覺得我是為自己活，所以夢想墮落，所以，我才了解，夢想只不過是一種符號，一種包裹了多層糖衣的符號，單一，而且絕對。

而我的符號來源，是一段沒有盡頭的想念。

時間不多了。北歐神話裡，控管人類與神所有的時間，諾倫三女神的天秤在我的視線中央搖擺，微微的十五度傾斜，掌握過去的烏爾都，慈愛而單純的笑容停在我從未見過的大稻埕。由現在幾乎可以稱為古董的衣著懶散的曲線上，大紅布幕上掛著難以清理的陳年灰塵區額裡，當年抹得油亮的無比傲氣已不復見，只剩下過時而被現實淘汰的輝煌。象徵現在的維爾丹迪手持刻畫歷史的雕刀，安靜地坐在馬路對面的大廈頂樓，表情僅僅是若有似無的弧度彎起；還有她們三位女神裡年紀最小的史庫爾德，她哀愁地望著淡水河出海口的方向掙扎，悼念自己的雙眼看不見邪神洛基嘲諷的狂妄，她是未來。

手機囉唆了半個小時，讓我開始思考拔掉電池的可能性，卻沒有乖乖回到補習班的選項。收件箱被下星期的同學

會訊息佔滿，但我沒有赴約的打算。懷中的筆電裡，一個個等待我打入全劇終的故事在哀嚎，和著近百封電子郵件的怒吼，向我索取重見天日的時間表，可惜這是我所不能承諾的範圍。

手機內鍵的詭異旋律，和筆電發出的警告鈴聲融為一體：催得很急啊；我低聲說了一句，然後把筆電螢幕蓋上。

已經沒有時間了。

我還不想為了無聊的原因過我的一輩子。這聲冷嗤換來周圍路人的喧囂。

時間哐啷碎了一地，未來的女神手中的天秤閃著淚光，我知道想念，已成了緬懷，我所以為的慾望，早在某一天被收進回憶的樓閣。

但我的心裡只想著「天地者，萬物之逆旅」。

評審言

〈緬懷孤寂〉這篇文章當然相當特別，生活在台北是不是都會感到很寂寞？也許是吧，生活在這麼匆忙奔波，而又這麼現實的台北，常常會讓人感到很孤寂。作者利用這個孤寂來描寫他心目中的台北，文字上也好，敘述上也好，尤其是在文章中有提到一句「不在才是最大的現場」，充分把他個人對台北的孤寂感敘述出來，深得人心，寫得非常棒。（陳銘磻）

我其實看到這題目並沒有打算給他分數，後來看它內容其實寫得不錯。「孤寂」這個東西其實是非常抽象的，他居

然拿來當題目，他沒有辦法很明確告訴我們他的孤寂是哪一種，因為他寫抽象感覺的功夫還不到，就變成這題目就先嚇壞了，內容就沒有辦法傳達出他想傳達的東西，因為那麼多人寫過孤寂，你的孤寂究竟是哪一種？在台北盆地的孤寂又是哪一種？他其實要很多很多事件去串聯，我覺得有點可惜。（鍾怡雯）

筆下的心底波瀾 ✎

有些孤單只能自己品嚐，從高處往台北的馬路看，那無數個夜竟如此令人懷念。

喜歡一個人躲在一個框框裡的個性，大概就是在那樣的氛圍中形成的；就像一個人有著外表，和個性，也是最不願被別人碰觸的區塊。

寫這篇文章的時候，我想到很多東西，關於愛、關於一些黑暗的念頭，有一種終於找到回家的路的感覺。

一片空白。本來是想這樣就混過去，最後還是狠不下心來。

我的文字有個多數人都同意的定義，謎。於是到了這一刻，我依舊看著那篇過去思考我的未來。

不懂吧？沒關係，我懂就好。

很多人等著我說謝謝，幾位不得不習慣我奇怪行徑的家人，還有陪我修稿到一點多的某出作業達人，那群拉著我一起掛在網上Burning The Midnight Oil的同胞們。

還好有你們在，我才學會勇敢。這一句包含隱晦不明的

存在主義。

眼下的心底波瀾

　　做為母親，我卻在孩子的寫作模樣與寫作空間裡驚覺她的成長，也在孩子甘之如飴的內心承載之下，發現她對寫作的興趣與執著。如果對文章的喜愛可以豐富她的生命，那麼，做為一個乖巧小孩的媽媽，我既榮耀又支持，加油了，我的孩子！（媽媽）

纏綿自有時

林郁馨

北京。

晚暮時分，高擎枝椏的白楊樹覆上橘霓的綾紗，行道上乾旱旱的沒有任何一片葉潤飾，車乘人流隱隱從四方八角冒湧出來，川流宣洩著一日的疲乏。一間間蟄伏的飯館也活躍了起來，逕自吆喝迷惑聽覺。

揚塵、呵氣、煙霧，就這般把氣派軒昂的皇居給栓鎖得茫茫然，夐不見跡。

出走

「這幾天越發感到迷惘，遷居北京兩年了，氛圍裡總有那麼個被扼住的限制在，忽然很想出去走走，離開城市的規矩去那片清淨的西域國度。到底心裡想要尋找或感受些什麼？人生，到底需要設定什麼樣的原則和目標？一切都是未知的……」

娟秀的筆墨在此斷了線，嗚嗚進站的列車夾帶一息奔向自由的味道。旅人拎著吹氣似的行囊即將奔赴巖巔水脈，揮別逐漸向背的平原故鄉，前方未知的旅途正以100公里的速度迎面而來。

「短小粉色的乘車券，換走的是389元厭世的自己，換來的是長程硬座邁向重生的自己，這樣的交易是否值得？」

日記的同頁復添上幾行，厚實的防壓玻璃窗在夜裡勾勒出立體的女性側邊，蹙著眉沉思，無聲微幅顛簸的車龍在暗

冥裡滾動著。

　　行程的首歇，輪番用藏、漢、英文轉述「石家莊」後，不過兩分鐘的剪影，便駛離了，日記依然閣在簡便的伸縮桌上，一車廂靜默好夢。

　　辰時甫過半，熱烘烘的日光撼起車廂裡的生息，走道上梳洗的人們熱情寒暄，餐廳裡的瓷盆刀叉興奮的鏗鏘作響，「西安」的放風時間約莫12分鐘。

　　「旅程的次日，選道什錦餃子暖胃，遙望秦皇的地下堡壘，體會道地的快閃滋味吧！」

　　隔頁的日記輕快的被繪上幾筆，頰畔上揚的油唇映照在窗台，正是久違的簡單快樂。顫顫的，車龍駛出月臺，日記自始至終都攤開著。踢掉纏腳的包鞋，弓腿擱著一本西藏風土誌，細細讀了起來。火車駛出華北，稀落傍山而建的小土樓與稻田佔盡視線，彷彿是入山的前哨，空氣清新但也微薄了起來。

　　「遺世孤立的人家如他們，才是真正的在生活，儘管日子過得勞動，也不杜住在如此桃源。」

　　喃喃的低語收進了素面的日記，清靈的眼眸旋即墜入那一片鬆弛的綠，久久不復回神。

出塞

　　時間是最爽朗的午後三、四點，列車進入山區前的最後一個平地站「蘭州」，停歇的時間稍長，畢竟行了將近七小時，硬座的旅人怎捱得住？即使軟臥榻的人也癱膩了，於是大夥下車舒活筋骨。

先一步繞出站口的乘客細賞炳靈寺石窟雕像，想像砌建於明代到如今依舊不朽的雄姿。下方掩映著一汪碧波——劉家峽水庫，在商旅穿梭的絲路道上，展示老祖宗的智慧與寬宏。這樣對一路走馬看花的我們來說，不啻燃起了興味。

　　列車要進入寧段，不僅要更換火車頭，還得加上空調發電車以增加動力。二人迅速運走墨綠色的平地頭，繫上頭尾相銜的新車頭，翻新的領頭感覺特別霸氣，厚重厚重的絳色夾雜鵝黃色，準備闖入稍高點海拔的山區。

　　「乘務員說這段會有點高原反應，希望自己能適應。」

　　車門收攏後，心情莫名的焦慮流淌在乳白色的箚記裡。打開車廂的連結門，甬道一側宛如電影「哈利波特」裡特快車的獨立廂房，三兩人撐臉側臥談天。衣著筆挺的服務員隨時彎身打掃。倚窗的談天座台，襯著外頭聚積起來的暮色，以及越來越濃厚的沙質地形，竟有種身在沙漠的錯覺。

　　餐車上寥寥的坐著幾個外國客，點了幾道家常小菜及特別的紅景天、人蔘果，回味著齒頰殘留的味道，心裡甚是舒暢。握著一杯濾泡茶，頭抵著窗，愣愣的想起雲南白族的三道茶：「第一道代表人的前半生，充滿苦難曲折；第二道代表人的後半生，伴著甜蜜溫馨；第三道代表人的老年，回首往事感慨萬千。」眼前這般光景與昨日的茫然無依，只是第一口與第二口之別罷！

　　半捲書誌，夜晚硬座這一區，除了幾個扭動的小孩調皮眨眼睛外，悄然無語。疾奔「格爾木」的列車，趕上寒風瑟瑟的清晨，軍大衣重重裹身的工作人員聚攏上來卸下寧段火車頭，換上白底藍帶的裝甲頭，並為行走格薩段補足燃料。

換首重新出發的列車，十足的高原莽夫，與並行的公路，撞破遲滯的東陽。

曙色刹地穿窗而入，乘者登時醒了大半，乘務員趁機分發氧氣管，解釋吸氧設備，沉寂的車廂頓時生息起來，但依舊是甸甸的，眾人無不小心翼翼地吸吐，唯恐觸發高原反應。簡易漱洗後，拎著早餐，倚在臥榻外的貼窗位置慢慢品嚐。窗外的沙地、峻嶺似乎還沒醒過來，沒有書上的亮麗丰采，開始有陣莫名的恐慌。

張愛玲曾說：「我們對於生活的體驗往往是第二輪的」。氾濫的資訊成見，會不會讓人千里一見，大失所望？幸而應聲滑入眼簾的崑崙群山雪白崢嶸、可哥西裡藏羚成群、藏北平原草原蒼蒼、沱沱河紅水漫溢、西藏要隘唐古喇山，隨著日昇雲騰，一幕幕全成了明信片，凝結在抽氣的一刹那。

「美本是不容懷疑的，只因為摻入了複雜的人類。」

深受震撼的思緒在日記烙上了這一行。

入藏

申時，列車經「安多」站不停，不過車速放了稍慢些。沿鐵軌慢溯的措那湖，湛藍晶瑩，連淡雲也忍不住俯身攬鏡，朝粼粼的湖面盈盈一笑。接下來的風景，有草原、牲口、聖山、曲流相依相伴，構築這一片人間淨土。可惜的是，美景當前，有些人卻無福消受，高原反應帶來微喘、頭疼，似是進入聖域的必然洗滌，不僅渾身鉛積般的難受，書寫的手也軟癱無力。「彷彿有一個急欲掙脫的力量想破蛹而

出，卻不得其門。」

反覆靜調脈息，隨著漸漸適應窒悶感之後，一股豁然的心神煥發上身，藏區風光盡收眼底：遠處流著蜜汁的羌塘高原，養著龐然的犛牛群；羊八井一地鮮黃的油菜花，幾似四月的江南；祭塔似峨巍的念青唐古喇山，凜凜守衛著這一切。陰雲翻滾，日薄西山，日頭退下後的窗外一片漆黑，晚間九時，列車順利抵達終點站「拉薩」，車內響起一陣低吟歡呼。

旅人紛紛小心翼翼揣著行李踏上雪域之都，疲憊的車頭一旁止不住地嗚呼喘息。接站藏人演繹著藏俗——捧著青稞酒唱歌及獻上哈達迎接遠方的友朋，熱情的氣氛、嘹亮的和氣，觀者嘴角不禁泛起溫暖的笑意！

忽然，一個喇嘛裝扮的藏人捧上白色針織的哈達，順著淺淺的微笑掛上我的肩膀，悄聲說了句「紮西德勒」。受寵若驚之餘，正欲探問，只見那雙慧點的雙眼眨眨遠去，睿智莊嚴的神態被兩個侍從似的喇嘛簇擁離開。走出車站，珍重的解下頸項的哈達納入隨身包，攔下一輛租車直奔訂好的八郎學旅館，程間撫起細膩綿密的織料，念念不忘的是那抹紅色袈裟的身影，什麼樣的因緣把誠摯的祝福給予一個陌生人？

行李擺定後，坐上床舖環視廳房一周，這才體認到自己可是真真切切的在吸吐西藏空氣了！「身子尚有些不適，暫且不費神編織明日的行程，今天就如此吧！」寫下心情寫照，簾外閃爍一整晚的璀璨，無聲卻也意韻疊嶂。

清早，桔紅色背景下的大昭寺，虔誠藏人們或伏或跪

的，開始了每日的大轉經。順時鐘滾動入口處的一排瑪尼輪及手裡的小經筒，嘴上念著六字真言，由內至外環繞寺、街、宮。穿越這群忘神的人龍，走進寺內殿堂，只見著七八個遊人合掌祈盼，還有一位步伐清朗的老和尚點著酥油燈、盛淨水、拭佛龕，那動作讓我看著看著竟入迷了，什麼樣的信仰讓他們日復一日，自甘淡泊？

懷著一種糾結的心緒步上二樓，凝望窗外，遠處五彩經幡前，立著兩隻伏臥金羚及一枚法輪，恬然靜默的渾如一尊安貧樂道的佛陀，身邊的空氣彷彿霎時停滯了下來，凝在眉角與嘴邊。一種發自本心的欣悅，讓我這外來的旅人，也禁不住的合掌冥思起來。

釋經

「甘於所有，只因精神上的富足更值得追求。」驀地，打轉喉頭的男聲介入，一雙炯炯眸子，遠眺後哲學家式的回望我，那襲熟悉的袈裟、不凡的氣質，「那是祥羚法輪，還有，哈達不是圍巾喔！」慌張的我趕忙解下今晨沾沾自喜的搭配，理理短袖的靛藍雪紡及下身刷白的牛仔褲，臉紅的盯著他袈裟的衣袂，絲毫不敢正視那清透智慧的臉龐，彷彿告解的姿態，就這麼尷尬的橫亙在我們之間。過了好一會兒，順著他衣著的縐褶陰影，我稍稍將視線上移，對上的是輕鬆但不失莊嚴的神情。尤其在眼神對焦的一剎那，更是有一種高山仰止的心境，直覺地認為他應非等閒之輩，或許是個道行深遠的高僧吧？

「請問您是……？」他扭頭小聲交代侍者後，示意我跟

他離去，這時，身後的大昭寺人聲開始鼎沸了起來。步出寺院的圍牆外，才跟上他並肩一起走。我好奇地問他，究竟為何如此小心翼翼，他才略略不安的答道：「呃……其實我是仁波切，就是漢人你們俗稱的活佛，叫芰怒，這兩字不大常見，意思是消除眾生煩惱。上師說，這是使命……」。伴著他的解釋聲，我腦中不禁浮現旅遊書的介紹：「西藏最為世所知的佛法代表人物，是延續前幾世修行的大師現世肉身轉化，其德行涵養之高深，自誕生認定後開始揚法祈福。在世擁有極高的聲望，尤以其所贈之哈達，是莫大的祝福與庇佑……」頓時，手裡折疊的白色哈達，在空中劃了一道吃驚的弧度，停了下來。

看我愣住的表情，他緩緩地笑了，似領會我心底的疑問道：「那也是藏人誠心祝福來者的表現，希望引領你與我們共修共享。」一路上與熙來攘往的朝聖者陌生擦肩，玩味著隨手可見的「六字真言」繪飾、俯拾可聞的朗誦聲。我對藏人執著這六個字的原因十分好奇，他說，「我們認為修行悟道的最重要條件就是勤於念經，而這六字，被視為一切經義根源，反覆念誦，即能消災積德、功德圓滿，若說這是藏人對幸福的憧憬而付諸的行動，也未嘗不可……」，聊著聊著繞上八角街的餐館，極富藏情地解決了午餐，下午便走回大昭寺細賞。

他開古論今談建築的沿革：「『著名的克五難使婚』、『甥舅、唐蕃會盟碑』奠基了此後的漢藏之交；『彩色壁畫』見證贊普們的一心向佛；『鍍金的覺沃法像』命運多舛，光輝卻依舊永恆；『松贊幹布、文成公主、尺尊公主的

英姿倩影』轉化成不朽的塑像；『建築上融印、尼、漢、藏的古宗教風格於一座』體現政治文化上的開明寬納。」解說其間，不忘夾雜文成公主卜卦五行、贊普化神建寺等軼聞傳說，幾小時的聽講，遠比平面書刊活現得多，也比自個兒遊覽有味得多，直到眼神同聚焦在腕上，才發現時間並不早了。道別後他匆匆走進其中一個殿堂，或許是要晚課吧，眼下步出寺外，餘暉尚殘，逛逛八角街的攤商，選間餐館便隨意解決。

人情

翌日，起身稍晚，在旅店吃了午飯才上街，頭暈得厲害，想起昨日他授的六字真言，姑且喃喃唸它個幾遍以緩解不適。

以大昭寺為中，順著八廓街旁的一個小支巷，坐臥著規模稍小的小昭寺，外觀看起來有一種中原本土的味道，旅遊書上說是文成公主執手設計的，與大昭寺換了覺沃（釋迦牟尼佛八歲）的等身主像，牽引出一段唐蕃的緊張時期，結果是以大唐公主下嫁修好。

龕上滿是人們獻上的酥油與哈達，皺皺的人民幣和著零錢堆得老高。「難道不擔心有人偷走？」我以小人之心度佛陀的寬大之腹，既而一想，即茅塞頓開。對西藏人而言，物非形體，其意更甚形外。背後的動念與心意，才是物的本相，是以竊盜之人只是執相中人罷了。

沐浴餘暉下的大昭寺，閃閃逼人，磕長頭的敬客擦起一陣揚塵。若有所思的踱上八廓街的盡頭，發現一片乾草地上

撐起四五個帳篷，獒犬敵意的噪叫了起來，主人探出帳外安撫牠們，目光見著我，熱絡邀我入內。沒想到，仁波切竟也在座，挑著好看的眉向我點了頭招呼，隨後其餘藏人紛起身對我說了聲：「拉木年」（歡迎語），便開始熱熱鬧鬧的飲酥油茶、青稞酒，吃糌粑、嚼羊肉乾談天。主人一家不諳漢語，卻仍用簡易的肢體語言竭盡待客，或透過仁波切把我納入他們的話題中心。他優雅自若地避開葷食揉著糌粑送入口中，羊肉乾渣滓哽著喉，他悄悄遞了杯開水過來，歉意的用餘光盯著我，還不著痕跡地幫我推掉熱情的羊肋部位。溫馨歡快的氣氛在一飲而盡的酥油茶後告終，他自然接下哈達掛上一家大小的頸項，表謝意也祝平安幸福，主人一家送我們離去時不忘說一句：「拉木年且」（告別語），乘著寒風，襯著眾星的夜，地上曳著兩人的身影。

步回旅館的路上，或許是青稞酒喝太多了，兩頰滾滾發燙。「太有緣了吧，碰一個人可以連著這麼幾天」。

「最後那嚴肅的神情，我想我是知曉的，他一直認為名稱（仁波切）不是很重要的，主要是能幫助百姓，若用來擴大尊卑，那就寧捨不受了！」闔上日記，閉上眼，複雜的紅塵似乎是古早的事了，兩天相處的點滴，讓我見識到人性層面，可以是如此熱情正直，善良無瑕。

禮寺

布達拉宮是冬宮，羅布林卡則是達賴喇嘛避暑的夏宮，以西藏風格建立的貴族園林，不知名的花朵錯雜鮮豔、枝珂交倚、林木蔥籠，繽紛的氣息很符合夏日況味。難以想像，

這盎然生機萌發於海拔甚高的世界屋脊上。

殿中騰龍展鳳、神鹿法輪，為肅穆的殿堂添了幾份柔彩。午後，外頭如茵的草地上，砌滿「耍林卡」的帳篷，一撮撮人們聚首談天，嘻笑玩鬧如親人。藏人教導漢人邊歌邊舞，漢人請藏人嘗試方便乾糧，七月未至，歡騰的氣氛，讓人恍若置身「雪頓節」的喧囂。

抵至布達拉宮的廣大青石廣場，離約定時間尚早，好玩地借了件藏服扮起藏族女孩，學著昨日的舞步，在廣場前胡亂轉著轉，竟引來一堆洋人的相機捕捉。群培竟拎著我的相機，早在那等候多時，淺淺的笑裡帶著驕傲。喜悅閃在他黛色澄澈的瞳，我的一切他都懂，像剛拍的照片，有種獨特的崇佛光輝。

「跳得不錯，有本事做咱的藏族姑娘，想留下呵？」

輕快的開場，一掃曖昧流轉的尷尬，拿著購得不易的兩張門票，我們飽覽西藏疆域的丰采，也見識到政治中心的森嚴氣派。

松贊幹布建初曾說：「為公主築一城，以誇示後代，決定立宮以自居。」在紅山上的建築群落竟與清皇居的殿室同是999間，可惜子孫不肖，戰亂烽火，只餘兩處為唐時陳跡，其他為清時五世達賴重建後，遷哲蚌寺與之併為政教的統一中心。穿梭內室與外室，忽而昏暗、忽而明亮，分神的我被陡峻的階梯絆了跤，他感應似的迴身出手扶個正著，卻炸雷的縮回手。此後，只待經過稍陡的路面，他一定墊後勘著，對上我詢問的眼，也只迸個的念：「安全，安全重要，出門在外別讓人擔心。」但我讀到他眼裡的灰心與無奈，乘

涼裡的旅人定是有人抽氣，而我知道那雙手是絕不會再靠近我半吋的了。

埋首藝術價值極高的古籍、壁畫，歷史意義的法器與奢華靈塔，藏人以教為尊的生活型態一覽無遺。外人對於他們一生貧乏，卻對極盡奢華的進奉大呼不解，或許在灰色地帶也有這麼點不得不的哀傷在，展示櫥窗裡映著群培已然平靜的神色，任重道遠的職稱在他英挺的背影，劃下一道不該屬於他的老成傷痕。

返程比去程多了點靜默，只有我們自己瞭解是怎樣的一個結。但他還有心情開玩笑帶我去據說是松贊幹布文成公主洞房的洞穴，要我摸摸他們使用過的鍋灶，卻堅持不透露是何原因。當取笑我的神情一閃而逝後，罕見的見著他凝視古蹟苦笑的模樣，言談間輕鬆自若、灰飛煙滅的他心緒竟糾結成眉頭一團，我無聲的推推他，「走吧。」他的失控，只能慨嘆緣份造化弄人，還有，完人的戒規是如此不近情理。

終於，最後一階落了地。路人為我們照張遠影，配上午後的聖城。聖潔的白光讓人以為身在蓬萊，紅山的沉默與傲岸、藏人的虔誠與恬適、旅人的喜悅與滿足，刻劃著安和的佛光國度，讓我不禁偷偷幻想著我們是對不食人間煙火的神仙眷侶……「在想什麼？」謝過路人替我拿回相機的群培，看著留在原地的我。「喔，沒什麼，只是忽然想體驗磕長頭的滋味。」收回癡癡嚮往，不想讓他再為了我背棄戒條，「很多事都是這般莫可奈何，只是沒想到永恆的佛國度，也有這般深刻的無常。」

那天下午，跟群培並伏磕長頭在布達拉宮前，宛若成對

的雕像,直至月明星稀。

辯經

　　著名的黃教三大寺,尤其是沙拉寺的辯經,旅遊書上說是必遊之地,我邊走邊咕噥的走出房間。櫃台友好地叫住我,說有一封我的留言:「想了很久,最後一天就去美麗的那木措吧,我會找租車去的,等我就好。這兩天好好逛,注意安全。」末尾沒有署名,字跡看來疲憊潦草,但是一貫的叮囑,是溫柔的他。

　　「拉薩近郊,以冰雹、野玫瑰命名的沙拉寺,兼具最高學府的功能。學習期限為十五年左右,考試合格者稱為『噶然巴』,繼續進修五至十年,可申請考核佛學的最高學位『格西』,認可後其社會地位是特別崇高的……」。導遊說得口沫橫飛,我想到群培,必是少年翩翩的格西吧。

　　辯經園,是一塊綠樹圍繞的院子,喇嘛陸續入座,遊人就最佳拍攝位置或坐或站。首先,一人高唱一聲,站者跺腳擊掌後始提問,坐者回答,隨後便開始一陣辯理,有理的人就可以站著提問。在這個學術的殿堂上,沒有地位之別,有的是以理互相修正彼此的看法;不是詭辯,能服眾人之想,才是贏者,這樣的學問才經得住考核。

　　這場豐富辯經大會完美結束,繃緊神經的喇嘛們,舒緩斂容,起立聚攏討論方才的交鋒,辯經場上還繼續著真理的餘韻。遠遠的,小男孩拉著一個喇嘛,走過來開心大叫:「希希姐姐,這是我的師父!」定神一看,不就是群培嗎,他也挑眉驚訝了一下,復沉穩的跟小希道謝。眼神問我看到

131

什麼，我回以六祖惠能的偈語：「菩提本無樹，明鏡亦非台，本來無一物，何處惹塵埃？」群培一頓便接：「一悟言下大悟，頓見真如本性」。沒想到這問答正是新格西的考核試題，群培故作生氣的語氣道：「是誰洩露了題目，真是糟糕，回去該整頓整頓他們了」，眉角卻是藏不住的笑意。

清風拂來，他紅色的袈裟拍打著我的牛仔褲，多希望可以就這麼並肩地走下去。

離意

「十多天的遊期，就快結束了。看著一天天的日升日出，月升月落，感覺自己已經是西藏的一部份。習慣終日寒冷的氣候，沏上一壺酥油茶，啃著羊肉的腥羶味。帶來的乾糧，甚至完全沒有興味打開；好奇向群培借來的經書，還攤開在旅社的桌上，雖然讀不懂，拂過撫著，倒也生出異樣的情感。幾天的際遇，我，懂了……」

打包衣物，寄出禮品，行李卻還是沉甸甸的，甚至比來時重得多。陽光依舊燦爛，照得人依依難捨的心情，無所遁逃。包好經書，塞上一晚無眠寫的信，群培，怕是要這般長伴青燈終身了。

舉步維艱地下了旅社樓梯，小希在門口哭得傷心，櫃台的女孩也含淚囑我千萬要再來，下次的住房費全算她的。門外耐心的群培跟司機，靜靜地待我忍著喉頭的哽咽揮手說再見，上了車才拭起淚來，群培從後照鏡上關照著我，車行那木措的路上，一片沉默。

寂靜無人的那木措湖邊，群培握住我的手，深情地說著

唐古喇山與那木措的傳說：「聖山天湖，有一對生死相依的戀人，雄壯忠誠的武士與丰姿不盡的的美女，廝守著他們海誓山盟的不朽情緣。」邊說邊解下他手上的佛珠，套上我的手腕，「一直想要送給妳的，在佛前供了好些天，希望能護衛你的平安，在我不在你身邊的時候……」。

解下佛珠，無聲的淚珠在他黝黑粗糙的手裡匯聚成一種綿長不盡的思念。執手相看淚眼，竟無語凝噎。青唐古喇山，澄澈明朗的那木措，一抹紅色身影背著素色裙裝的女子，漫溯其間……

「那一月我搖動所有的經筒，不為超度，只為觸摸你的指間；

那一年磕長頭在山路，不為覲見，只為貼著你的溫暖；

那一世轉山，不為修來世，只為途中與你相見。」

——六世達賴倉央嘉措

北京。

「……很想知道，你過得好嗎？……『我要你幸福』，這首歌是群培要點給遙遠的她……」

「一夜難枕　心還翻騰　天就要亮了

最牽掛的人　已離開了

……

我要你幸福　愛義無反顧

有勇氣就不怕心荒蕪

在每個轉彎後就有坦途

……
寂寞偶爾會　在心口擺渡
我還能在懷念裡找到滿足
……思念變成　一種煎熬
就算沒解藥
只要知道　你過得好
什麼都不再重要……」
摸著佛珠，看著手錶，歲月輪轉。

筆下的心底波瀾

2006年7月，炸雷的聲響，是見證著中國全面現代化的臨門一腳。

但當巧奪天工的勝景一一映入眼簾時，我不禁擔憂，它的壽命與保鮮期是……？對於感情，特別是周遭頻繁流動的速食愛情，我依然認定沒有尊重與知心的默契，沒有相依相守的留戀，沒有生死相許的堅守，怎麼能稱得上愛情？

在聖潔的佛光國度，有人世間至愛的銘刻，那份短暫卻令人稱羨的永恆情感，散成粒子，膨脹成了這篇未曾意料的散文小說。透過印刷機的撫觸，邀請大家一起神會西藏的美與摩卡散兵的深情愛戀。

眼下的心底波瀾

西藏一直是神聖的境地，獨特的宗教，讓它裹著一層神

秘面紗。生活在西藏這塊淨土上的子民，遺世而獨立，享受著大自然賜予的恩惠，那一首以珠穆朗瑪山為名的曲子，正是以一顆虔敬的心唱出對聖山的「敬」與「愛」。

只因為一個單純追求心靈自由的想法，把女主角從繁華喧囂的大城市，踏上西藏。沒想到意外的一段情讓她的心從此不平靜……獨特的風土民情和流動在彼此間的曖昧情愫讓短暫十天的旅程，激盪出永生難忘的火花。雖然最終兩人礙於禮俗並沒有長相廝守，但「愛情」的魅力，不就是在於此？那段美好就封存在記憶裡吧！誰說淡淡的愛戀是無味的？其實它才是最深刻的！

很喜歡六世達賴倉央嘉措的情詩：「那一月我搖動所有的經筒，不為超度，只為觸摸你的指間；那一年磕長頭在山路，不為覲見，只為貼著你的溫暖；那一世轉山，不為修來世，只為途中與你相見。」

「崑崙群山雪白崢嶸、可哥西里藏羚成群、藏北平原草原風光、沱沱河紅水漫溢、西藏要隘唐古喇山，隨著日昇雲騰……」明信片上盡是令人讚嘆的大自然的風景，且讓我們一起隨著故事中的女主角來一趟身心靈的淨化沉澱，並且放逐自己投入被受上天眷顧的淨土吧！（毓芳）

斷袖

胡乃文

2007年全國台灣文學營入選作品

「唰」的一聲，一片袖子輕輕落在熟睡男子潔白的胸膛上。烏黑的髮絲散落在臉蛋上——這白而不蒼，紅而不艷的致命武器，讓他贏得了權力、地位、財富，還有帝王的恩寵——儘管他不是那三千佳麗之一。

似乎沒聽到那聲音，他仍然靜靜閉上雙眼，顯露出細眉的秀麗、睫毛的濃密，滿足而安詳的睡著。緊閉的雙唇紅潤，是否如女人般柔軟有彈性，或許，只有他的枕邊人才知道吧。

而那斷袖，彷彿是面屏風。龍鳳在金黃的屏風上飛舞著，輕輕而優雅地用自己的調子，在空氣中劃出一道金線，是曼妙的弧線。

「你的夢呀，是否也這樣輕舞著？」你是這麼想的吧。然後凝視持著剪刀的右手——那雙被他緊緊握過的手。你看見刀面上的自己，想起自己為他做的一切……

什麼限田議，只要他快樂，你願意把一切賞賜給他，師丹定的制度就把它拋開吧。你，或許還可以不惜代價，來一招幽王烽火戲諸侯，只為搏美人一笑。你心裡想著，能讓自己有存在的理由，是來自於他的笑、他的淚、他的歌、他的言語……。他的一切讓你願意活著，都是他……

那把不知從何處而來的火，或許燒的也不是武帝的陵寢，只是種見證罷了！它盛大而壯闊，充滿活力而有威嚴，

蔓延的速度比風還狂、比光還快。它在你們周圍燃燒著，嘴裡不時發出「嘶、嘶」的聲音，似乎在頌揚著你們純摯的情感。它的手緊勾著你們的肩膀，將彼此的距離拉得更近，而烈焰環抱著四周——那是你們羈放的情感。

篡政又如何？當下你暗自竊喜，王莽奪的是國家，而不是你所愛的那個他。歷代君主只要江山不要美人，多傻？政事讓人心煩，因此，你為王莽感到悲哀且惋惜，他將自己奉獻給國家，但誰願意投懷送抱於他呢？

傅太后的參政，讓王的權力無從發揮，但你根本不在意。比起這充滿心機與鬥爭的世界，這四四方方卻冰冷的龍椅，你真正想坐的是他的床——那張餘留著昨天溫存，還燃燒體香熱度的床；比起文武百官的服從，你只要他的承諾與堅貞。

你依然坐在他的床上，始終不忍吵醒他。當你拂袖而去，卻發現只剩下右邊的衣袖……

你捨不得，回頭又瞄了一下，他依然深深的睡著。但你的視線移不開了，凝視著他年輕稚嫩的臉龐，想起為他做的一切……

你怕自己沒有辦法留給他什麼，不顧大臣們反對想將帝位禪讓給眼前這名美男子。

默默的離開寢室。這次，你不回頭了。

「在我的萬年塚旁築一個墓留給他吧！」你死前是這樣說的，在嘴角畫出一個漂亮的弧度，劃過歷史，並留下了一個永恆的印記——那是你跟他愛情的見證。

你終究還是離開他了。下葬前，還清晰看到，他穿著那

件衣服是多麼熟悉——斷了左袖……

筆下的心底波瀾 ✏

　　寫這篇文章的動機是來自於蔣勳將美學跟文學結合，在他的筆下，人物的形象不只被賦予優美的感覺，更增添了幾分栩栩如生的存在感。「斷袖之癖」的故事十分吸引人，於是我試著這樣帶有情境的寫法，企圖用舊題材寫出不一樣感覺的新東西，用文字塑造一種畫面感，算是一個新嘗試吧！

眼下的心底波瀾

　　整篇文章的描述看似平靜，卻讓人心中湧上陣陣波濤。「一片袖子輕輕落在熟睡男子那潔白的胸膛上」，作者以唯美的特寫鏡頭點出整篇文章的意象，安靜的畫面透露出款款深情。全文以持著剪刀的動作，安靜且無聲地看著自己心愛的人中交互投射同志的心理感受與「愛」意的情感。

　　「斷袖中的卻發現只剩下右邊的衣袖……」和最後一段的收尾「他穿著那件衣服是多麼熟悉——斷了左袖……」，可以說是整篇文章的支柱，呈現最終的主題「斷袖」並讓始終不渝，留在嘴角的微笑，印證一切。（陳怡帆）

傷逝

胡乃文

　　雙手合十，香煙眼前化作一股輕煙，縹緲上升，然後在空氣中消散。

　　其實很多事情，是一輩子都不會體會的。有人活了幾十歲，卻從未參加過喪禮，第一次——也就是最後一次，他成了那主角；有人在整段生命中從來沒有遭遇過貧窮，直到有天他罹患絕症，才知道自己其實一點也不富有。

　　如果，外公沒有過世，我想我這一生大概不會有點香的時候——我甚至沒用過打火機。

　　那天是九月二十八號——教師節，六點多的時候，電話響了，是爸打來的。

　　「外公在五點多的時候走了。」

　　掛了電話，我走回房間，傻愣愣地看著窗外的天空。天空什麼時候藍得這麼讓人眼暈？還帶點憂鬱的灰以及逐漸被隱沒的橙，越看越迷惘……

　　對於死亡以及悲傷這兩件事情，我還是沒有充分的抗體足以免疫。

　　隔天，全家回宜蘭為外公處理後事，在車上就把骨灰罈抱得緊緊的。

　　「那是我跟妳爸爸去選的，這是外公第二個家，可不能太草率。」媽闔著眼輕聲的說著，語氣帶了幾分不捨，但我想她一定還是睡不著的——自從醫院通知外公病危的第一通電話在半夜響起後，媽就再也沒有深沉地睡過一次覺。

車終於開進巷子，外公生前的老朋友坐在庭園幫忙摺冥紙，旁邊搭的棚子裡法師正誦經。平淡的音調一再重複，不知道外公是否也能這樣平順地安然離去。

　　這是我第一次穿壽衣。黑色——放眼望去是一片絕對的死寂，而衣服上彷彿還混雜了一些情緒。我終於明白奶奶為什麼那麼討厭我買黑色的衣服。

　　黃布罩住的小隔間裡，表弟在旁邊燒金紙，表妹們則是在折蓮花。那片黃布上裡面有花鳥，還有龍鳳。我們走進黃色布簾裡，阿姨紅腫得誇張的眼睛說明了一切，那一剎那我也迷惘了。

　　事實上，我從小沒跟外公住在一起，也很少回宜蘭，即使回去也是窩在客廳看電視。外公的山東腔很重，多半我都聽不懂，只是呆呆地點頭。他最後一段時間甚至不記得我，而我眼裡的那滴眼淚終究還是沒留下。我硬是把它忍住了，就怕這一哭，就再也無法遏止所有的悲傷。

　　外公的表情很安詳，活了七十幾歲，當了幾十年的老師，他的身上有一種能讓人信賴的感覺，和老師的威嚴。他的眼皮不再跳動，可是我想媽會永遠記得外公睜開眼的樣子；他的胸口不再起伏，但阿姨一定還能體會被擁抱時的溫暖；他的雙唇不再活動，但舅舅還是不會忘記外公訓話的內容。

　　人死了，但總有些東西是不會被遺忘的。

　　外婆今天很安靜，不像平常會喊我們吃飯。她忙進忙出，找了幾件襯衫，為外公擦拭身體，換上乾淨的衣服。外

婆喃喃自語，用國語說著：「這是你最喜歡穿的。」

外婆是道道地地的台灣人，外公則是山東人，外婆不大會講國語，真要講起來也不大標準；外公完完全全不會講台語，還有很重的山東腔。我一直很好奇，兩個語言有隔閡的人，居然可以長相廝守四十幾年……

火化那一天，員山下著細雨，整場葬禮多添了幾分哀淒。但諷刺的是死亡分離了親屬，卻團結了朋友。他們一如往常聊著天，而祭堂裡面是漫天隨風飄飛的輓聯，上面多半是「師表千古」、「永懷師恩」之類的字。

外公，你的學生並沒有忘記你呢。

儀式開始了，悼詞是媽自己寫的，我邊聽邊吸鼻子，旁邊的阿姨偷偷抹眼淚。身為長子的表弟拿起外公的牌位，走向火葬場，爸在旁邊打黑傘，葬儀社的人還特別叮囑我們往外走的時候不要回頭——怕死者捨不得離去而錯過投胎的時間。

焚化爐前，外公的棺材已經放在軌道上，時間一到，我們就得把他送進另一個世界……

葬儀社人員提醒道：「棺材一推進去，孫子孫女記得喊『爺爺你趕快走！』不然老先生捨不得離開，那就不好了。」

表弟表妹點了頭，時辰一到，焚化爐的門開了，他們也大喊剛剛那句話，但絕對不是為了應付習俗，那一聲是很堅定的——如同他們對於爺爺的情感。

就怕外公無聊，媽特別選了有風景看的位置，她知道外

公喜歡住一樓，也把位置挑在低一點的地方，老人家行動會比較方便。

死亡，是另一個開始，願外公能在另一個世界繼續他所樂愛的職業——老師。

眼前的香不知不覺漸漸燒短了，我換上新的，拈了幾炷香，點火，線香的煙再次冉冉地向上飄，纏成一個白茫茫的麻花捲。眼睛專注地盯著這個畫面，我的耳朵卻分心了，彷彿聽到這句話：

「下輩子還要當你的女兒。」

彷彿是媽的呢喃——語氣很輕，但卻很堅定。

筆下的心底波瀾 ✎

病痛纏身多年的外公過世了，這樣的結果並不意外，但仍叫人難以接受。爺爺喪禮上，四歲的我在靈堂看到棺木從眼前經過，竟不知道裡面躺著是幾個月前還帶我去巷口散步的爺爺。

媽說，外公是農曆七月生的，朋友都笑稱他是閻王的兒子，我常想，是不是因為這樣他才可以陰陽兩個世界來去自如呢？外公生前在急診室進進出出好多次，每次都能化險為夷，雖然病發時總讓家人總是忐忑不安，但終究還是鬆了一口氣，感謝閻王沒有急著把他徵召回去。

外公生前我沒有做什麼，或許這篇文章能夠當做紀念跟感謝吧。

眼下的心底波瀾

被託付要寫這篇序時，其實沒有想太多！

開了電腦後再讀這篇傷逝時，有種想哭的衝動，因為我外公也被病痛纏身多年。十多年前，外公中風了，其間經歷二度中風和無數次的摔倒，從此他的身體再也沒好過。雖然和外公家住得很近，但因為某次家庭聚會時產生的衝突，導致母親一氣之下拒絕和外公來往，而我，再也沒去過外公家。

去年五月，母親想開了，叫我提了一籃水果去看外公，應門的是我從未見過的印傭。我握緊外公乾枯的手，崩潰在床前。印傭很緊張的安慰我叫我不要哭，說怕外公會難過。其實當時我很懷疑外公到底還記不記得我，因為他老人家那時意識已經很不清楚了。但事後外婆告訴我，那天在我走後，他一直喃喃地喊我的名字。

外公做了氣切手術後，我再也聽不到他喊我的名字了。失去了聲音，外公和外界的溝通方式只剩下輕微的點頭和搖頭而已。

這篇文給了我很多感觸。或許吧，是外公的時辰還未到，所以還得再受病魔的折磨，但還是希望那天到來時，他能安心的去另一個世界。（劉宜）

流行物語

吳佳芸

之一‧流行

　　流行如同野火燎原，點燃每個社會階層的龐大物慾，照亮資本主義的「財」氣。除了吃飯睡覺工作，採購，成爲每個人不可或缺的義務。

　　時裝、新一代電玩手機、當期連載漫畫、本季最新車款、今年秋冬的古銅金色系提包、08春夏的雪紡材質……追求流行的慾望緊緊地根植在食衣住行育樂之上。

　　流行就像傳染病，有了最新款手機就會傳染到升級最新軟體，再蔓延至電漿電視配上智慧型機器人，除了個體感染還會擴散到同學同事親戚。當大家對新玩意兒快要免疫時，又推出更新潮的病毒，再高明的醫術都無法制服如蝴蝶效應的盲目，而出發點只是渺如一粟的元素：樂活、民族風、精緻料理……，卻有如此毀滅性的殺傷力，洗腦了所有追逐者。

　　全方位的生活美學被物慾附身成爲集體意識，住豪宅、開名車、坐在伸展台前第一排的虔誠信徒多如繁星。消費能力爆衝高升，精品市場佔有率年年升高，名流豪宅造就業績神話，名牌購物袋搶購造成人踩人新聞、黃金路段每坪百萬喊價，每張成交的訂單收據都可列爲奇蹟。

　　「流行！流行！多少罪惡假汝之名？」這年頭彷彿穿著過季牛仔褲用黑白手機是犯了滔天大罪，以致黎民百姓也無法免於被流行牽著鼻子走。

　　哈利波特的書迷漏夜排隊、專輯演唱會門票炙手可熱、哈日哈韓的瘋狂追星……青少年次文化的虔誠與謙卑，完全拜倒在「流行」石榴裙之下。甘其食，美其服，追求最新的生活元素，傳播廣告挑逗之下任誰也禁不起物慾的讒言，於是普天之下的亞當夏娃都成為擁有高超行銷技巧的商人的子民，定期進貢，溫馴地接收來自流行命令。

之二・品牌

　　精采奪目的櫥窗、閃耀光芒的伸展台創造了時髦美，精雕細琢的精品美、絕代風華的名牌美，中古時期貴族奢侈的專利藉著一件件名牌授權給了21世紀的平民。晶瑩剔透的櫥窗玻璃映出人們的慾望，媒體炫目刺眼的鎂光燈照亮通往「三千名牌集一身」之路。

　　紐約、巴黎、米蘭、日本四個世界流行重鎮全年無休傳播流行資訊，以一場場時裝秀教育女人對美的定義。在名流身價鎂光燈催眠下，追求時尚成為全民堅定信仰，時尚刊物成為必讀聖經。

　　1921年CHANEL No.5香水至今仍是無可超越的經典，無怪乎法國前文化部長有個評價：這世紀法國將有三個名字永存：戴高樂、畢卡索和香奈兒！從此精神生活與物質生活被少數設計師佔領，任他們定義時尚！

　　品牌征服女人對美的觀念，設計師操控了所有思想，傳送出一則則時尚條文，弄得滿城風雨人心惶惶——盡是美麗的奢侈。商人假維那斯之名征服消費者的荷包，精品旗艦店接二連三地在台灣萌芽。櫥窗是病毒傳播的幫兇，名媛貴婦

刷爆了卡，熱門款式限購、世界限量版，誘惑人們陶醉在物慾的喜悅，淪陷於精緻奢華的品牌之中。

　　名牌迷思是永世不得超脫的輪迴，LV經典圖騰、GUCCI的古銅金奢華家徽……。女人是被名牌扭曲？還是藉著名牌烘托更上一層樓？拉格斐不能解答，PRADA行銷公關不能解答，身陷其中的女人們也不知其所以然，卻一致稱職地走在當季最新的尖端，從頭到腳都以名牌加持，造就一個由CHLOE、COACH、BURBERRY、YSL組合而成的「完美女人」。

　　名牌成為權力的象徵，女人是這股永不止息的流行戰爭中的參戰者，勝者成為時尚名媛，敗者落得過季退流行下場。流行是眼花撩亂的加法，Chanel + Vivienne Westwood、FENDI 08春裝秀+居庸關長城，時裝界的秩序沒有定理來記憶，每天是推陳出新的善變。Prada行銷公關不能解釋，拉格斐負責催眠，財力成為這場戰爭中勝敗關鍵。

　　話說回來，名牌的價值不全然是商人哄抬結果，材質、打板、包裝、信仰成為精品鑑定基準，高級精緻的材質、細膩專業的技巧、天時地利人和的廣告包裝加上已成為全民運動的名牌迷思，讓人穿出自信氣質，秀出身分地位，滿足了人類金字塔基層生理需求與高層自尊自信的需求，如此說來追求名牌何過之有？

之三・時裝

　　男人用權力寫地位，女人用流行寫地位，08早春款、今年秋冬必備、時尚新貨……一個個危言聳聽的標題綁架女

人；今年秋冬必備超高跟鞋，明年春夏裝以雪紡質優勢延續去年軍裝風，今年改成短版合身外套。善變的時裝界沒有一點線索可以捉摸。誰知道去年秋冬的及膝長靴在今年竟然變成足踝靴，80年代末期至90年代初期的風型鞋款，現在又被拿出來大做文章。

四大流行重鎮每天發布的時尚命令掌控了女性的穿著、全球成衣廠的營運方針及伸展台上的時裝爭霸戰。十月已經將隔年春裝展示完畢、十一月預測隔年秋冬的流行路線……，沒有元旦與歲末，只有一張張草稿從設計師腦中蹦然跳出，只有打版師全年無休的縫紉作業。

二次世界大戰期間Chanel無領前開襟套裝、工作便服、褲裝解放了女人的緊身衣詛咒，帶領女性同胞們走向身體自由的舒適穿著。話出自我單純的設計理念成為所有女人的集體意識，領導著流行神話的品牌因此千古不朽。

同樣是對女性的解放，作風大膽狂野的Vivienne Westwood肆虐著以風尚導向的時裝界，肉慾主義、血淋淋T-shirt攻佔仕女心中最為神聖的伸展台，放蕩不羈加之於高雅奢華之上，時裝界似乎措手不及迎接青少年次文化進入紳士名媛的精品世界。Vivienne Westwood是70年代搖滾龐克與80年代的新浪漫主義最佳詮釋者，街頭穿著叛逆設計，從歷史中回顧流行趨勢，藝術家的才華加上商人頭腦，矛盾衝突卻和諧的出現在櫥窗中，配一條土星項鍊的少女走在時尚尖端，身穿LV的名媛可能還略遜一籌吧！

「時裝」放在劍橋百科裡的定義是大多數人穿著的流行服裝樣式，西方文明興起的現象；放在櫥窗裡的定義是時尚

尖端的美；放在眾人的眼睛裡是驚嘆和羨慕。巴黎成為設計師開業的最佳場所，Dior、Chanel、YSL都是在巴黎起家的，量身訂做服的權利下放，皇帝老子、黎民百姓只要消費的起人人都可擁有名牌加持。

好萊塢流行著這樣的一句話：「如果妳不知道要穿什麼赴宴，穿上Armani就沒錯了！」精緻、優雅、中性化的Armani，讓穿著者在任何場合都顯得自在和得體。嚴凱泰穿Armani、郭台銘也穿Armani。

名牌不只是品牌迷思的展現更是金錢買不到的風格展現，「衣服線條能輕鬆優雅，無結構感的貼近身體曲線」，禪性色彩、極簡主義、中性風格的設計精神，散發出淡雅氛圍。精緻質感優雅線條將個人氣質盡情釋放，自我形象也在選擇獨鍾哪家品牌的過程裡醞釀而生。

流行像夜空中的煙火，絢麗燦爛卻如同曇花一現。名牌帶領流行，流行帶領衣櫥內容。其實，穿出十六歲自信不需用GUCCI相助，掌握優點搭配合宜就是我的最佳名牌，何必費心破財擠破頭去搶個購物袋搆著名牌的邊邊？

筆下的心底波瀾

「寫什麼？」這是一開頭就不能走回頭路的，有人寫城市、回憶，有人眷戀歷史……，就選自己有興趣的吧！流行、品牌是雜誌媒體主流，但是如何將滿坑滿谷的資料、條列式的流行重點組成散文又是另一個考驗。寫這篇文章的那段日子，每家的logo都在頭上飛來飛去，甚至還會跑到眼前

要求戲份多一點！就像裁剪的織品線條般在空白word檔將每一條纖維重新解構組合，打版功夫要磨練、行銷技巧也不容忽視……

　　這樣的過程代表我對文學的追求與熱愛，就像對流行的關懷。

眼下的心底波瀾

　　就從女人的衣櫃裡永遠少一件衣服來說起吧！換季了，流蘇長靴和卯釘打造波希米亞的異國風情；滿佈的日雜，elle、vouge，是屬於我們的專屬話題，伸展台上的衣服展列，引領女孩們的目光。

　　時尚是一種生活，一種自信，也是一種包裝。我喜歡它的迷人，因為那是可以創作也可以回收的浪，是以我樂於跟隨吳佳芸流行文化的感知的步伐，從時尚中學習自信，也從自信中製造時尚。（陳彥君）

給布農孩子

吳佳芸

孩子：

　　當你的手與鍵盤已建立良好情誼，當你的休閒娛樂已和遊樂器無法割捨時，請聽我說，以布農族血統為傲吧！你可知道百步蛇與祖先的故事，你聽過長老們的歌聲參與過長老們的儀式？離開電腦螢幕，關上iPod，聽我說一個故事：

　　先找出你的傳統服飾，看！百步蛇栩栩如生盤繞在你衣裳，你知道是哪位手藝精巧的女孩創造出來的嗎？

　　請聽我說：從前，有個婦女為了做丈夫即將出門的服飾而發愁，什麼樣的花紋才能讓丈夫脫穎而出呢？

　　苦思而不得其解的她有天邂逅了一條百步蛇，蛇紋在陽光下熠熠發光！她借得的蛇寶寶回家模擬精美的紋路線條，數天後，勤習織布的婦女卻意外地讓蛇寶寶悶死在百步蛇花紋的布堆裡！犯了滔天大錯的她為了遮掩小蛇的意外，一再對母蛇撒謊。不久，東窗事發，母蛇氣憤地降臨了可怕的詛咒，全村幾乎無人倖免。

　　孩子，你看看衣服上的花紋，能感覺到母蛇痛失愛子的憤怒嗎？詛咒降臨之後，族人與百步蛇達成協議，今天每個布農族衣服上的花紋是都來自小蛇身上的圖騰，織功精巧的圖案銘記著百步蛇思子的心情。

　　孩子，你聽這天籟的嗓音，是酋長虔誠祈禱的祭槍歌。

　　渾厚單音剪開了滿天星斗的寧靜夜晚，這是原鄉的聲音。你聽，長老祈禱狩獵豐收平安、雄壯威武的報戰功的八

部合音，唱的是族人對天神對自然的尊敬。

　　孩子，布農族的血液是勇敢、智慧的象徵，希望這些古老的傳說能藉著你，代代相傳！

筆下的心底波瀾

　　大學中有不少服務性社團：假日輔導三鶯地區小朋友課業、寒暑假出隊至偏遠地區，每次都讓我想到高二時的布農族原鄉服務，當時的孩子們現在都上國中了吧，我永遠記得他們帶給我深刻的感動。

　　「微笑，親切服務；燃燒，延續熱情」是社團的理念，熱情，的確是服務的重要元素，回想起當時的準備期，要安排課程、演練團康遊戲，到了部落還要自己打點飲食，17歲的丫頭們通通投入了100%的心力，所以得到很美好的回憶。這個經驗運用在大學帶領營隊，才知道從零到有的幕後工作如此繁複，感謝老師當初幫我們打點好其他瑣碎的行政工作。三天兩夜下來，我們像布農族小朋友們的小媽媽，語文班三年下來，嘉英姐也就像我們的母親一樣。

眼下的心底波瀾

　　高地上氣息清朗，黛色的帷幔從拔突的群峰上悄然浮上，西下的豔麗正慢慢褪淡。八部合音緩緩旋空徐行，包裹著在場的感官，我沉緬在這種奇異的曲調裡，想找些熟悉的咬字，卻像隔層紗似的忽現忽沒。是祭儀歌，神秘地在群山

間迴繞，月光冷然見證這虔敬動人的誓言。

今夜，我願當個不寐的遊子。（林郁馨）

接觸

吳昱嫻

獻給那些孩子，那些讓我至今回想仍難忘牽掛的孩子。

　　我不知道該從哪裡開始說才好。

　　我只曉得，這一趟山地原住民體驗帶給我很多。

　　重溫幾近快被課業忙碌所風化的，記憶中的層巒疊翠；感受已經被歲月拉走很久的童言童語，品味與灰色叢林截然不同的令一種原始吐納……

　　這些山林給我的太無盡也太珍貴，這些人給我的太驚豔也太難言……

　　難言者，我體會。

　　許許多多我們曾經以為的，專屬於孩子的無瑕，在此被打破。

　　這樣的接觸，這樣的震撼。

　　山間午後的陽光，少了都市塵埃的燠熱，多了自由時間的清風。

　　籃球、疊球。煦光下閃耀。

　　高年級搶了球，組了隊，佔了場地就與世隔絕的揮汗起來。籃框下兩平方米的世界容不下一位異己之輩，總是會不經意的看到，喧鬧的人群邊緣，有一個或兩個三個的小孩子，就那樣坐著，看著。

　　我走向他們問怎麼不去玩呢，回答我的是不悅又無奈的「他們不讓我們加入」。

　　他們。

　　我以為這是一個和樂的，不分你我的大同世界。

　　於是我東奔西走請學妹幫忙帶著那些邊緣的孩子，盡我的力量讓他們知道自己沒有被遺忘，沒有被排斥。

　　但是當我直起身抬起頭四處張望，我會在各個歡樂的角落看到更多孤寂的眼神。那樣的眼神總是眺望遠方憧憬無盡，那樣的孤寂不僅帶著無助和憤慨，還有更多對事實無法改變的無奈及渴望。他們不滿十歲或剛過十歲，但他們的眼神找不到我們曾經以為的理所當然。

　　我們曾經以為，孩子的世界不分你我。孩子的世界除了單純，沒有第一千零二個形容詞。

　　看清世間充滿城府的自以為是，我們，懷抱著城市的爾虞我詐，期盼來山林間尋求對單純世界的渴望，及隱藏的自艾自憐。

　　我們錯了。

　　我們才是真正的單純。

　　集合的哨聲響起。我不知為何感到疲憊。我踏上長長的階梯隨性地四處張望。在那一方的走廊又看到令我難過的身影。

　　怎麼不跟大家一起去玩呢？

　　‥‥‥‥‥‥‥‥‥

　　理所當然的沈默。

　　一種無言的控訴。

　　那樣的無言以對讓我心痛，眼角有如針扎，刺痛讓眼前驀然朦朧。

　　‥‥‥原來。

我深呼吸,回到班級。

原來,你我的世界並無不同。

原來,這就是世界大同。

筆下的心底波瀾

沒有華麗拗口的形容詞,沒有氾濫稠膩的情感,一切都像是被腦海深深的錄了起來,再翻出黏貼。

最真實,才會最簡單。

直到現在,再回首,仍無限感觸。

背對黑暗,面向了光,才會發現一直憧憬的,其實太過刺眼。刺眼到,忍不住流淚。

童年是人生中的光。我們緬懷著它的美好,然後忘了它的黑暗。最真實的,暗。

笑的背後,就一定燦爛嗎?

眼下的心底波瀾

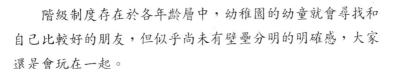

階級制度存在於各年齡層中,幼稚園的幼童就會尋找和自己比較好的朋友,但似乎尚未有壁壘分明的明確感,大家還是會玩在一起。

然而一切在國小時有重大轉變。

六年的分層帶出六年的差距,高年級自恃比中低年級稱霸校園較久,往往會欺負年齡比較小的小孩,於是,瓜分土地的現象就出現了。高年級分完換中年級,中年級選完剩下

不要的地方才是給低年級。在僅剩的遊戲地方，同年齡中的鬥爭又開始浮現。小小年紀就有了小圈圈，你跟我好我跟他好，但是你不跟他好，因爲我比較喜歡你所以我跟你好不跟他好。

被排擠出來的人只能孤單的站在校園角落，落寞的看著其他小孩歡樂玩耍。

無論是兒童或大人的世界其實都是殘酷的，當沒有同伴願意陪伴；當沒有圈圈願意接納，你，眞的是孤單一人，除非自己享受孤寂，不然眞的很難熬。這樣的情形無論長到幾歲都是一樣的，套句作者的話：「原來這就是世界大同」。

你説你不喜歡人多，寧可一個人過生活。在人群面前你總是笑得很開心，每個人都覺得你是樂觀的人。

但笑臉的背後是不是僵化抽搐的肌肉組織？

是不是一種勉爲其難堆起來的彎曲弧度？

是不是一種繽紛的保護色？

是不是一種另類的疏離感？

你總笑笑的把自己眞實想法藏起來，直到累積到即將爆炸才會顯露。

如果笑臉的代價是這樣，那，你又何苦？

（By Poly-carbonate）

第六感時空戀
── 白帝奇遇
吳昱嫻

入選建中六十屆「涓流副刊號」與「二〇〇七年聯合文學全國巡迴營」創作獎

〈早發……〉

執櫓，執槳，我為舟子，搖著三峽一片好水已然十餘年。多少人事在我一葉小舟中浮沉，搖啊搖的，搖向也許轟烈也許恬淡的未來。

我也曾以年輕之顏，純真之眼看待人世，在我那碎於滾滾將水中的青春年華。

歲月可以沖走很多東西，我無法否認自己早已忘記為何會成為擺盪江岸的舟子。

但我始終記得，那一次，與仙人的邂逅。

匆匆流光在我擺渡的指間中緩緩流洩，滔滔流江在我搖擺的小舟中疾疾奔流。

但這段回憶，是怎也抹糊抹滅不了的。

〈朝辭白帝……〉

斗笠下躲著烏亮的黑髮，匿著青春的紅顏。不過加入舟子之列兩餘年，純真的目瞳中早已存進世故的灰。

當那仙風道骨般的足履踏上舟底，我微微揚了揚眉。尤其那蓄著飄飄髯鬚，風流倜儻的書生之容顏上，閃耀著異常亮眼的喜樂，炯炯眼瞳中燃著重生般的清爽，波光粼粼似正

映照著那容光煥發，青年也似的紅顏。

我微微勾起笑容。

「客倌，乘船嗎？請問大名？」

「李太白。」來人輕輕微笑著。

「原來是李大學士。」我拱拱手。李學士不在意的揮揮衣袖，略帶急切的步伐像正催促著我準備開船。

「咿呀」，舟已啓程。

〈千里江陵……〉

長江滾滾，一日之間來來回回反覆過江，但我三峽之景永遠看不膩。瞿塘短窄，石崖陡峭，遠古的巨靈臨江顧盼，一眉一眼都是歷史的陳封味，混著水花四濺，像一碟細品才有味的下酒菜。巫峽幽深秀麗，怪石裸露琳瑯，神女丰姿綽約，圍著一圈雲霧紡成的舞紗更顯縹緲。於是乎，酒菜有，歌舞亦有，配上清淡的水聲絃奏，客倌們，只管暢飲吧！

豪邁奔放的歌聲，天真爛漫的笑語，李學士飲著一壺又一壺的痛快，吟出一譜又一譜的佳篇。那帶著醺然酒氣的詠唱中難掩欣喜若狂的激動，赤子心性的悅舞中露出宛若重生的歡喜。於是，我忍不住。

「李學士，小的直想問您呢。」

「喔？何許事呀？只管說，不必拘束。」李學士吐出一口味濃卻不惹厭的酒氣，嘴中仍舊是嘟嘟嚷嚷著靈感頓發的隻字片語。

「您今天看來分外欣喜呢，有啥事讓您這麼雀躍？」

舟子是沉默的，對於顧客的舉止我們理當不與多問。

但我好奇。深深好奇。不是因為年紀尚輕之故。

任何人都會想問的。我直覺感到，一曲千古名談便要織起。

「哈哈哈哈哈！」李學士豪爽地對空長笑，風流倜儻地晃晃手中的酒瓶。

「遭受流放而後又幸得大赦之恩，人生之大快啊！你說，叫我如何不能縱情暢飲，恣意高歌呢！哈哈哈哈哈！」

天真地向日出的雲靄敬了敬酒，一飲而盡。多少風流情懷，多少仙風道骨，都隨杜康直往真心。

我不禁莞爾。有如祖父正看著孫子的嬉笑。

〈兩岸猿聲……〉

順著江流，一葉青舟疾箭似的向前駛下。

踏著醺然酒步，挺著昂然之姿，越醉越美的嘴吟詠著：

「朝辭白帝，彩雲間……
千里江陵，一日還……
兩岸猿聲哪，啼不住……
輕舟已過，萬重山……」

隨著一聲輕嘆，李學士放下酒瓶。垂下了多少莫名而起的悯然呢？

「年輕的舟子啊，」驀然，他呼道，「你可知道，這滔滔江水帶走我的，是什麼嗎？你知道那緩緩而起的朝陽，油

然自我心中生起的,又是什麼嗎?」

　　沉默。我望著那觸摸不到的背影。值此當頭,我才發現這人人口中親和的大詩人,是如此靠近又如此遙遠。

　　「帶走的,是那永不終止的愁啊!轟然流去卻又不斷復返;帶來的,是那轉瞬即逝的喜啊!驀然撈起卻又自指縫流盡。」他低低笑著。「這世啊,可真是沒一個能永遠攬著不放,或棄而不取的東西呢。」

　　我的心被勁力搖撼著,幾近激動。

　　這就是「詩仙」啊!

　　「所以啊,既然無法永恆,那就緊緊抓住每一刻吧!」原本低迷的氛圍陡然而變,李學士瀟灑的轉過身,燦爛如千陽的笑。

　　「杯中物,乃一瞬的永恆之友啊!哈哈哈哈哈!」

　　我不禁也忘我地大笑起來,舉起身旁的酒瓶。

　　「我敬您。」

　　沒有永恆的喜,沒有永遠的愁。抓也抓不到,躲也躲不了。那麼,就喝酒吧。那麼,就高歌吧。

　　就讓泛著開懷酒氣的吟詠,成就每一瞬的永恆吧。

〈輕舟已過……〉

　　匆匆數十餘年已然而過,斗笠掩著的昔日玄絲凋成今日華髮,過往紅顏刻成年華痕跡。世故在我眸底流轉,今昔在我腦中迴旋。千千萬萬的歷史見證將三峽鑄成了千百年的依然。參與的角色並非是我,而我仍舊是個舟子。

　　那不曾泛黃的邂逅,我在豪爽的笑聲中尋到了我的剪

影。

我仍舊是個舟子。

是個，曾與平凡中最不平凡之人，共乘舟共飲酒的，舟子。

筆下的心底波瀾 🖊

「舟」與「石」，並列於我最順手的題材。

石，千年淬鍊，萬年無語。背負著創世紀陰影後的輓歌，默默的將澎湃吟在石心深處。

擺渡的舟子，乘載著古往今來多少鄉愁與歸思？

而舟本身的情感，又能在何處默默流動？

也許就在那滔滔的江水中吧。

掬起一瓢，卻篩不出一絲一絡。

也許，這就是舟與舟子共享的悲歡愁喜。

也許，僅僅千年峭壁，能懂。

眼下的心底波瀾

好的文章就像好的朋友，並不是想遇就遇得到，很多時候「命運」佔了絕大的成分。但幸運如我，竟能一口氣同時結交上如此優秀而良善的朋友，拜讀如此好文章，實為萬幸。

與昱嫺熟識近六年，除曾是昱嫺的老師之外，我有幸能一路看著她傾滿溢的才華為晶透的文章：青澀文字到碩豐紅

豔的華麗，我是昱嫻跳躍般進步的證人。佐以似乎從無底線的想像及柔綢般令人著迷的字句精酌，她的文字如同擁有無形魔力的法師，使讀者屏息凝神，無法自拔。

在這篇文章裡，昱嫻手持指揮棒牽動文字，將恣意轉旋纏繞的清絲糾結出網羅眾人的魅力，高妙地將媚惑華美的意象與抽象澎湃的情思融合，彷彿能看到那些工整的細明體就這樣在眼前，隨著情節蹁躚，轉舞出絕美的步伐。（菖筑）

旅人
吳昱嫻

斗篷拉上。

旅程，就此開始。

他是旅人，旅人沒有既定身分。

單單純純，爲了旅行而爲旅人。

天安紅塵

他披著風塵的斗篷，佇立於風雲的天安門。

天安門的特別在於它偉大得毫無特色。

昔日爲自由而吶喊的激情還在意猶未盡地撼動這座門，這片地，這個國。天安門看盡了紅塵浮沉，逝川的洶湧。它既是個過客又是個莊家，它投下了見證歷史一刻的骰子，卻又冷冷處在一旁觀看。

而他，無私的眼睛，坦蕩的見證，便成爲了悠悠歲月中的過客，曇花一現的主角。

旅人啓程。

胡同秘曲

他不知道從哪兒傳來的兒歌，悠悠像傴僂唱著思想曲。

音韻癲癲顫顫，他頂著斗篷歪歪斜斜坐進胡同的三輪車裡，以爲是跌進了歷史灣峽的小舟中。舟子對他笑笑，他輕輕將斗篷拉下了些，隱隱報以回屬。

曲音陡然升落，舟身不穩地晃動，他看到弓著背的唱者

陷在回憶中搖晃風霜的身軀——就像這一路的顛簸。

兒歌自深弄淺巷四面八方流洩而出，裹著昔日的蒼灰披風跳躍而出。它們抖落一串帶著紅塵的音符，帶著歷史洗過的純淨。

當小舟駛向下一個驛站時，旅人還在回望，回望深居於胡同的兒歌。很多很多年以後，它們仍會這樣唱著，唱給每一個過客，唱著同一首歌，唱出不同的感覺。

胡同秘曲。感動，取決於不同的耳膜。

長城霸道

濁濁傲風，不知是塵粒捲著風，還是風纏綿著塵粒。

斗篷在身後呼啦呼啦地嘯著，和風形成一種奇特的和絃。風很大，卻吹不掀他隱世的斗篷帽。

紅塵耽於安逸，捲著大部分的過客，蜿蜿蜒蜒走上平緩的那一方。他不冷不熱，僅僅以淡如清水的眼波掃了一眼，無聲的步伐踏上陡峭的未知之途。

颯颯風聲，捲著驚愕的腳步，他任由長城的吐息吹掀蓬帽，吹亂蓬草。朦朧山巒間，漫天塵飛間，一條沉眠了千年的龍蟠踞在遠方的歷史中。不怒而威，不嘯而震，不翔而貴。

長城一直這樣深深的睡著，安穩的護佑龍之傳人。傳人們持起鋤，提起刀，在黃河播下歷史的種，在北京殺出輝煌的血。

如果此刻有晶瑩自他凝望的眼中滲出，他不會認為是汗青的煙塵熏了他的眼。他堅信，是那終有一天會再度翱翔起

來的龍，所賜與他的龍珠。

熙來攘往，是那人車川流，是那今昔長河。旅人不曾停下腳步，他沒有停下腳步的理由。

永遠是個主角，站在屬於自己的那一瞬間發光發熱；永遠是個過客，對那不屬於自己的一瞬間輕輕致敬。

逝川流光會一直向沒有結局的歷史奔流而去，而他的舟，也不會停止。

過客之眼垂下。

旅程，才要開始。

筆下的心底波瀾

北京七天緊湊的行程中，眾多古蹟名勝一閃而過，來不及擷取，留下文中三處，深烙在心底。

一個禮拜的造訪，會是一輩子的感動。時間會沖刷記憶，但會留下最晶瑩最細緻的回憶。

眼下的心底波瀾

「知名的三百，不知名的數三千」。胡同在蒙古話裡指的是「井」，北京建築正是由數不清的胡同所造起的建築傳奇。

溫暖的午後，陽光微風相佐我們乘三輪車遊胡同。

一塊塊紅磚砌起平凡百姓的牆，牆上的斑駁的陽光，是清朝的陽光吧。

　　我知道磚把他的故事先告訴車夫，大叔賣力的踩著車，轉述著他所熟悉的北京，咔嚓咔嚓的輪子，滾動著落日下帝國的陰影……。穿梭在蜿蜒曲折的小巷裡，腦中嗡嗡迴響的是磚的陳年故事。

　　「這是地方上挺有聲望的王家、李家……清算前可是如此這般大富大貴呢！」

記憶中的蒲公英

張簡嘉琳

2008年第九屆金陵女中入選文學獎

第四十六屆景青文學獎散文特優

　　雨水墜跌在車頂的聲音，迴盪在冰冷灰白的水泥建築間，滴滴答答的竊笑，與連成線的灰霧低語形成和弦。水滴掉落在傘面上，被風吹落在留有雜亂腳印的地面上，沸騰了周遭煩躁的氣氛，整個灰色世界彷彿對這樣的喧囂感到不適，發愁似的嘆息。

　　一整個禮拜，雨嘩啦嘩啦地下個沒完，沿著騎樓的長柱往下流，落到地面形成一灘灘水潭。站牌遮雨棚下擠滿了人，手拿著傘，望著遠方跺腳看著手錶，露出不耐煩的神色。傘面上的水滴像嘮嘮叨叨的絮語滴落地面，在眼前形成一條小河，幾片葉子漂浮在上，順著流去。

　　傘下的我，握著手機，呆立的站在站牌前直視前方，任憑來往各路的公車再我面前急駛而過。腦海中迴盪著母親傳來的惡耗：「伍阿姨情況不太樂觀，還在觀察……。」不安的感覺在心頭盤旋不去，就像一隻飢餓的禿鷹，張著翅膀虎視眈眈的渴望啃食疲累的心。排隊候車的人群陰陰沉沉籠罩徬徨無助的身影，我想跳出，想逃走，卻仍舊在陰影的覆蓋之下，悶得喘不過氣。

　　天空被巨大的灰所覆蓋，陰沉的氣壓盤旋在上方，我渴望那消逝許久的暖陽帶領我飛離這無力的深淵。耳邊傳來不耐的踱步聲，似扭曲的旋律，隨著風吹進顫抖的心坎裡，空

氣中冰冷的濕意夾雜著堆疊的恐懼,將心煩意亂的我緊緊捆住。

車子在醫院附近停靠,下了車,映入眼簾的是一棵棵挺拔的白楊木,夾雜在死寂的灰色建築裡,抖落一地枯葉,底下淡紅色的飛燕草盆栽,在這靜止的空氣裡彷彿對著上蒼祈禱,祈禱病床上的折翼天使們能再次飛翔。

院子裡三兩個人影推著輪椅及點滴,在紅磚的步道上緩緩移動,在死神黑色斗篷的威脅下,每個人的臉上堆疊著心煩及無奈。挑高的大廳內人影來回走動,掛號的櫃檯前排列著整齊的隊伍,有些人左右交談,有些人眉頭深鎖,發出蒸騰的人氣,全世界彷彿獨留我一人對著這假想的靜謐嘆息。站在電梯的鏡子前,眼鏡下是一張慘白的面容,勉強扯露著難看的笑容,一頭蓬鬆亂髮突顯眼眶下方的深色凹洞。

穿越筆直的長廊,時間像凍結一般,沉重的腳步踏在淒冷的地板上,倉皇的聲響在寂靜的空間中遊盪。站在房門外,我用力的深呼吸,裝出平靜的臉龐,探入陰暗的房門。

伍阿姨平躺在床上,緊閉的雙眼看不到如星子般的雙眸,原本光滑飽滿的額頭多了許多道狹長深溝。粉色毛線帽遮掩多次化療後稀疏的鬢髮,點滴袋連接細長的管子,再連接到蒼白纖細的手臂上。我低聲輕喊,她先是搖頭晃腦,吃力地睜開眼睛,輕微點個頭又轉身睡去。

我蹙著眉頭,低頭看看微濕的雙掌,氣惱自己竟完全無能為力。回憶兒時,伍阿姨總是有辦法撫平我對病痛的恐懼,總是能帶給我力量,多麼希望能有方法阻止這邪惡的詛咒降臨在她身上,多麼希望喚回當初那爽朗的笑聲,而不是

眼睜睜看著這心力交瘁的軀體卻而全然使不上力。

　　童年的回憶被時間劃分成許多方格，伍阿姨與我的那一
小框，是浪漫的彩虹。

　　診所裡，戴著眼鏡的醫生戴起白色口罩，對著不安的我
輕點頭。當雙手逐漸逼近，嚎啕的聲響在空間中迴盪，小小
的身影轉身投入婦人懷抱，抽抽噎噎的哭泣聲持續在房子裡
蔓延。

　　「不要害怕啦，醫生把感冒病毒趕走才會好啊！」

　　「可是……，可是，那個東西好可怕喔。」

　　「別怕別怕，阿姨會陪妳的。」

　　醫生接著緩緩拿起圓得如薄餅的聽診器，輕點在胸口上
細細聆聽；又拿出棕色壓舌板輕放在吐得僵直的舌上，而後
連忙在本子上振筆疾書，並不忘給予一根小棒棒糖作為獎
賞。

　　伍阿姨大力的抱起我小小的身軀轉圈，讚美我擁有克服
困難的勇氣，一抹如花的笑靨在淚痕未乾的臉上綻放。

　　四周空氣瞬間變得稀薄，客運馳騁在高速公路上，漠然
地看著車外呼嘯而逝的風景，心痛在臉頰上留下兩道淚痕，
思念在雙頰邊氾濫。待我回過神，進入眼簾的竟是最熟悉，
也是最陌生的地方。

　　那是間舊式國宅，伍阿姨家在五樓，每天早晨，她會走
下窄小的樓梯到四樓，輕按門鈴後將熟睡的我自母親懷中抱
走。我總是喜歡坐在伍阿姨的懷裡，晃著肥胖的雙腿，聽著

她用台灣話對我說出一則又一則傳奇故事。在那渾厚的嗓音裡，彷彿穿越時空，看到一幕幕神明顯靈幫助當初來台開墾的祖先度過接二連三的難關及考驗，讓他們得以在台灣落地生根，繁衍後代。

老舊的紅磚抵不了歲月摧殘，以一小塊一小塊剝落的速度向時光臣服。生鏽的鐵門前是一大塊廢棄的空地，午睡時分過後，伍阿姨總會溫柔地牽起我的小手，在空地上散步。那佈滿厚繭的大掌，帶給我一種說不出的溫暖與安全感。還記得童年夏天的傍晚，左鄰右舍都會搬來各色的小桌椅排開在空地上，大人們泡茶聊天，小孩在四周嬉鬧追逐，任由清涼的晚風吹拂，眾人的笑鬧聲至今仍在耳邊徘徊不去。

沿著公寓後的狹長小路，浮現眼前的是一座小公園，四周種滿了白色長春花及蒲公英。春天的風總會頑皮的輕吹蒲公英，空中綿綿密密，四周的靜物彷彿籠上了層輕霧，真像「花吹雪」，但它沒有雪的寒濕，只有雪的輕盈，落地後仍隨風打轉，在足前繞圈飛舞，直到用盡力氣，才靜靜臥躺在地。

溜滑梯前的伍阿姨總會耐心等待，適時接住滑下的小小身影，或是在溜滑梯下玩躲貓貓鞦韆的遊戲，我的天真夢想，伴隨色彩斑斕的蝴蝶在這上頭打轉。每天下午都會坐在這兒，傾聽外面棉花糖車的叫聲，編織著五顏六色的美夢。而總會有抹慈愛的身影拿著粉紅的、粉藍的或是雪白的棉花糖，站在小路的前端，張開溫暖的雙手，給我一個大大的親吻和擁抱。

　　坐在鞦韆上輕輕搖晃，看著溜滑梯下依舊隱密一如往昔的小洞，美好回憶間湧上心頭。夜晚依舊帶有一絲涼意，拉緊黑色大衣環顧，滿園的長春草在月色無垠的籠罩失去光芒，彷彿在回應著那顆掉淚的心。景物依在，人事已非。我對著一朵小蒲公英吹氣，眼前的白色雪花再次飛舞，就像好久以前一樣。

　　童年的小框框裡，所有的心情在裡頭漂浮。大大的木製盪鞦韆上，坐著兩位小女生，滿園的白色長春花與隨風吹散的蒲公英，飄落在小女孩的髮上，肩上。鞦韆盪啊盪，嘻笑的稚嫩的童音也隨之飄揚。

　　「我有兩個家喔！」

　　「騙人。」

　　「真的啦，伍阿姨家就是我第二個家啊。」

　　「好好喔，那不就多很多糖果了嘛。」

　　「還不只呢……。」瞇起雙眼，小女孩露出大大的門牙，那是抹幸福的笑。

　　遠方，傳來一陣熟悉的呼喊聲，一頭鬈髮的婦人正往這跑來，手裡還揮舞著粉紅色的棉花糖，女孩沒有猶豫的跳下鞦韆，撲進婦人懷裡輕聲撒嬌，叫著：「伍阿姨……。」

　　記憶的框架裡，蒲公英的種子灑了滿天，童稚的孩提時光在四季的遞嬗中悄悄在時間行進的道路上留下燦爛。

筆下的心底波瀾

評審結果尚未出爐，伍阿姨就因癌細胞急速擴散而辭世，回首看著自己的作品，內心複雜而迷惘。杏林子說：「人間之可愛，就在於它的有情有愛有牽絆，或許生命就是在失去中才懂得珍惜，就是它的易逝及存在的不確定感讓許多文人決心投入寫作這條書寫愛的道路。」

入選是評審給的肯定，但是面對生與死的那一道界線，惶惶間我不知該用何種心情面對，是悲傷嗎？不，摻雜其中的或許是對消逝生命的不捨。

文字符號背後所象徵的意義往往大過於本質。有人說書寫代表的是記憶或是彌補，但對我而言，文學更是一種對青春及時光歲月的低回駐足與緬懷。

眼下的心底波瀾

〈記憶中的蒲公英〉是一篇溫暖的絮語，文字間流露與阿姨間的甜蜜情懷。灰濛濛的雨景與住院中的阿姨，交映出不安與低靡氣氛。隨著阿姨病勢危急，讓作者再度陷入現實危急掙扎以及過往溫情流露的漩渦當中。後段藉著記憶中的蒲公英帶出整篇文章的焦點：阿姨的微笑、阿姨的身影、阿姨的溫柔……這些回溯談來溫暖而依戀，卻也只能隨著飄去的蒲公英而逝。（何宛廷）

蒼穹長城

張簡嘉琳

　　恆河曾經繁庶過的記憶，隨著外族入侵統治而在歷史的塵埃中成為斷簡殘編；富庶豐饒的美索不達米亞平原，創造令人嘆為觀止的藝術文化，在民族征戰中捲起千堆雪的憂愁；埃及的古老金字塔裡，是另一個絢麗迷人的空殼，或者是媚惑人心的毒藥，讓探險家深陷迷團中而尋不著出路。競技場斑駁的古牆上，人與獸之間註定的搏鬥，又豈是萬能的耶穌所能改變？千年哀鳴迴盪在寂靜的星空中，血肉糊成的信念刻進基督徒們心靈的底處，染紅了人們的眼睛。

　　只有中國長城，在時光腳步中依舊挺拔矗立，蒼灰破舊的磚牆依舊昂強不屈。對外，守護邊疆的使命並不隨著朝代更替而卸；對內，他冷眼俯視相思的淚顏，揮灑成篇章的墨痕。「秦時明月漢時關，萬里長征人未還」、「髑髏盡是長城卒，日暮沙場飛作灰」，千年來，百萬箭矢在這寂寞蒼牆上固執地燃成死守家園的心。

　　輕輕掀起歷史的一角，悲嘆「但使龍城飛將在」的遺憾，思索「不教胡馬渡陰山」的哀慟，馬革裹屍在蒼涼漠土上已風化成灰，孤獨憤恨的淚水至今仍在望夫崖的石上寂寞地流著。

　　山海關在朱元璋手裡，成為「天下第一關」，建立左輔右弼、前防後衛的防衛體系；其後建造的嘉峪關位於絲綢必經之地的河西走廊；驕傲的名為「天下第一雄關」，東西相隔，互相爭霸。秦始皇所建的居庸關，融化了戰俘與奴隸的

淚水，以山稜勾勒出剛毅的角度，從嘉峪關到山海關，長城的包袱沉重悲悽，孟姜女已痴心撼動了它，氾濫的淚，悲鳴的鮮血自雙眸流出。

　　隨著地勢的高低起伏，這條巨龍綿延駐守在北方陡峭的山壁上，在狼煙環繞之下盤據千年。四季在朝代更迭下遞嬗，堅守著華夏民族與狄夷之蠻的防禦界線，不讓被髮左衽的民族輕易佔領由黃河滋養孕育的中國領土，保存歷代王朝遺留的璀璨文化，細細地織成一卷牢不可破的史冊。

　　余秋雨在《文化苦旅》中說長城的文明「是一種僵硬的雕塑，都江堰擺出一副老資格等待人們的修繕，像一位絕不炫耀，毫無所求的鄉間母親，只知貢獻。」但我覺得長城是偉大的父親，永遠把苦難攬往自己身上，把最好的留給身後的孩子們。可曾想過，沒有長城的護衛，都江堰可能崩解在無情的刀光劍影，砲聲隆隆中；若沒有前方戰士的勇猛剛強，四川的老百姓又怎能安安穩穩地在家鄉迎接著歡欣的秋收呢？

　　萬里長城這激動人心的工程，是在中華民族在地球上留下的驕傲，是一磚一石，用人力在荒涼漠土上修築而成。

　　縱使秦始皇死了，縱使項羽的烈焰燒了阿房宮，縱使神秘的地下兵團在地底無盡守候，黃土埋藏千年後被農民意外開啟，這位千古第一的皇帝，還是用一雙歲月刻痕的手，連結出了北方荒地裡的堙洛長城，在一代又一代的記憶裡書寫傳奇。

　　足跡烙印在由血淚築成的磚牆上，保家衛國的磅礴忠誠與扣動心弦的歷史感動從脈動的夾縫中油然升起。我拖著步

履走在迤邐而上石塊上，每一步踩踏的底下是多少馬草裹屍的白骨？多少絕望的望鄉眼神？踏在帝王權力與廣大版圖的交界處，我細耳凝聽細膩紋路所發出的呢喃嘆詠，指尖輕撫歲月所烙下的刻痕，千年間范喜良與孟姜女的靈魂邊塞曲縈迴在烽火上，前世今生，譜成了沙場上的輓歌。

低喘地踏上烽火臺，疲累步伐下的石磚斑駁成灰。風雨中，沙場角鳴；烈陽中，征人未歸。昏黃漠土，青鳥啣著幸福，不知飛往何處，只留精衛叼著樹枝，填滿那腥臭難聞的血海；那屬於龍袍的記憶在我手裡迴旋成風。

筆下的心底波瀾 ✏

2006年春天，燦爛的笑靨自北京開始渲染。足跡踏遍了各個著名景點，揚名數個世紀的文化古都在新舊交替下的建築裡，呈現出另一股新風貌，新視野。縱使臺灣海峽橫躺在台灣與大陸中間，即使主權的爭執依舊不斷，但在文學及旅遊的角度下，一切是如此祥和寧靜。

憶起長城，感動依舊清晰。它的榮耀，它的悲哀，全記錄在斑駁磚牆上的那一道道刻痕。戰矢、塵粒和強風寫盡了長城歷史，但道不盡的是它在蒼穹下的傲勁。

眼下的心底波瀾

「微長城，吾其被髮左衽矣。」雖然長城在潑灑的鮮血中被建築，雖然長城讓多少夫妻生死永別，但若不是長城，

中國早成為蠻夷的領土，中華文明早會被遺忘在飛揚的塵埃中。

　　從捍衛國家邊塞的壯士，到川流不息的觀光客，遠道而來順手留下紀念的刻痕。歷經幾千年的戰爭與自然的侵蝕都不曾使長城倒下，卻在人們的讚賞中逐漸凋零。（燕箬）

不在，就是最真實的現場　　陳怡帆

2007年第一屆台北青少年文學獎初選入選作品

　　什麼是真實？什麼是現場？我們常誤以為能摸到、能看到的事物才是最真實的，其實不是。

　　有誰知道，眼前這條暗暗的下水道中曾是遍地菊花，泛漾清香和無限的生機。有誰知道，遠方那蓋滿別墅的美麗郊區，曾經是充斥血腥的屠宰場。又有誰能夠知道，隔壁陰暗的房間，曾經活生生地嚐過鮮血呢？

　　答案是，我們都不知道。因為它們並非現在存在，而是曾經存在過。所以，不在，才是最真實的現場。

　　常坐在書桌前看著時鐘發呆，時間總是自顧自得踩著無形的頻率。但因為它日夜趕路，才使我的日子像一次次的呼吸聲，此起彼落……。時空的背景像走馬燈，隨著時間挪移，被人狠狠地潑上屬於各自的色彩。

　　有一回上課，老師突然感嘆到：妳們知道嗎？這間教室原先並不是用來上課用的。它曾經是一間保健室，這裡曾經擺有好幾張床。曾經，有好多件歷史在這裡被記錄。如今我們正用著掛過視力檢測表的牆壁來寫字，輕巧地用粉筆描出「十連拍」的大寫「C」，用病床移動過所留下的痕跡來上課。

　　感覺已是好幾年前的事，但當我無意地轉過圈往後看，卻看見了二位高三的學姊正使盡力氣地攙扶著中間的那位同

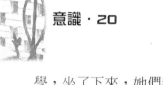

學,坐了下來,她們都坐在同一張病床上了。轉過身,又看到一群學姐正排隊要量身高,站在體重機上的學姐還不時地用她手企圖遮住出現在體重機上的數字,一旁的護士小姐鎖緊眉頭,發出陣陣不耐煩的咕噥。這些片段,雖然因為時間流逝而消失,但這塊土地仍記得,這間房間也記得⋯⋯。

　　回到家,站在通往房間的長廊上,走道的最遠端有一間積滿灰塵且瀰漫濕氣的倉庫。任誰也無法想像,那裡曾經是一個陪伴幼兒長大的小基地,每個角落都有熟悉溫暖的味道。還記得裡面有一扇鑲有藍色花邊的木窗,每當夏天,總是喜歡躺在嬰兒床舖上,任性地要媽媽為我打開那扇窗。曾經,裡面放的並不是層層的紙箱和廢棄的金屬,而是一個個惹人憐愛的小娃娃。牆壁上的壁紙因為十多年沒整理,而片片剝落。但有誰知道,它曾經是畫滿糖果的壁紙,曾經是我最喜歡的粉紅壁紙。

　　鑲有花邊的木窗格紋,在時間的蛀蟲侵蝕下,糊了肌理,褪了色膚,這裡成為蛛網的非法殖民地。恍惚間,我聽見那熟悉的叫聲:媽咪,媽咪,幫我開窗窗。面前一個小嬰兒舒服地躺在床舖上,殷勤地叫著。房間的另一端,母親正朝這走來,要開啟這扇窗。我看著她,這是時間的影子,也是這棟房屋的記憶⋯⋯。

　　家門巷子的轉角,是一家裝飾華麗的銀樓,櫥窗裡擺飾著各式各樣的珠寶項鍊,綠瑪瑙、水晶鑽⋯⋯。但正當我看得入神時,不知是從哪裡飄來的飯香味兒,仔細地聞,竟是從珠寶盒內溢散出來的。其實這家窗明几淨銀樓在還沒搬來

以前，上小學的我，午餐便當都是這家自助餐店的阿姨幫我準備的。每天她總是把便當放在餐廳吧台上，帶著一抹可掬的笑容等著我去拿。猛一抬頭，又看到了當時的阿姨，帶著笑靨，殷勤地招呼客人。

這時門口出現了一個六七歲的小女孩，用那天真而帶有娃娃音的嗓門說：阿姨，我來了！我的便當好了嗎？明天午餐是吃什麼？阿姨以一股神秘兮兮的口氣回了一句：吃什麼不告訴妳，趕快來拿吧！這些聲音，仍然迴盪在珠寶盒裡。這些記憶，不管未來這裡會變得怎麼樣，都不會逝去，因為它就是不在，所以才能成為真正的現場……。

不在，就是最真實的現場。無論是一間曾經是健康中心的教室，是一間曾經是遊戲間的倉庫，或者是曾經是充滿溫暖的自助餐店的銀樓。它們都是曾經，但也確確實實地存在過。

不在，就是最真實的現場。當曾經的熱絡化為不聲不響的封印，當曾經的風花雪月也都安靜下來的時候，大地就會輕輕地說：「我還記得……。」

筆下的心底波瀾 ✏

我乃一隻獨自漂泊的候鳥。

我是一隻漂在路中央的候鳥，曾經知道自己的方向，曾經知曉自己的夢，也曾經……誤入那童話的糖果屋。

不是麻雀，沒有久佇的景。不像麻雀，棲立在同一個街

道，不需要爲追逐而追逐，不需要找尋每個童話故事的最後一頁……（……從此過著幸福快樂的日子），而恆以四處搜尋之雙眼凝望、思索。

有人曾經這樣說過：「世界上最遠的距離是我站你前面，你卻不知道我愛你」。不，或許這是相反的，因爲我在飛尋，最遠的距離，距離，我是眞的了解……。

楓葉嘩啦，嘩啦，飄落。在你的國境內，在我啓程的路途中，冰雪丁丁的，丁丁丁丁。

眼下的心底波瀾

什麼是眞實？此篇作者說：「……因爲他們並非現在存在，而是曾經存在過。所以，不在，才是最眞實的現場」。靠著著貼滿紙張的牆，我看著熟悉的房間，不捨的淚水潸然滴落。動手，整理。當我再度面對空無一物的室內、深淺不一的白色牆壁，幾乎要懷疑過去的時光曾經存在過。只看得見過去充滿擺設的眼睛，如今再怎麼樣都逃不過現實——一箱箱打包好的書堆積在的房間內、桌椅全都收起來、鋼琴靜靜的站在角落，等待著被搬遷的命運。花了七年才貼滿的牆壁，至今只剩下撕膠帶遺留下來的痕跡。

我明白，這一切將成爲過去，變成「不在」的一份子，來顯示過去的存在。（燕若）

小女孩長大了

陳怡帆

　　暗暗的街，像壁畫裡的小河，畫得再真總是少了流水聲，聽不見，聽不見……。這裡似乎從來沒有容得下女孩的地方。

　　女孩只能站在窗台邊，靜靜的用水汪汪的淺藍色雙眼，好奇的看著每一個從她人生邊境默默走過的人，不管是男人或是女人，是老人還是小孩。

　　高高的窗台上放了一盆含苞待放的小雛菊，小得沒有自信，小得一點兒也不顯眼。小女孩費力地搬來一把高腳椅，緩慢地爬上椅子，墊起腳尖，打開木製的窗戶，上面似乎還有著淡淡的檀木香味兒。

　　樓下傳來陣陣腳步聲。這麼冷的冬天會是誰走得如此急促？鬱悶的雪，哀淒的白傾灑過窗前。那個充斥香菸味兒的孤影在厚厚的雪地裡，印下深深疊疊的腳印。

　　會是誰呢？

　　閣樓下傳來媽媽的聲音：「是爸爸回來了，出來看一下爸爸呀。」小女孩輕巧地跳回地板上，鑲有蕾絲看起來不太合身的裙襬慢慢揚起又垂下。她回想起上一次見到爸爸的時候也是這麼一個寒冷的冬天，只是已不知過了多少個雪白……。

　　「乖乖睡，乖乖睡……」搖籃曲在房間的每個角落裡響起，和著溫柔精靈粉色，錫蘭紅茶的淡淡香氣，沁入。大掛

鏡上面還繫有一條當初這嬰兒的父親細心繫著的白色鑲金緞帶。年輕的母親手中溫柔地抱著一個十個月大的嬰兒，嬰兒白皙的皮膚，和那悠閒停在鏡上的蝴蝶結，相映成趣。沉睡在時間的牛奶浴裡，嗅著香濃的奶味，服貼剛洗好的嬰兒包襁……。在白和金的蝴蝶結上，溫馨的畫裡，露出溫暖的笑容。

女孩漫不經心地走下階梯。

父親，是一個比窗外每個路人還陌生的人。

媽媽把剛剛溫好的毛毯鋪在爸爸身上，細心地將它壓平。接著匆忙的走進廚房，泡了一杯熱咖啡，女孩在一旁靜靜地看著媽媽的一舉一動，她注意到媽媽的眼角似乎有著晶瑩的淚珠在打轉，這些淚珠看起來是多麼地平凡。

她慢慢地挪動她幼小的軀體靠近這個陌生人身邊。那個人用她所熟悉的淺藍色眼睛把視線慢慢地在她身上移動，而後閉起雙眼。

他們之間沒有對話，沉默填滿所有空格。

爸爸回來的這幾天，媽媽沒有念床邊故事給女孩聽，甚至沒有上來閣樓看女孩一眼。父親像打劫的小偷，把媽媽偷走了，女孩心裡默默地想著。這些年，都是媽媽在照顧她，一大早媽媽就要到隔壁鄰居家幫忙做縫紉工作，領一點小工錢。中午趕到市場上賣水果，母女倆就這樣省吃節用地過日子。爸爸回來的這段期間，一切都變得格外地安靜……。

幾個月後母親懷孕了。還來不及告訴女孩的父親，那個陌生的身影一大清早就又消失在破舊的大門前。

　　從此，女孩的父親就再也沒有回家過。深深的夜裡，哽咽是孤寂的靜謐。

　　轉眼之間，又過了好幾年，窗台上唯一出現的人影是一個有著像金絲弦一樣的長髮在頭上輕巧地綁成的一個髻，水藍色的雙眼比當初的稚嫩更像湛藍的大海。

　　她呆坐在窗台上，窗台上的小雛菊開了又凋，所有的花苞都已開盡，她索性把它換上了小百合，香味瀰漫了整間小房間。少女拿起手邊的毛線圍巾，漫不經心地織了幾下，又放下，心事重重地望著窗外打棒球的頑皮男生。

　　門邊傳來急促的敲門聲，大聲地說：「快開門啊，媽媽要給你看一樣東西！」少女轉過身走向前去開門，滿頭黝黑的髮髻多了幾些銀白。媽媽一見到她，露出慈愛的笑容，神秘兮兮地把身後的東西拿了出來。是一件綁滿蕾絲緞帶的結婚禮服。她興奮地說：「你看，這是媽媽結婚時候奶奶幫我做的，很漂亮吧，媽媽等不及要看妳穿它的樣子呢！」少女坐在一旁靜靜地聽母親手舞足蹈地描述當年婚禮的囍宴，無聲地盯著其中一條緞帶，她默默地自問，這與當初她剛出生的白色鑲金蝴蝶結到底距離有多遙遠？

　　她望著天空發呆。

　　她的出生是為了誰？為了填補家裡的空缺？為了創造那個她還不知的新生命？為了充數世界上微不足道的空白？女孩、少女、女人，沒有自己的地盤，也喪失自己做抉擇的權利……。

　　秋天過了，冬天又是翻書後的下一頁。

當冬天的第一片雪花落地，教堂前的紅地毯積上了淡淡的白皙，然後，鐘聲響起。新婚的那天夜晚，少女回到自己的房間收拾東西，因爲先生工作的關係，準備搬去丹麥。她的窗台上放著一瓶新鮮的粉紅玫瑰花，是她今天在婚禮上最滿意的一樣伴手禮。

她起身關起了那蛀滿坑洞的小木窗。回想起它當年的檀木香味兒，明天起她將永遠失去它了。

丹麥的天空跟家鄉一樣，一樣藍，一樣自由。已經是女人的她。婚後沒多久，懷了屬於她的第一胎，每天挺著肚子堅強地坐在窗前，就跟以前一樣。

女人平常凝望的天空有了新的畫框，是一個白色的木窗。木窗上掛著一個白色蕾絲的垂簾，是當年這女人輕薄的陪嫁品。自從嫁出去之後，女孩就再也沒有與媽媽聯絡過，甚至是在她慈愛的母親過世後四年才知道這個消息……。

窗邊放著一盆的水芙蓉，光鮮地，在陽光下閃閃發光……。

筆下的心底波瀾

這篇文章本來是爲了「周芬伶式的陰性書寫」專題的作業而寫，寫著寫著，演變爲描寫一個小女孩從小到大的生活。

文章分兩軌鋪陳，一個是小女孩窗台前放著的那盆花，從一開始不起眼的小雛菊，女孩成爲少女之後仍舊被「囚禁」在閣樓的小百合，到後來結婚時的粉紅玫瑰，是女人一

生的象徵。窗台上的玫瑰因為搬進新家，新的窗戶、窗簾，新的生活給人一種出水芙蓉的感覺。

第二線條是小女孩自始至終都是用她那雙淺藍色的眼睛看這世界，女孩只是默默地看，所有的動作都只做單方面的描述。一方面是因為女性在以前時代是沒有地位，甚至是沒有空間；另一方面，是為借助這雙淺藍色的瞳孔，放大女孩身邊周圍的家人，進而闡述女人的宿命就像是一個永恆不變的公式，媽媽的一生投影女孩的未來。

文章最後描述少女懷了第一胎，這個地方又可在接回女孩的母親當初剛生她的模樣，暗示女人生命就像無盡的輪迴，又像連環漫畫再次上演。

眼下的心底波瀾

小女孩長大了本來應該是一件令人喜悅和祝福的事，但怡帆所描述的故事裡，女人一直都是配角和養育下一代的工具。尤其文中的小女孩在整篇文章沒有任何言語，只是用一雙充滿情感的淺藍色眼睛看著這世界的演變，直到自己也變成母親為止。我希望怡帆能了解世界在變、社會也已經徹底解放的道理。她需要努力為自己而活，創造一個美麗且燦爛的未來。（爸爸　陳瑞銘）

弒水

陳怡帆

看到了嗎？那座橋下，那支柱子，我顫抖的身軀被弒於那個角落。飄過河岸，被打撈上來的玩偶和一個早已認不出字跡的「生日快樂」卡片，和我，緊抱著，……

水深及膝。開始有些冷冽。我打了一個哆嗦。百褶裙是刻意為了你而摺短，摺短了些不必要的醞釀時間。

雨勢很大，我還是靜靜地等。總是默默地替你的冷淡做解釋。總是，藉口，為你。

我等，不管要等到什麼時候。從認識你開始後，我成了一個只知道等待的人。我學會等一朵已經凋零的向日葵，我學會等已經空了的糖果罐。

等，似乎成為我已經落空的希望。

你不寂寞，我就不寂寞。我是一個默默等待的人，寂寞，本來就是我不為人知的名字。

河岸上傳來陣陣吵雜聲，有人經過了。河面震來的水波與我的心波連成一線，上下起伏著，我很努力地傾聽岸上到底是誰，但是卻只聽到臉頰上的跳動聲和犀利的雨水聲。漸漸地聽到了嘻鬧，你的聲音我一向最清楚，而且從未弄錯過。

和著水波的節奏，興奮不斷加溫，你越走越近。本想一次衝向你，但是突然看見手上浸水的「生日快樂」卡片上，麥克筆畫的繽紛開始擴散。我快速地躲到柱子背後，狼狽地用我現在唯一還未濕盡的衣領快速擦過，深怕你突然會從我

背後出現。手上緊抱的玩偶，濕了大半，原本奇怪又搞笑的臉，現在看起來更可笑了。

一陣匆忙。等我回過神來，你的聲音從我的視線裡慢慢消散。

你走了。每次你走總是帶著歡笑一起走，你跟剛剛那些圍著你的朋友一塊走了。你果然忘了。

想你應該是不會忘的，這下你一定覺得這麼大的雨，淹了這麼高的水，我根本不可能會再站在那裡了。而我總是做出你覺得不可思議的事情。是天真還是愚笨？

又是寂靜。只有雨水和波浪打出的奇怪合奏。手裡仍緊握著你的卡片，仍然是那個緊抱著的玩偶。我望著卡片放空自己，現在卻只剩一個人可以獨自回收它們。我好累了。好想躺下來，任何地方都好……。

看看手錶，它早就已經定格在八點鐘，連手錶都停了、壞了。我用最後的力氣從口袋裡掏出手機，裡面有一個未開啟的簡訊和八通未接的電話，我冷得發抖的手，讓我看不清楚螢幕上的號碼，只知道媽媽和你都打來過了。

夜好深。我還是在等你。我還是確信你會繞回來找我。

簡訊上寫著：「你自己先回家吧，這麼大的雨，禮物明天再給就好了。」

有的時候，專屬天使就是這樣，沒有什麼是我覬覦的回報，只知道陪著你，和無止境地等著你……。

天上的月空，乍然間變的好小好小。我知道我再也看不見一輪完整的明月，待明日太陽升起之時，也還不知我到底能不能再見到你。我的心一樣破碎，與這來錯的世界起了衝

突，一起……沉沒。

水深過頂。弒水，水弒。

你，永遠都是我的……女主人。

筆下的心底波瀾

〈弒水〉改編自洛夫〈我在水中等你〉，但這篇文章呈現的是同性戀的等待。原詩承尾生之信，本篇的「弒水」的「弒」可以做為動詞，最後一段的「弒水，水弒」一方面呈現被水所弒，結束等待的句點，另一方面藉女同性戀為訴說跟男女之愛一樣有的「等待」和「愛戀」。

縱使，最後女主角並沒有等到她的女主人，但仍然堅持守護這段感情。或許被水弒了，才是這段感情的不在場證明。

眼下的心底波瀾

對橋下等待的尾生而言，水呈現的是綿延無盡的情感，無悔的愛。

等待的期望到失望之間的鋪陳，是文章的關鍵。女子為對方的缺席找藉口，幻想看到她的身影、緊抱被打濕的禮物，但原本的等待成空，只得到對方不來赴約的簡訊。

感情並不因為性別角色的問題而變調，之間的信念不因外界的眼光而改變，當然，雙方的情愫也是一樣。懷抱著最深的愛，女子選擇無悔的等待，即使知道她不會再出現，還是堅守著這份感情。（胡乃文）

U NI NAN

陸思妤

> 右手輕拉期末考左手緊握南投草
> 微弱陽光透過窗外薄霧照在臉上
> 行李箱躺在走道上靠著小腿搖晃
> 故意來回把它轉向有陽光的那方
> 確定暈染黑色混濁沉澱的破行囊

在公車上反覆背著默寫的範圍，手在白紙上不停繞著圈圈，昨晚讀國文的時候到底複習了些什麼，我好像早就忘得一乾二淨了，心裡來回繚繞的都是黑色行李箱裡一件又一件的興奮。

遊覽車離開學校，在台北的柏油路上多繞了幾圈才情願踏上公路。

公路，簡單的一條黑布加上三條白線，彎彎曲曲，坑坑洞洞，看不見盡頭，但遠行的飛機總是從公路的最底端起飛，傳說中墜落的流星也總落在公路的最遠方。

所以，每當車子奔馳在公路上的時候，我總想像自己也在公路上狂奔，速度越來越快，身上的包袱越來越少。前方出現一片大草原，公路的盡頭若隱若現，慢慢的，我朝盡頭的那一端起飛，藉著我發光發熱的一對翅膀。

下意識的用雙手環抱手臂。咦？

唉！哪裡會有的翅膀啊，最多只有一對肥滋滋的蝴蝶袖而已。

車上的爆笑聲從「小姐好白」開始播放後從沒間段過，

突然發現，兩個男主角都好適合擁有一雙蝴蝶翅膀。

從小到大，對原住民的印象一直停留在於在社會課本裡需要關懷與幫助的弱勢團體，每當讀到有關他們的文化與生活型態漸漸失傳等文章時，也總只是不在意地瀏覽而過。直到去年在商業周刊、報紙和電視節目中看到「水蜜桃阿嬤」的故事，每看完一集腦袋就像是被抽空一樣，拉不回來。有時候耳邊會不停迴盪著水蜜桃阿嬤的一句話或是孩子的哭聲。那是我第一次用心去看、去想一樣生活在這個溫暖島嶼上的他們和我們，究竟有什麼不一樣。

然而最後我也只能擦乾眼淚，回到現實生活。

那時候常在想，我看了他們的故事會難過會哭，腦筋會一片空白到底是為什麼？

為什麼人總是在別人的苦難和痛苦上，才會發現自己幸福，才會聽到那句「看看他們，你還有什麼不滿足？」

「水蜜桃阿嬤」帶給我的感動真的只有惜福而已嗎？

> 從寒冷的台北來到暖和的南投
> 從窄的那頭鑽入厚的這頭
> 如果哪天忘了怎麼寫字
> 如果手機手錶不在身上
> 如果MP3不再繼續歌唱
> 如果不斷翻滾卻不能在水中蕩漾
> 如果不是去二零零七年最美的地方
> 如果他們因為我大哭大笑
> 多麼幸運能拾起身後滿地的珍珠

再偷偷撿起一顆顆閃亮亮亮亮的寶石

塞進魚的肥沃氣囊

U NI NAN，布農語，謝謝的意思。

地球公轉自轉不變

海洋環抱寶島不變

當我們開口說「U NI NAN」

一切就此改變

回頭想想才發現

再陌生的雲朵

飄盪蔚藍如海的天邊

也變得單純親切

中心的天崩地裂

放肆雙腳的盤旋

厚實俯瞰地的臉

最令人難忘不捨的故事，總是在不知不覺中開始。

在遊覽車上找不斷叮嚀自己，一定要記得照下第一眼的雙龍，一定要記得相見歡的開場白，一定要記得忘記從台北來，一定要記得丟掉皮箱皮鞋和脾氣。

剛到的時候是國小的打掃時間，一位女孩把清洗好的軟墊頂在頭上好空出手來和我們打招呼，看了一下她制服上的繡字，金月茹。我們興奮地問她明天會不會來學校參加活動，她搖搖頭理所當然地告訴我們，媽媽剛生了小嬰兒，她假日要照顧弟妹，這樣爸媽才能安心出門工作。我很失望她不能參加（畢竟才問第一個小朋友就被否決），但還是笑著

恭喜她多了個可愛的妹妹,帶著一點佩服和心疼的尷尬語調,大概是因為她才四年級吧。

世界很大,台灣很小。台灣很大,南投很小。

南投很大,雙龍很小。雙龍很大,我們很小。

總是有很多我們不相信,不明瞭的事情,在遠端悄悄繼續老;不是不理睬,不是不在乎,而是有距離,沒有航線。

眼下的心底波瀾

長久以來,原住民總是被歸類在「弱勢」並「需要援助」的一群。

盛水器、織布機、杵、臼、驅鳥器還有口簧琴的合奏,在敲敲打打,與精神抖擻的吆喝聲中形成獨一無二的經典音樂。

原住民,本應是一群最理所當然生存在台灣的族群,為什麼反成了弱勢?發展了許久的文化傳統、技藝習俗,後來的移民者有什麼權力將其視為野蠻,並以自己為本位來進行開化?原來當時的無知,抹滅掉的不只是原始,而是一個古老傳承的記憶畫面……。

所謂的「文明」,不應該只是不斷向前追逐,而應該要同時保有從前的獨特與美麗。我想是原住民主動發聲的時候了,畢竟缺乏資源的山區需要什麼樣的幫助,只有自己最清楚。(許窬)

杯言杯語

曾馨儀

2007年第一屆台北青少年文學獎散文入選作品

　　杯的世界裡，時間是重疊的，空間，也是堆疊在一塊兒的。早晨的盥洗室、中午的餐桌、黃昏的下午茶，都有杯子的影子。從遠古時代開始，杯子便以它特有的穩健腳步，光明正大地走進人類的世界裡，而我們也情不自禁地走進杯中那無盡的漩渦裡。它不僅是容器，更是人類存在和價值的象徵。

　　杯所在之處，亦是權力所及之處。會議還未開始，杯子已忠誠的替主人佔有一席之地，無論出席或缺席，杯子已經宣示了那至高無上的主權。

　　對杯，是情人的愛情證書。無論杯裡裝的飲品有多麼天壤之別，在外表上，依然要努力迎合對方。某天，情碎了，兩人才發現內容物有多麼水火不容。

　　翻開歷史的記憶，那飛落的紙頁上揮之不去的，不就是九龍杯嗎？幾千年來，歷經多少帝王，背負了多少的責任和權勢，九龍杯始終面不改色地矗立在史書上，威風凜凜的望著被它踩在腳下的世界，伴隨杯內的鮮血，散發一股誘人的腥味。

　　杯子，是魂的化身，杯裡裝的，不是飲品，是一個個活生生的人生。

　　不知從何時起，我們全家都成了「杯情城市」的忠實影

迷。假日,一家人抱著杯情主義,興致高昂的穿梭於大街小巷,尋覓下一段杯緣。

忘了這個習慣是誰帶起來的?或許是外婆吧!記得小時候,外婆家的櫥櫃總是堆滿了一群高高在上,「小孩不可以碰!」的杯子。

站在櫥窗前,看著杯子劇團,定格在聚光燈下,任七彩或素面的舞衣,斜斜地灑落在透明的玻璃上,好似飄浮在空中一般。有些舞者的舞衣,特別引人注目,裝飾,不管是幾朵花、或是幾隻蜜蜂,總花枝招展得令人目眩;有些舞者,僅以一片葉蔽身,流線狀的葉身,經過一個完美的旋轉後,巧妙地在尾部挑起,高雅又簡單的握把渾然天成;有些北方來的舞者,穿著深厚厚的雪衣,光看那外表,就能嗅到咖啡濃濃的香味了;還有些舞者,毫不害臊地暴露出一身幽雅的弧線,細薄的杯壁,搶眼地站在聚光燈下,散發出誘惑的香氣。

我們常會駐足在店裡一整個下午,聚精會神地捧起一個又一個曼妙多姿的形體,從杯緣,到杯底,眼光有如流水般細細滑過那弧度,檢視它的內在,欣賞它的外貌。

媽媽一定站在彩繪馬克杯前陷入忘我的幻想曲中,她唸著:

「這杯子妹妹會喜歡,好可愛喔!……這個最大的適合Emily,她懶得站起來倒茶,最好一次裝多一點……」媽媽善於幫家人準備杯子,無論是長年旅居國外的小阿姨,或者是出差在外的舅舅,媽媽都會為他們準備一個杯子。

自從九二一粉碎了他的天地後,外公再也不買杯子了。

「怕碎了。」他把手背在背後說，「會心疼。」

他總是靜靜地徘徊在展示櫃間，以純粹觀賞的角度，品味這些杯子。或許，在那一次又一次的凝視中，杯子的每一個弧度，每一寸圖案，全都牢牢烙印在腦中了吧？

家中有一個高大的透明櫥櫃，鍋碗瓢盆之間流傳著一股默契，櫥櫃的某一層是某人的領地，所有矗立於領地上的建築都屬之管轄，那是一個既透明又私密的地方。

爸爸的領地上，始終只有一個樸實，不假裝飾的保溫杯。他長得很高，只有他有資格使用那最頂層的櫥櫃。他的領地雖小，卻強烈的給人一股不可侵犯的意識。

「從我認識你爸爸到現在，他沒換過杯子。」媽媽常常一邊洗杯子，一邊說。可不是嗎？就算歲月流逝，那只鋼杯，一直屹立不搖地站立在櫥櫃的頂端。它不太受注目，但是沒有人會忘記它的存在。

「這牌子的保溫杯最好，可以保溫又保冰，又耐摔。」爸爸總是炫耀性地拿著杯子說。杯子的外表實在不起眼，在燈光的照耀之下，鐵灰色的表面有幾處明顯的凹痕，那是子彈擦過的痕跡嗎？是那厚實鋼杯建立起的保護膜嗎？

一陳不變的生活裡，爸爸的杯子如影隨形。一早起來，媽媽有條不紊地打點一切，並將杯子擺在一個深藍色的小提袋裡，在早餐桌上候著爸爸起床。夏天，杯子裡裝著後院橘子的酸甜汁液；冬天，是媽媽燉煮的薑母茶，熱騰騰的，冒著煙。

「你爸爸很忙，一定要定期幫他擦櫃子的層板，不然會

滋生細菌。」媽媽常站在小凳子上，一面拿著抹布，一面對我和妹妹說。

事實上，杯子在架子上的時間相當少，大多數的時候，架子是空的，像一種無聲的宣示。

除了爸爸以外，我們全是一群盡力炫耀自己國威的統治者，我們盡一切所能搜刮杯子，在領地上矗立起一個又一個亮眼的地標。

外婆始終偏愛素色的瓷杯，她的杯子擺在櫥櫃的次高層，裡面清一色是繪滿了竹子的白瓷杯。六個杯子一字排開，顯眼的紅是打牌用的，據說會「招財進寶」。中型的杯子，是睡覺時放在枕邊的，這個杯子和外公某個碎了的杯子有些相像，但是外婆從來不肯承認那是一組對杯。每個杯子裝著不同香味，早上是觀音，中午要一杯烏龍，黃昏，一定要端一杯普洱。手捏的陶杯，是最嬌小最平凡的一個，卻被所有的杯子環繞。外婆怎麼也不肯用，因為那是她朋友親手捏製的。

「這是我朋友送我的杯子。她以前是一個美術老師，現在退休了。對國畫相當在行，那棵竹，象徵長壽，所以，我買杯子，一定挑有竹子的買。這樣擺在一起才好看。」

外婆呵護地捧著小巧玲瓏的藍色瓷杯，上面環繞著一圈又一圈深淺不一的條紋，在杯子的一面，用細細的綠色、黑色、黃色，輕描淡寫的勾勒出一株細長的竹子，畫龍點睛的幾筆鳥兒，總是視覺的焦點。竹子輕盈地躺在一圈圈的紋路上，燈光照耀下，紋路起起伏伏，竹子好似水中的倒影，隨著陣陣茶香飄動起來。

　　媽媽的地盤，在外婆之下，我之上。她的領土上面有許多駐外領事館，為遠在他鄉的家族成員預留一個棲身之所。

　　裡面有一個美國姨的卡通大使館，那是一個藍底上面繪有米老鼠的馬克杯，大多數的時間，馬克杯是倒蓋在櫃子裡的。還有一個透明建築，是舅舅喝啤酒用的；啤酒杯旁是表弟成雙成對的壓克力杯，上面印著幾隻活蹦亂跳的青蛙，每逢假期，一對青蛙，就盛滿了夏日的陽光以及調皮搗蛋的笑聲。

　　媽媽的杯子大都是學生送的，上面印著「某某屆學生贈」的字樣，以及和媽媽的合影。一群身穿學士服的學生，或立或坐，在鳳凰花開的季節，眼中閃爍著憧憬，圍繞著坐在前排的母親一身粉紅色的套裝，笑盈盈的望著攝影鏡頭。

　　媽媽的杯子每個都有自己的個性，有些是滿面春風的雅士，朦朧中，似乎能聽見爽朗的笑聲迴盪；有的是穩健的君子，正經八百在後頭一字排開，茶水中，似乎浮現了那孜孜不倦的身影。

　　有時，媽媽也將學生寄來的卡片放在他們贈送的杯子旁，媽媽鮮少使用這些杯子，倒是常常看她一面清洗杯子，一面細細數說從前。

　　「這屆的學生，特別活潑，每次上課，都弄得我精疲力竭……」媽媽拿著一個杯子笑著說。仔細看，照片裡的母親，髮絲微亂，身著學士服，頭上俏皮地斜戴著一頂方帽。

　　「他現在是某大學的教授，相當優秀，我記得……」

　　十多年的教書生涯，幾十個不同的杯子，在櫥櫃裡如紀念碑般地屹立於媽媽的土地上，承載著不同的回憶。

妹妹的杯子盤據在櫥櫃的各個角落，異於我的五彩繽紛，她的杯子千篇一律，全是繪有大頭狗的玻璃杯，似乎反映出她的單純，但，誇張的圖像，又顯示出她那不可一世的霸道。

　　至於我，隨著心境的不同，杯的身影會在不同的角落出現。雀躍時，喜歡看那大塊色彩渲染成的馬克杯，好像只有高更強烈的熱帶色彩，才能詮釋我心中洋溢的熱血。夜裡，我尤愛晶瑩剔透的酒杯，看似純淨，但誰能料想，當那豔麗的紅酒沿杯壁賦予它生命時，它會成為一個多麼誘人的形影？

　　我的私人領土，礙於身高，是在最底層的。但地盤上的杯子絕對是所有家族中最乖張的一個，種類五花八門，宛如聯合國。其中有一個是七歲旅美時，和妹妹在百貨公司裡的合影，妹妹一張似笑非笑的臉，和身旁笑得燦爛的我形成強烈的對比。當時，妹妹被包裹在重重衣服中，宛如小皇帝般的安坐在娃娃車裡，小小圓圓的，看起來懵懂無知，怎麼也不像是個會在幾年後侵佔我領土的小霸王。

　　還有一個我從未使用的杯子，是小學二年級時創作的「藝術品」，上面是一隻大鯨魚。那時候，對於鯨魚龐大的形象特別著迷，只要有機會，非得歪歪扭扭，憑空想像畫下那「到此一遊」的標記。那時畫的鯨魚，真是一種生物學上的奇蹟，如今我才瞭解，鯨魚的大小不可能塞進狗屋裡當寵物，再者，也沒有牙齒可以「捍衛家園」。

　　向來記憶力不佳的我，對杯子的來源倒是瞭若指掌：布丁狗杯，是小學五年級的生日禮物，厚重的馬克杯是幼稚園

畢業時姨丈送我的「獎盃」，記得當時，杯裡的滿滿糖果，對我來說，才是最具代表性的獎勵。還有一個杯子，以相當不規則的形狀站在陰影處，那是一個行事奇特的同學送的生日禮物，在杯底，彷若能看見我拆開包裝時的錯愕表情。至於我最常用的杯子，是在馬來西亞購買的錫杯，上面刻著馬來西亞的海灘風華。裝在裡面的水，似乎也帶點鹹味兒，海風的腥味，還有一種蔚藍天空特有的溫度。

每一個杯子，封存不同的香味；每一段回憶，都是最好的調味料。

空閒時，我喜歡將所有的杯子拿出來，仔仔細細的清洗一遍，並放在熾熱的太陽底下，看著那五花八門的杯子，在金光輝灑下交織出的旋律。陽光打在杯壁上，敲出了一個個音符，組成了一首天下無雙的樂曲。每一個杯子，都有自己的節拍；每一個杯子，都有自己獨樹一格的音調。旋律之中，有一種獨特的默契，它們會不知不覺的調整音高，並在自己的節拍上做些微的改變。

陽光下，我聽見杯子們一片和樂融融。

筆下的心底波瀾 ✏

這是高一寫的文章，現在看起來，還真粗糙。當時還不太習慣寫如此長篇散文，寫完後有種肝腦塗地的感覺，現在回頭看，與後來的文學獎相較感覺上就是家常小菜。但我個人很喜歡這篇，畢竟以杯子寫我家人，是相當獨特的經驗。

　　記得當天老師通知我通過青少年文學獎初選時，還有點不太確定應該抱持什麼樣的心情去接受。那是我第一次參加文學類的比賽，還不太熟悉這件事情的輕或重，總之很高興，又開發了一個新的領域。

　　至今還是很喜歡收集杯子，或許過了幾年之後，這篇文章又要重新擴充成另一個杯情國度了吧。

誰是兇手

曾馨儀

2007年第一屆台北市青少年文學獎散文優選

殺了我吧！台北，這是你的吶喊。

曾經，這裡是一個海港，走在街頭，可以隱隱聽見海浪的呼嘯，摻雜在行人匆忙中，混雜在燈火通明中。海水鹹鹹的味道，一直在台北人的腦中縈繞不去，每個老台北人，都想往大海跑，都想要再一次，讓自己浸泡於澎湃的大海之中。那鹹，是淚水的味道，是唐山渡海的辛酸血淚，是專賣制度下的血汗鹽，還有灑在傷口上那隱隱的痛。似乎，還混雜一點鮮血的鹹，那鮮血，是沙場上無法抹滅的痕跡。

但台北，你失憶了，你遺忘了過去，忘了曾經有多少烈士為了你挺身而出，忘了多少青年為了理想在你身上奔走，你甚至忘了，誰是殺戮的兇手。

台北被擊倒了。但我還在尋找，誰是兇手？是那利慾薰心的荷蘭人嗎？是一絲不苟的日本人嗎？還是那些……自以為清高的台北人？

大清早，我的腳步亂了地上的塵埃，在黑色的街道上揚起一陣小小的煙霧。我的袋子裡裝著證物，我正在調查一件百年陰謀，而袋子裡的影片，正是我僅有的線索。冷冷的晨風，排列著地上的塵埃，我隱約聽見，影片呼喊，我記得……

場景一：台北圓山文化時間：B.C.2000

在貝塚之中，我聽見海浪在唱歌。貝塚不能錄下大海的聲音，但當我觸摸它，可以感受到浪花的飛舞，還有大海規律的心跳。幾千年前，海水曾經洶湧，沈穩的衝擊海岸。人們拿著獸骨捕獵，用貝殼堆疊出文化的地標，這個地標，或許比101大樓矮，但如果把他們心中的回憶拉出來，可以堆疊出一座又高又堅固的台北城。

森林中，有人在獵捕鹿群；山坡上，一群人放火燒林，開闢新農地；山腳下，人們摩擦石頭，捏著陶罐；汪洋之中，捕獵的族人滿載而歸，身上是一種自然帶鹹的魚腥味。海浪，鹹鹹的，吹來的海風，鹹鹹的，堆疊出來的貝塚，也摻雜著鹽粒。

一刀一鑿，他們雕刻著台北，雕刻著自己的故鄉。或許，台北有那麼一丁點兒的痛，但是，他們不是兇手，他們只是在環境之中，求取生存罷了。

場景二：台北承恩門時間：1884

無論馬路再怎麼喧鬧，承恩門從不改其沈默。大門前，碉堡的拱門，似乎是一條幽深的時光隧道，那頭吞噬歷史的猛獸，好似隨時都要穿越時間的屏風，破門而出。立足在巍巍紅城前，手指輕輕撫過每一個磚頭，它們曾走過歷史的嬗遞，曾經目睹世間繁華。陽光在磚瓦上碎成斑斑血跡，我小心翼翼的踏進城中，每一粒飛舞的沙子，都曾在時間的巨輪中打轉。風吹過樹梢，古城便咿咿呀呀的說起古來了。

「從前從前，這裡有好高好高的圍牆……後來啊，就什麼也不剩了，全被打垮了……」

我瞇著眼睛，用想像重建台北。

依稀之中，我看見逐漸堆疊起來的台北城，鮮紅亮麗的牆，築成一座庇佑的堡壘。城內商店雲集，商人叫賣著，有位婦人喃喃唸著「六兩黃蓮，半斤當歸……」形色匆忙的從左手邊閃過；洋行的門前，幾個踢毽子的孩童正在玩弄進口的布幔；一個抽著水煙槍的老爺坐在馬車上，喀達喀達的穿過石子路，揚起一片小小的煙霧。煙霧之中，我看見幻影斑駁，在空中幻滅。

西元一八九五年，日人搗毀城牆，坐在城內，冷飲著血樣的酒，蔑視著遁逃的台灣人。城內的紅磚還在哭泣，從牆中滲透出來的，不是露珠，是一滴滴鮮血。腳下的土地，被迫吞下多少血淚，血，在地下綿密的流竄著，至今，依然不斷擴散，在每一塊磚頭間，在每一個台北人心中。這裡的風，也有鹹鹹的味道，唐山過海帶來的鹽味，還來不及被歲月洗淨。

古城的紅磚，微微顫抖著：

「那年，日本鬼子衝進來了，他們帶了大砲，講著聽不懂的文字，還有好多沒看過的東西……」

海的那頭，是出賣的宰相，他送給倭寇一張通行證，讓他們進入台北，搗毀了過去，在古城內建立起新的標誌。但是，他不是兇手，他只是時代下另一個沒有思想的傀儡。

場景三：總統府　時間：1919

自從戴上了皇冠，這裡就成了全島最高的統治中心。總

督在屋內專權,而建築堅韌的身軀永遠無法保護腳下的土地和人民。從武裝抗日到文化抗日,廣場前的士兵在風雨中屹立不搖。我在他們背後,依稀看見一個被日本警察欺侮的小販,口中喃喃唸著:「大人啊!拗擺不敢賣啊!」

從漸進主義到內地延長,延長了什麼?延長了百姓的淚海。從內地延長,到皇民化,人們可還記得曾經的台北城?還有曾經泛著鹹味的海風?在帝國主義的剝削之下,一滴滴的淚,如何能滋潤大地?

淚水鹹澀的味道,成了換取生活的配給券。矗立在台北的街頭,目睹著砲火抨擊的台北人,卻只能被動的站在一旁,袖手旁觀。志願兵坐著船,划在一條淚水注滿的單行道上;船上掛著天皇的旗幟,踏進這艘船後,沒有回來的船票。

或許,日本軍閥就是兇手,殘殺了台北的一切,毀了過去,毀了未來。但,在那刀槍血淚之下,我看見壯士為自由獻身,我看見蔣渭水靈魂的吶喊,林獻堂等人為理想奮鬥,用紙筆寫下血淚的史書。城內城外,台北充滿蕭殺的哀歌。日本軍閥是兇手?不,他們不是兇手,台北,並沒有被他們打倒。

場景四:台北街頭　時間:2007

是誰在天際打翻了一杯蕃茄汁?那濛濛灰色的夕陽,是台北的鮮血嗎?站在台北的街頭,燈火繚繞,人海快速的從我身旁流過,他們提著Asus的電腦,拿著Nokia的手機,背著LV的包包,腳上踩著Bally皮鞋,進入捷運站,搭上公

車，準備進行下一段旅程。

「你看看！那是日本現在最流行的泡泡襪耶……」

「對啊！超卡哇伊的！」

我恍惚的走進美食地下街，不禁愕然，什麼時候，這裡也割讓給日本了？左邊是壽喜燒，右邊是章魚燒，甲午戰爭的戰火，似乎還沒燒盡。服飾櫥窗中，我聞到泡菜辛辣的味道，人參泡菜鍋什麼時候也成了主流？路邊小店亮著「泰式酸辣鍋」、「印尼咖哩」的招牌，不知何時，我們和東南亞的距離已經縮短為二十分鐘的捷運路程。當我終於在熟悉的咖啡店落腳時，耳邊卻傳來一段陌生的法語。我詫異，何時台北成了萬國事務所？

大街小巷裡川流不息的人潮，穿戴著各種名牌穿梭於各國領事館。Starbucks是飯後的消遣，BMW是代步工具。走在台北的街頭，我看到世界的縮影，但，台北在哪兒？

「台北在哪兒？」我盲目的走進OK便利商店，店員瞪了我一眼，轉頭對Ericson手機說：

「你稍等一會兒，我這裡碰到一個精神病顧客。」不，我不是精神病患，你才是那殺人不眨眼的兇手，身上的Levis，腳上的Nike，還有什麼，是比這更具有殺傷力的武器呢？

我坐在7-11前，手上握著貝納頌咖啡，放任殺人兇手，在我面前大辣辣的遊走。沒錯，就是他們，是他們用流行扼殺了台北，止息了曾經的海風，摧毀了曾經的紅磚，斬斷了鮮血編織的歷史。

「台北真是個方便的地方！什麼都有，我剛剛就在店

裡買了一台日本剛推出的筆記型電腦……」一個穿著Adidas
球鞋的女孩拿著SONY手機興奮的敘述。的確，台北什麼都
有，但，唯獨找不到「台北」的身影。

　　台北的街頭，再也看不見為民族奮鬥的青年，他們遊走
於網咖，期望將自己變成徹頭徹尾的現代人。他們是兇手
嗎？是他們持續的殺戮，將「台北」變為歷史？

　　我張開口，這裡的空氣，舔起來鹹鹹的，不是海風，不
是淚水，而是台北的鮮血。屠殺還在持續，台北在流血，沒
有人注意，不斷有人拿著一把又一把鋒利的大刀，往它的身
上砍去。

　　「殺了我！繼續吧！讓我屍骨無存，讓我永遠消失！」

　　入夜了，台北的夜景，很美很亮，但點不亮每一個人的
心。在燈火光暈之中，我看見數十年前，一群為了理想遊走
街頭的青年，企圖說服執政當局執行民主自由，我看見幾百
年前，在砲口下依然挺立的將士，隱隱約約，我還看見幾千
年前魚兒跳舞，海水磅礴的氣象。

　　我拿起相機，企圖捕捉答案，卻愕然發現，拍下的，是
一幢歷史的墳墓。

評審意見

　　它很另類，我認為這是唯一一篇充滿反省意識跟批判角
度的參選作品，作者是年輕人，居然會這麼嚴肅，這很有趣。
我兩次（初選及決選作品）都給這位同學第一名。（陳幸惠）

筆下的心底波瀾 ✏

這篇文章寫於2007年寒假。

兩年後回頭看，真有些不可思議這篇居然是我寫出來的文章。

記得那時參加完文學獎，腦袋一片空白，確切的來說是透明，我試著在腦中搜尋台北，然後眼神穿越自己。

「找不到資料」，我的大腦耍賴地回答我。

上網聊天聊了一個晚上，和誰聊天我倒是真的忘了。和筆記型電腦比賽「誰先睡著」兩個晚上（當然我都輸啦），只為了想找到一個不一樣的出發點。就在和朋友討論到有些自暴自棄時，突然冒出一句，「真覺得我寫這篇文章是一種自殺式行為」，一時之間天時地利人和，於是台北就跟著我自殺去了。

抱著電腦從下午坐到半夜，文章剛剛好，順水推舟似的出爐了。只修改了幾個錯字，然後就寄出去。現在回想起來，真覺得那時膽子太大，居然沒有所謂的一修二修三修。

回頭看這篇文章，立場太過偏頗，不應完全否認台北的一切。這個切入的角度不夠寬廣，甚至是非常狹隘的，然而這是我第一次書寫台北，也是兩年前思慮單純時的想法，也算是一種足跡吧。

眼下的心底波瀾

「書寫台北」這種類似的題目在近幾年十分風行，政府

也很積極推行所謂的「文化教育」，無非就是希望讓台北人能夠對於這個常被形容爲「疏離陌生」的城市多一點認同。然而，認不認識台北，與認不認同台北是不一樣的。

當你知道台北在歷史上被很多個世界強權占領過，還留下許多標記（該說是回憶，還是傷痕？）那樣的感覺是五味雜陳的。不過，它的特色是什麼？是標高508公尺的101大樓嗎？還是殖民國留下的痕跡？

我們曾經很努力的想要爲台北定位，就像米蘭被設計師視爲時尚的朝聖地、法國是集優雅浪漫與高級名品於一身的質感城市。然而，在追尋這個「頭銜」的同時，我們也被捲進全球化的潮流中，甚至迷失了自我。日本Sony相機、人人一雙美國Nike鞋、年輕女孩嚮往的義大利Gucci包……我們活在一個文化的大拼盤中，各式各樣的餐點、服裝、表演都有，但最原始的那塊卻被遺忘了。

文章的開頭就說了：「台北被擊倒了！但我還在尋找，誰是兇手？是那利慾薰心的荷蘭人嗎？是一絲不苟的日本人嗎？還是那些……自以爲清高的台北人？」我們看過台北的歷史，但此刻卻也正在摧毀過去的輝煌。太多表面化的價值觀改變了這個城市，以往的一點一滴都逐漸消逝，這裡所說的當然不是大環境的不堪導致這樣的結果，而是在於我們用什麼態度對待這個地方。

你問，誰是兇手？其實答案早已在每個人的心中。

（胡乃文）

失落的地圖

曾馨儀

2008年金陵女中第九屆散文獎第二名

　　一枝筆，一張紙，拓印大地。

　　兩千三百年前的巴比倫人，靠著草和泥塊粗率的替大地留下第一張照片。起起伏伏的雕刻著山川河水，或許，那是大地最真實的封存。一山一川，地圖上的皺折，似海洋波動，又如山巒稜線。地圖，是大地的身份證，詳細的記載著每一道皺紋的經緯度，以及每一方毛孔的粗細。

　　我們用地圖，圈住腳下的每一分每一毫。

　　桌上攤著皺折的地圖，人類用了透視法、深淺差異，想盡辦法在平面上創造三度空間，但只有這樣的摺痕，給了地圖多一點真實性。古時，中國人，在紙上談兵中逐鹿中原；英國人，靠著這樣一張紙開創日不落帝國；而今，我們靠著書桌上這樣一張紙，企圖看見世界的每一個角落。

　　但最終，這只是一張圖罷了。筆跡勾勒出的流水，繫不住浮雲，留不住大地的音符，地圖是靜的，但凝神諦聽，是否在紛飛的圖畫中，也聽見了大地無聲的告白？

　　上億年前，世界地圖只能仰賴岩漿洪濤記憶。洪水流過這裡，於是地圖上出現深色的陰影；岩漿從這裡噴出，於是一個尖端浮現。多年前的大地，也許就是這麼簡單。隱隱約約，我們聽見萬馬奔騰，見到熱帶雨林的五色繽紛，數十公尺高的棕櫚搖曳著沙灘，在地圖上留駐一條不明顯的疤痕。

　　埃及人拿著蘆葦在泥版上劃上幾個三角形，多少血淚成

河，人類才能用金字塔印證過去？太陽要怎麼的光輝，才能重建埃及隨尼羅河飄盪的過去？拿著放大鏡，地圖上曾清清楚楚的印著上千人如螞蟻般的步伐，在太陽神的眼底豎起一面嶄新的埃及地圖。原先平凡的黃色沙土上，添了幾筆深褐色的星點，埃及的地圖，逐漸增高了。

東方擲起毛筆，一條長龍應運而生。揮汗如雨下，中華民族的血液遍佈龍體，燃燒、沸騰，充斥在每一段微血管內，擴充著每一個毛細孔。飢渴的旱漠被風削著，漠北灰濛濛的沙塵暴，吹不過龍體堅甲般的鱗片，一片綠茵在中原萌芽。毛筆的尖端，繪製長安城，洛陽城，又興建了紫禁城，越來越多的筆在地圖上，為各朝各代留下註解。

鄭和的筆，早哥倫布一步畫下美洲的輪廓，世界的地圖，又多了一角。這是另一塊豐土的淪落嗎？歐洲箭矢般的旗幟洗劫堆著白銀的聖地，馬雅淪陷了，歐洲毫不留情的在紙張上否定了這樣的過去。

華盛頓的鵝毛筆，不甘示弱的拔除英國滿地的旗幟。馬鈴薯、玉米在鵝毛筆下結果，筆尖跟隨拓荒民族的馬鞭開拓大西部，美國的鵝毛筆，在對岸戰火交鋒時刻，執拗的點燃了五十二顆星星。

大西洋對岸的地圖，天天都在重畫，躍動的國界煽動著地圖上不斷升起的砲火。國旗被拔起，插下新旗，世界地圖開始了動感的一刻，地圖的筆鋒銳利無比，劃破多少紙張，看見紙張間滲出的血水。筆尖隨著人類殺戮，血洗歐洲碧草。工業機器擰出鮮豔叫人不忍目睹的黏稠液體，從大西洋滑向大海的另一端，逼得世界另一頭的中國，交出一份新的

地圖。

中國百年換一次的地圖，在槍口的逼迫下，原子筆定義了新的國界。子彈般的旗幟，從西方毫不留情的飛來，槍槍皆是靶心。大清皇帝，固執的拿著毛筆在中原地區緩慢的逃亡，他們怎麼知道，毛筆從來不是鋼珠墨水的對手。

也許今天，地圖早已失眞。單憑一張薄薄的紙，要如何營造出比衛星更實際的畫面？地圖學家廢棄的書桌上，散落著一把製圖筆，還有一張泛黃帶著潮濕斑紋的紙張。我伸出食指，在灰塵上畫下長江黃河、兩河流域，還有兩極的冰山川河。

一陣大風吹來，紙張再度被灰燼覆蓋，或許，那不在，才是最大的現場。

眼下的心底波瀾

地圖，大概是我們最能夠貼近這個世界的方式了。新聞、網路，天天都在播報地球某一個角落的消息，但我們怎麼知道它在哪裡？有著什麼樣的背景才會發生這樣的新聞？答案就在地圖中。靠著經緯度，我們找到了這個地方，但會讀地圖的人，在這張紙上不只能夠查到經緯度，更能看出它的歷史與人文藝術。

如文中所提到的埃及，儘管位處一片茫茫沙漠之中，但埃及靠著尼羅河的滋養孕育出輝煌的古文明，至今仍在史書上屹立不搖。而地圖，就是在無形之中歌頌這段故事的人。又如台灣，小小島嶼跨過北回歸線，使得這片僅占有三萬六

千平方公里的土地涵蓋了熱帶與副熱帶氣候，又因板塊擠壓，高聳的山脈頂端不僅覆蓋白雪，也具有溫帶，甚至寒帶氣候的特徵。

　　一旦我們學到越多，便能夠在地圖上看見越多東西，因此，地圖，也是知識的起點。地圖，也代表著一個目標、一份理想，甚至是慾望。為了證明地球是圓的，哥倫布靠著西班牙女王的船隻與熱愛航海的衝勁而前進；馬可波羅頂著熱血，走了一趟中國，見到元朝的驍勇善戰與粗獷豪邁的民族性，還寫成了東方見聞錄。地圖，也沾著滿身的血與淚。十字軍東征中，許多人們被利益洗腦，漫長途中濫殺無辜，喋血而行，在地圖上，留下了一長條的鮮紅；墨西哥高原上的阿茲提克人，在刀與槍的威力之下被征服，西班牙人血洗這座堆滿黃金的城……只是事過境遷，那些血痕早已蓋滿灰塵，殺戮過的歷史也隨之被淡忘。

　　在文中，歷史與文學、地理被充分結合，形成結構龐大而紮實的散文。我們並沒有經歷過這些事情，但透過文字，似乎聽到了實況轉播，又好像接收到被征服者的控訴，窺探先進大國璀璨之下的黑暗面。看完不禁想問，這片廣大的地圖之上，究竟堆疊了多少民族的淚水與血恨？前有古人，後有來者，這些探險者們在地圖上用帆船、馬匹開出了一條路，而今我們以嶄新的科技與文明點亮黑暗貧窮的角落。這張輿圖，不只是簡單的文字與經緯線交錯而成的座標表，也是許多民族存亡的見證人，在翻閱的同時，我好像聽到那些馬雅人唱著禱歌，祈求太陽神幫忙驅趕外患侵入，這樣哀傷的旋律繚繞著我，無窮無盡……。　（胡乃文）

蟻語錄

曾馨儀

2008年第二屆台北青少年文學獎散文初選入選作品

一切都是從那不痛不癢的一叮開始的。不大不小的紅印，是夏天交響曲的開場白，是一疊又一疊「蟻愛呷」的訂單，更是螞蟻下的戰帖。睡了大半年，他們醒了，在沈睡了不知多久的書堆中，在眼不見為淨的角落裡，在午後雷陣雨滑落的水溝邊，在忘了夏天的冷氣管裡。他們正在進行聖遷，沒有阿拉領路，但早在穆罕穆德之前，他們就隨著季節光影的遞嬗遊走於食物和睡眠間。

不同於十字軍東征，他們沒有上帝，唯一的信仰是活命。沒有君王、統帥，他們卻是支訓練有素的蟻和團，即使臨時起義，也能靠著蟻海戰術毫髮未損地避過現實的險灘凱旋歸來。他們無聲的步伐無所顧忌也無所畏懼，神出鬼沒的行徑蒙蔽了我遲鈍的感官，直到那點點紅印在夜半騷動末稍神經，四肢抓痕累累，白花油和綠油精成了我的香水，我才驚覺：

「螞蟻來了！」

或許，八千萬年前，也有一群螞蟻這樣喊著：

「人類來了！」

也許螞蟻一直都是走在我們前面的。當山頂洞人還在鑽木取火、人類還在無窮無盡的探索著地表世界時，螞蟻已經悄悄的醞釀了一個地下帝國，並建造一座又一座比希臘諾薩斯城更複雜的迷宮。他們與生俱來的衛星導航能力，讓他們在胡同般的地國中來去自如。螞蟻一出卵殼便能用六隻腳走路，然而人類的嬰兒卻得花上大半年才能勉強控制那雙不聽話的腳丫；螞蟻天生便擁有搜尋「最短路徑」的智慧，然而人類卻一直等到歐基里德拍額大叫，才知道兩點間最短的距離是直線。

　　他們身上有著至今任一電腦望塵莫及的智慧程式，讓他們在完美的頭胸腹三截比例下，組成一個高度社會化、有組織效率的階級社會。工蟻們負責搬運食物，他們是世上難能可貴的好員工，不支薪，不用休假，不需勞健保，也不要求員工旅遊、尾牙或年終獎金，更別提集體罷工、示威遊行這類天方夜譚的主張。他們更是蟻后仰賴的最佳褓母，擔負餵養下一代的重責大任。蟻后成天吃喝玩樂，擁有螞蟻地國的天下，但她也受制於地國。出了地國，她，什麼也不是。她無權做單身貴族，更不會是頂客族，她的多子多孫是生物史上的奇蹟。她無權像女性主義者一樣舉牌抗爭，傳宗接代是她存在的唯一理由。

　　現存的螞蟻共有九千五百三十八種，近萬種的螞蟻在我們腳底下匍匐、鑽移，然而我們──號稱萬物之靈的人類──渾然不覺，但我們的每一個腳印，他們卻似雷達般一清二楚。這麼龐大的種族，是否有共通的官方語言？他們的言語中必然可以嗅出糖果點心的形容詞。也許他們也有個聯

合國，也有個安理會操縱著蟻族的未來。不知道他們用什麼做記錄？或許是馬雅的結繩記事，或者是糖果屋裡的餅乾屑和糖粉，在會議中排列組合，排出一句又一句甜言蜜語，組出蟻族初版，但高傲的絕版史詩。

這樣一個龐大的族系，在浩瀚無垠的時空下，兩隻螞蟻相遇的機率只有幾十兆分之一，比人類世界中兩個陌生人握手的機會還要渺茫。然而，當兩隻螞蟻相遇，僅僅是十分之一秒的觸鬚碰撞，一切都盡在不言中。那是他們的網際網路嗎？抑或是無聲的手機簡訊？在分道揚鑣後，他們可曾感到遺憾？為什麼沒有停下來喝杯咖啡？為什麼沒有緊緊擁抱，擁抱這近乎零的相見機會。

每年夏天，他們如收到百貨公司週年慶通知的家庭主婦一般，自方圓百里趕往廚房、冰箱、廚餘桶……。工蟻們匆匆忙忙，搶購著每一奈米的麵包碎屑，眼明手快的批發過期的黑心水果，以及簾縫躡足而來的樂事脆片和金沙巧克力。也許在他們的文化中，沒有「囤積貨品」的禁令，否則他們又如何能夠不眠不休，仗著千軍萬馬之勢，搜刮擄掠一個又一個城池。對這群渺小的基層勞工而言，儲存糧食是他們存在唯一的使命，是他們在龐大的地國唯一的記憶。偶爾和人類不經意的親密一吻，是他們在百忙之中留下的註冊商標。

凡走過必留下蟻跡，一面快馬加鞭，一面用荷爾蒙架構了一條又一條通往廚房聖地的高鐵。在他們的世界裡，嗅覺代替一切多餘的文字，他們用無線電波溝通，成了另類的口鼻相傳。當你踏入螞蟻的領域，那盤據四周的氣味不止五味雜陳，更是帶了點五彩繽紛的路程指標。有時，用兩片指甲

掐死一隻螞蟻，一股如悶過頭的高麗菜酸味滲進周圍的空氣，附近的螞蟻瑟縮了一會兒，默契十足，紛紛潛逃。臭味會在兩指尖殘留好一陣子，像是對生命的最後宣示一般，不僅要「留芳百世」還要「遺臭千年」。

其實螞蟻也會說話。自從螞蟻攻佔了我眼下的每一個角落後，我開始慢慢聽得懂這種無聲且五味雜陳的語言了。一開始，拿起巧克力時，看見他們在包裝外交頭接耳，接著在一陣廝殺聲中，遁隱無蹤。然後，打瞌睡時的數學課本裡，幾隻螞蟻日光浴般的躺在三角函數中冷嘲熱諷，書本一夾，啪！一掌打死無數隻。翻開書頁，流連忘返的臭味，還有幾隻餘息猶存的觸角，微微舉起，嘲笑一個無解的方程式。然後，他們越發變本加厲了，攀爬在衣櫥、遊蕩在床上、緊接著堂而皇之的入侵身體。在夜半無人私語時，冷嘲無用的螞蟻藥，熱諷人類自以為是的觸覺神經。

白天起床，發現身上多了些印記，有的是倉促中留下的一小點，有的是攀附在表皮噬咬好一會兒的拼圖，有些連成直線，有些形成八卦迷陣，那是螞蟻大軍的布陣，是他們引以為傲的進攻路線。我驚恐錯愕，彷彿有人在我熟睡之際偷襲，而我毫無反擊或是防禦能力，就這樣讓敵人明目張膽的爬在我身上。這邊抓，那邊癢，恨不得變身千手觀音，萬指齊發，卻是怎麼都搔不到癢處。明明抹上了可比京劇妝底還要厚的藥膏，然而亂數般的紅點卻仍蠢蠢欲動。大庭廣眾下，我跳起全無章法的街舞，彷彿隔空聽見某個螞蟻窩的蟻群正在癡癡竊笑。

媽媽曾告訴我，從前她在洛杉磯時，有一晚醒來，粉著

白色油漆的牆上，閃著一道道又黑又粗又長如閃電般的螞蟻部隊，如同魔蠍大帝中被詛咒的聖甲蟲，又像梵谷麥田上飛過的烏鴉，無論怎麼噴藥撲殺，螞蟻威武不屈，源源不絕的從不知名的角落湧出，直到洛杉磯大地震，螞蟻才被大地召喚回老巢。因此，媽媽一直很怕螞蟻，家中的各個角落放滿了護身符般的「剋蟻」，似乎只要螞蟻不來，任何天大的災難也不會發生。那是一種更讓人懼怕的耳語，他們趾高氣揚的爬在牆上，經過你身旁，高聲向你訴說一個德爾菲神諭，你茫然，即便知道什麼事即將發生了，卻也只能呆站在一旁，看著他們得意洋洋的漸行漸遠。

你越是聽不懂，他們越是愛說，越說越多，站在麵包上自以為霸佔一座山喜不自勝，他們根本不知道天有多高；從陳舊的百科中跳出來，自以為博學多聞的對你捧腹大笑；攀爬在你身上，嘲笑你的皺紋如喜馬拉雅山一般層巒疊翠。你恨他們，恨得牙癢癢的，恨不得一巴掌打死他們，一口吞下他們，但他們總在你出手前，比保時捷還快的速度，似幽靈般消聲匿跡。然後，遠遠在地下洞裡，用嬌小玲瓏的身軀打趣你的龐大遲緩，你彷彿聽到地下六呎傳來得意洋洋的餘音繞樑。

也許，這群林奈筆下僅十六字：「動物界、節肢動物門、昆蟲綱、膜翅目、蟻科」的生物的確過於妄尊自傲，豆點大的身子，對他們而言，世界何其「大」。他們仰望著龐然大物的人類，腦中沒有崇拜，只是無盡的征服。更何況人類以罄山之竹表述其做為任勞任怨勤勞楷模，以及團結力量典範形象的記錄斑斑可考。千秋萬世，潮起潮落，那號稱日

升月恆的王朝已不知更迭多少回，唯一不變的是螞蟻爬上廚房櫃子，插旗，就是征服了另一座山岳；從書堆中穿梭來回，彷彿歷經了非洲大探險；繞過一灘淺水，似乎就遊遍太平洋了；攀爬上你的身子，在頭髮間高舉一根看不見的旗，得意洋洋宣告又一次的勝利。蟻行千里，穿窿鑽罅，不亦快哉！

蟻輩們，信誓旦旦的要征服世界。

我們也是。

或許我們也只是一介螞蟻，我們的目光也如此而已，自以為是的霸佔一塊屬於自己的小土丘。

筆下的心底波瀾

螞蟻有話說，作者也有話說：

雖是一年前寫的文章，但那群螞蟻還歷歷在目。今年冷氣遙控器開始通電時，我曾期待一群群的兵團屢戰屢勝地出現，沒想到夏天過了秋天來了，連隻螞蟻也沒見到。難道是地球暖化，讓他們在地下都被烤乾了嗎？

今年沒看到螞蟻，還真有些反常。

我懷念螞蟻，但不想他們來咬我。寫完這篇文章，似乎跟螞蟻變成朋友。當然這應該是我一廂情願的想法，因為螞蟻應該永遠都不會把一個看到他們就要殺的人當朋友吧！

（是我就不會）

那天晚上抱著偉大的歷史課本一邊翻一邊尋找靈感。螞蟻跟歷史扯上關係，還真是奇蹟。下次考慮拿化學實驗或者什麼機率好了（五百隻螞蟻同時出現在你面前的機率多

少？）反正一定不會是生物課本，那太無趣了。

現在回頭看這篇文章，對螞蟻還是有一種崇敬和不可思議（這並不代表我會手下留情不殺生），記得那天寫文章，電腦旁邊還壓死了好幾隻螞蟻。這種畫面還真諷刺。

眼下的心底波瀾

該怎麼說，這人的文章很明顯地透露出一種資優的氣息。

不對，應該說是一種學識豐富的氣息。

畢竟我所認識的人中，還沒有一個不管寫什麼樣的散文都能夠將課本和某些零雜的知識運用得如此淋漓盡致，同時也幾乎都帶上了那麼一點獨特的幽默或嘲諷意味，頗有外國翻譯散文的架勢。

她應該還能說是個有童心的人，但同時存在著對世界的奇異理論，或者說是種比想像中還要透徹的理解，於是這樣的人打造了這樣的散文風格。在某些想笑的章節之後可能猛然就是對於事件的評判，單刀直入得令人猝不及防。

要造就這樣的一篇散文，焚膏繼晷地修改是必然的，從三修四修到凌晨地寫，令人不得不佩服她的耐力，或許也因為這人老是把某些事情看得很大，因此有時候會做出份外的努力，或者說超乎我們所想像的努力。如果能夠繼續，或許散文手中間會多出一個難纏的傢伙，雖然說以現在的結果看起來，她已經是了。（王喬）

捕捉記憶與時間的旅程

曾馨儀

2008年第二屆台北青少年文學獎散文首獎

　　紐約是個大蘋果，倫敦素有霧都之稱，香港是萬象之都，那台北是什麼？

　　據說，五千年前即有人類在台北盆地活動，台北人從哪裡來？也許像傳說中的阿茲特克人，一隻雄鷹停在一株仙人掌上，高原文明就這樣開始；或許其實只是一個人走累了停在這，從此，台北這口鍋就開始沸騰。

　　人們從四方湧進台北，就像是千年前的巴別塔一般，但是上帝對巴別塔的處罰，被台北完全否定，縱使他們身負不同背景，台北城被建起，通天的一零一，替巴比倫人親吻上帝。

旅程起點：預約的行李箱

　　住在一個城市太久，就像陽光直射在剛睡醒的瞳孔，一片亮白，看不見這個質變的世界；就像指南針，突然忘了北極在哪兒一樣，旋轉在失去方向的刻度裡。

　　我，感覺不到台北的變化，理應熟悉的城市，卻如此陌生。

　　背上空空的行囊，沒有衛星導航，我用雙腳感覺台北，用雙眼擷取台北。

　　黎明不是序曲，日落也不會是休止符，暫時的塵埃落定，只是間奏曲罷了。霓虹燈的微暈，盆地特有的濕氣，濕

漉漉的隨著晚歸呼嘯的車輛震動。這城市是個活潑的有機體，充滿了各種化學元素，隨時準備和空氣來一場撞擊。這是一座雙面城，城裡人一面為搶救古蹟上街頭，一面競標東區的黃金地段；在西餐廳悠閒切牛排，同時對著藍芽下單；前一晚在路邊攤殺價，一早邊看爽報，邊趕著搭捷運，上微風搶Hermes限量包；水深火熱一整天後，又來到Pub聽爵士喝調酒。

這就是台北人。

這些人舉手投足間，總有令人無法忽視的氣味，他們有一種介於放鬆和緊繃的感覺，像隻貓，懶洋洋的曬冬陽，但又在老鼠經過時警覺的跳起。或許是因為都市的生活，流動的空間，川流不息的人群，處變不驚的氣息自然像強力膠一樣巴在他們身上。有些西裝肩線帥挺，頭上髮油閃亮；有些套裝剪裁合身，臉上香粉襲人。無論時尚派，抑或自成一派，任你隨意打量，他們毫不閃躲，各個都是超級名模，馬路就是伸展台。

你可以說台北人自恃過高，卻無法否認他們住在流行的尖端，擔任台灣的守門員。每一個想進駐台灣的國家，都得先和台北人簽約，並在盆地裡設立大使館——美國麥當勞、瑞典IKEA、法國LV、義大利Gucci——台北人帶著iPod，在海霞城隍廟前求月下老人結姻緣、穿著Prada，在士林夜市吃小吃、看完「曼哈頓奇蹟」，再瞄一眼廟會野臺戲。他們在新舊間伸縮自如，張揚自己無可取代的驕傲。

台北人大棘棘的壓過馬路，像拿破崙的軍隊，以凱旋歸來之姿，毫不害臊的宣告第一品牌——「台北」。透明的櫥

窗，隨意一個姿勢，就是自信。商家、餐廳大片落地玻璃，鎂光燈聚焦的不是產品，是一個個行過的台北人，他們是活動櫥窗，他們就是台北，台北像個名牌設計師，在他們身上簽名。

第一站：陳年普洱的對話

南北雜貨、茶葉、中藥材和布匹，乘坐戎克船在艋舺聚散，一府二鹿三艋舺，四在哪兒？或許是在這裡發跡的新光集團。路易十四的巴洛克橫越歐亞，打包空運到街邊。日治的織布機唧唧復唧唧，不聞機杼聲，唯聞年節大採購：「恭喜發財」。擾攘的南北街，連棟式的洋行。曾經，玻麗路西餐廳是約會相親之所，而今，仍為現代饕客的葵花寶典。江山樓裡有文人的落沒與詩唱寄懷，如今，只留黑美人的招牌，空自迴盪。第一條鐵路在大稻埕開啟工業革命，新疆烏魯木齊在迪化張燈結彩。也許小小台北也有時差，迪化的年貨大街總比其他城邦提前領紅包。

採購年貨是老傳統，但是七彩包裝的巧克力是新台北與世界接軌、追求流行與高貴的冠冕。這裡，台北人像蜜蜂一樣趁週休二日辦年貨，一手拉小孩，耳朵夾電話，另一手忙碌於大包小包。蠟燭有了新燒法，忙碌的台北人，三頭燒在老建築不願醒的夢中。

其實，台北人大可上網摸一下滑鼠，或者費點心多撥幾個電話解決這一切年俗儀式。但紙袋裡裝的不只是年貨，還有幼年圓桌上紅燒肉的香味、大灶炊出的甜年糕、煮得爛熟的長年菜。或許台北人就是如此擇善固執，就像他們堅持流

行一樣，滿街傳統的紅，也可以大紅大紫，炒成一疊厚厚鈔票的商機。

第二站：光影的漫歌

台北人的急促腳步，在西門町的徒步區交錯，擴音器般的散佈日本最新流行。老天祿倚在門邊，百看不厭的門庭若市，滷味在老台北和新台北的味覺間搭起橋樑。郭元益大餅披上婚紗，鬍鬚張滷肉飯和麥當勞一較高下。演唱會點燃週末，紅樓再度粉墨登場，唱一齣創意市集。

人煙稀落的紅包場，老式放映機垂著眼，捲煙似地燒昨日。敲敲窗戶，放映機老大不情願的抬眉，從忘了上油的捲片機裡遞出票根，牆上睡眼惺忪的照片零落鼓掌。門外，不夜的台北在西門町轉播，吶喊在螢光幕中扭曲，視窗流動在每個下載鍵後，台北人早已習慣被點閱。

行經北門，相機街滿地的底片，在快門眨眼間剪下中山堂演出片段。博愛路捲動靜態的底片，攝影器材在漢口街轟趴，配上中華路的音響，從黑白到彩色，從校園民歌到古典音樂，另一個百慕達三角州，這裡的冬日微微發霉，失落的時間，登報尋訪走失的記憶。

阿公的古董相機，還留有泛黃的梁祝，數位相機早已重複刪除儲存了無數次。單純的快門「喀擦」，演變成DV的無聲轉動，從靜到動，暗房不再好事多磨。KUSO自拍耗去大部分的版面，複製人的技術趕不上相片的腳步，不只要複製一個我，要複製成千上萬個。在BLOG上走自己的星光大道，看著人氣，刻意忽略自己微不足道的知名度。

博愛路、漢口街不再沈默，他們偶爾也快速翻閱台北城的老照片，和youtube建立新的連線。泛黃的微笑，逐漸露齒。

第三站：一桌人文的饗宴

大學附近，宿舍分租的廣告掉了滿地，平價的衣服佐著85℃在陽光下伸懶腰，陽光也散漫起來。然而校園內又是另一番忙碌景象，腳踏車橫豎排列，在鐘聲間穿梭；課堂上百家爭鳴，意氣風發，言論免責權在BBS、臉書上發揚光大。來自四方的高材生在杜鵑花叢間一較高下，遨遊於古今中外。

往幽暗的角落探勘，地下室二手書店，不大醒目的招牌，就像哈利波特的破斧酒吧一樣，只有深諳魔法的人才走得進去。六十五塊一本未央歌，撕下又貼上的標籤，看來是「二的n次方」手書。偶爾陰影中掛一張海報——「彼岸花，作者簽書會」——隨手拿本書過去排隊，如此隨意，腦中想「待會兒拿去網拍」。大家沒有什麼滿載而歸的目的，只是來和一個感覺碰運氣、和一個靈光乍現握握手。末稍神經隨著輕音樂搖擺，一旁的老闆優哉游哉。

第四站：異國的交響樂

夜幕下降，微量的街道上幾盞跳動的燭光，阿姆斯壯的薩克斯風伴隨著螺絲起子下肚。偶爾路邊會聽到美國學校學生不標準的中文，聞起來帶著一點美援大布袋的味道。紅酒牛排隨中美共同防禦條約張帆過海，還有踏錯時空的法老王在大業高島屋尋找他的陵寢。

　　天母在陽明山旁，日本的檜木桶隨裨海紀遊一起汲硫磺，不算長的古道徘徊在歐洲大平原，法國人背著Chanel在那裡放羊，英國人戴帽子在路旁喝下午茶，德國的香腸正在鐵架上旋轉，還有西班牙佛朗明哥在官邸繽紛燦爛。東方西方，在Burberry交錯的線條中調和成雞尾酒的香氛，冒出的氣泡一一破開，吟哦最後一位唱遊詩人的中古史詩。

　　東北季風越過山頭，捎來太平洋濕冷的水氣，還略略夾雜了溫泉的硫磺味，四季不停的雨在街邊映射出台北人浮動的腳步，台北的雨，也像台北人一般，懶懶散散，下得不怎麼乾脆，如棉絮般隨意的在任何時候在各處落款。

　　如同白日黑夜從不影響台北人的興致一般，地上雨滴在歌唱，就像歌劇魅影一樣，台北也不甘示弱的策劃著地下天堂。也許千年後，會有人揭開泥土，看著地下街的整齊畫一，看著幾張還沒完全腐朽的專輯，如同發現龐貝城澡堂一般驚嘆古人的都市計畫。

終點站：世態的情節

　　四通八達的捷運似波浪，人影隨著捷運開動浮在玻璃窗上，起起伏伏，駛向東區。101在星光大道上鶴立雞群，名流千金穿著Dior趕流行。忙碌上班族的右手從背包中抓出一支手機——會議取消？——左手連忙拿著iPhone傳訊——不用開會了，八點北車見。

　　尖峰的人潮移入又移出，散落的手機鈴聲，大珠小珠落玉盤，像詩歌節尚未撿回的活字版——今天不回家吃飯——台北人按下接聽，一一拾起，拼湊成國民樂派的台北支流，

和絃在鍋壁間迴盪。

　　從這裡到那裡，不斷的迷失、不斷的發現，又不斷的回歸。台北就像一張數學補考永遠沒過的考卷，不斷地重修舊夢。我的行囊裡，裝進了什麼？是台北人的自信，還是擺盪在現代和傳統間的驕傲？

　　鍋內的濕氣，四季不停的雨水，這就是台北，水漾的都市。沒有雄鷹要我們駐足，我們拒絕如候鳥停留。在這裡，流動的不只是溫泉，不只是車水馬龍的街燈，不只是網路無國際的資訊，還有置身之中的我們，帶著悠遊卡，或閒適或急促的流轉，沖積台北這小小的流域。

　　在路上、在捷運上、在收銀機和速食間的櫃檯上，你的急促和我的悠遊面對面，我不知道你來自何方，你也無從得知我的歸途。凱薩大帝說：「我來，我見，我征服」，我們—— 台北人 ——來自各方，我們也看見了，但我們不征服，我們共同流浪在台北，成為鍋裡的涓涓細流，或徘徊、或擦撞、或交融，在環繞的山壁間，激起一陣此起彼落。

評審言

　　幾篇作品都具有他們個人風格與特色，我個人對於〈捕捉記憶與時間的旅程〉這篇獲得首獎的作品，他的前言寫道「紐約是個大蘋果，倫敦是有霧都之稱，香港是萬象之都，那台北是什麼？」看到這句話我個人也非常意外，我也不知道那台北是什麼呢？我很想從作者的敘述或描繪中，來認知他心目中的台北是什麼，甚至也能啟發像我這樣的讀者能夠

再一次認識台北到底是什麼。我們對於台北好像是熟悉的，但又好像是陌生的，台北要用什麼方法來做聚焦的描述，到底台北屬於什麼東西？

在〈捕捉記憶與時間的旅程〉這篇文章用了很多細膩的文字，把所經歷過的台北當作一趟旅程，從預約的行李箱、成年普洱的對話、光影的漫歌、一桌人文的饗宴、異國的交響曲，世態的情節，從現實的層面、從浪漫的層面、從許多不同的層面來看他心目中的台北。我實在很想知道台北是不是可以像紐約是個大蘋果、倫敦用霧都、香港用萬象之都來形容呢？其實我還是看不到，換句話說所謂的台北還是一團迷霧的。我當然是希望有更多的機會看到年輕朋友用他個人的見解來描繪他心中的台北，不過這篇獲得首獎的〈捕捉記憶與時間的旅程〉來說，他的文字非常優雅，敘述的方式很討人喜歡很引人入勝，最後被列為首獎也有他的道理存在。（陳銘磻）

我們共同認為〈捕捉記憶與時間的旅程〉這篇很好是首獎，但是那樣的命題實際上不是很好的命題，給他首獎是我們共同承認是最好的。（阿盛）

對一個高中生來說，他應該意識到題目是一篇文章的眼睛，散文之眼，但是也許文字寫得不錯，題目卻放壞了。譬如〈捕捉記憶與時間的旅程〉，記憶跟時間是多麼大的題目，居然把它拿來當題，變成一開始下了一個很寬泛的題目，然後若要在縮小去寫就變得很困難。在這些落差裡看到這些寫作者試圖去完成他們覺得應該是很大的東西，但是寫

散文基本上是寫一個你感受最深刻的東西,這個部份他們比較沒有抓到。(鍾怡雯)

筆下的心底波瀾

現在打開電腦,還看到一修、二修、三修以及初稿四個檔案。從初稿到三修,是面目全非的整行外科手術,從初稿到完稿,要不是有DNA去氧核醣核酸鑑定,應該無法判定兩者是同一人。

創作是一個辛苦的歷程。我必須強調,是創作而不是寫作。這並不是單單一篇作文,是在十幾度的一月,半夜熬夜到凌晨三點,共計三日的成果。從小到大,沒有花這麼大的心血構思一篇文章。比起獎狀,我想這篇文章帶來的肯定是更真實的。

眼下的心底波瀾

活在台北十七年,從來沒有想過台北是什麼。

其實就算是住在台北,活得似乎也不像是台北人。說穿了我沒什麼資格自稱自己是台北人,因為從來沒有想過要去了解這個地方的過去:曾經輝煌過的大稻埕、從過去就熱鬧到現在的西門町、佇立在道路中央古色古香的北門,看著就台北城泛黃的照片,今昔的落差實在太大。就像是過去的景美女中四周都是田地,如今一座座水泥樓房平地而起,再也找不回當年鄉間純樸的氣息。(燕若)

幻滅的衣櫥

賴怡安

2008年第二屆青少年文學獎散文入選作品

　　過了炎熱的夏天，便是如泛黃的照片般淡黃的秋。在這容易陷入孤獨的氛圍裡，寒氣侵蝕著短袖之外的手臂，我推開衣櫥的門，裡面掛著是高中制服，架子上吊著的香氛袋似乎已沒了氣味，繫著香味的緞帶，綁得住袋子，綁不住香味，繫結的那蝴蝶翹起觸鬚，指向一件薄白襯衫，藍格子邊領，裡頭藏著件藍格子的裙子。

　　雖然沒有變胖，但這套衣服我是再也穿不了。刻意留著，是因為不願丟，也不忍丟。鮮明的校徽，黃色的稻穗仍然耀眼而美麗，紅色的校名依舊深深的繡在心底，學號我沒有拆，下襬裡，叛逆的繩子也沒抽出來，這套衣服到我手中已不知是第幾轉，但它代表的倒不是多少個女孩穿過。它正在我的櫥子裡，它屬於我，它的意義已不是該校的表徵，而是已逝去的青春。這衣服我是再也穿不了，不能，也無法回去。

　　回憶是一個永遠到不了的地方，國中的制服也許是我的翅膀，但它已不能承載我身的重量。夢從回憶裡逃脫，東去的是眷戀的淚，一江春水悠悠是我思念著，卻回不去的過去。

　　我向回憶裡探索，我向衣櫥裡探索，這件真的是「穿不下」的衣裳，那溫柔敦厚的橘，面向衣櫃的角落，上頭縫著綿長成的兔子，兔子包著藍色的尿布。我以前包過藍色的尿

布嗎？我完全不記得！

　　也許所謂的溫暖正是如此，毛茸茸的披風前頭垂下兩個圓圓的白球，恰似一雙小手抱著一個小太陽。我也曾這樣擁抱著我的爸媽，這簡單的幸福是一縷縷透明的絲線，織成的快樂卻隨著漸漸遠離的天真，漸漸讓我有種寂寞的失落。

　　再過去，是衣櫃的隔板，向另一側看看，一件件劍領襯衫吊在衣櫥的最右側，有小粉蝶般淺黃的黃，蓮花般粉紅的紅，天空般的藍還穿插一絲一絲的雲；有一件單式的，也有做成兩件式的，長袖、短袖、七分袖……數量不多，只是樣式很特別。

　　我很喜歡這種樣式的襯衫，總覺得這種衣服穿來氣質，配裙子配長褲，各有不同的味道，倘若不考慮顏色，下半身搭配什麼都是好看。最基本的一定是單薄的麻襯衫，無論單穿，或把襯衫當罩衫穿，簡單又得體。普遍的劍領被設計成看起來像是兩件的，看起來有層次感兼具時尚。我還有件「拆卸式」的襯衫，劍領與袖口的部份是用釦子扣上的，有領有袖時散發的是氣質的，拆了它們便是可愛的船型領，可真是「隨意」的衣服。

　　我的衣服一件比一件更不可愛。

　　我還是嚮往有卡通圖案的衣服，但卻一直不敢買下它，畢竟逝去的青春不再。我一直不能忘記，在我遇見這件衣服以前，我撕掉了多少張日曆紙，多少讓我日漸老去的數字。

　　有人說：「女人的衣櫥永遠少一件衣服」。女人嗜衣，也許是想找回當年遺失的美好。櫃子收著衣服，每件衣服也是一個櫃子，收納大大小小的記憶，忘與不忘，一件衣服可

以告訴你。也許有些故事已說不出，但就像是一件衣服一樣，掛著，就在你的眼前，永遠不能忘的，有童年、有青春、有情愛……

撥開深色堅硬的筍殼，裡頭是一塊白嫩的筍子肉。

藏在衣襟底下，禁忌般不可碰觸的區域，是最強烈的一時溫柔。女人抗拒多少模糊的感官，只為迎接一個最明確的心跳，洗去胭脂褪下華裳，原生的美與一生的夢，託付給那個認定的依靠。

從伊甸走出的亞當與夏娃，以樹葉遮蔽自己的身體，從羞恥到展示自我，衣著的意義在人們懂得「美麗」的那天起，就產生了變化。覆蓋自己原始的軀體，卻又不時表現自己的美，於是穿衣就不是夏娃所謂了羞恥而產生的動作，更大的意義是在於表現自己，成為提升自我價值的另一種方式。

我總覺得自己的衣櫥，確實是少了那麼一件，卻又多了那麼一件。眼前的衣服，我能看見能摸著，但在衣服之後的故事呢？縱使有為了穿好看才買的衣服，但那些留著卻不能穿的，卻有回憶的氣息，充滿於交錯的經緯之間。

青春正是一顆狂野的心，它跳出身體的束縛，而那青春歲月的影子卻留在那件軟而暖的衣服上，是白的，是哆啦A夢的。這件衣服在日曆的作用下產生了化學變化，記得國三大家開始不穿制服，因為我們的冬季運動服不是很好看，跟睡衣有些難區別，而我通常都穿短袖去，偶爾穿這件多啦，學校也不甚在意，把書唸好就好了。

當我「偶爾」穿這件，班上有個男孩，也「偶爾」地穿

了同樣的衣服。偶爾，這種湊巧，最後變成了一種習慣，一種默契。撞衫通常是令人尷尬的，我們卻因此更珍惜這件衣服，我的這件，他的那件，同是在衣櫥裡，同是在天天都能看見的地方，擺著，我不敢穿，除了搭習慣的方式外我也不會搭別的，習慣了也很難改，又或許我不敢再觸碰過往，這是最銘心的記憶，也是最溫柔的遺忘……

　　哆啦A夢起了毛球，小小的幾個，袖口那裡有原子筆的畫記。衣服是張識別證，告訴我既然走了，離了該處而去便回不來，原來一旦說了再見便是難以再見。

　　我只能呆立在現實與回憶的臨界點，我無法跨越，我早已是回不去的人。衣服穿久會有感情，不可避免的卻是不停冒出的毛球，青春必然會有遺憾，擦身而過的誰正是我生命中的一個缺口。

筆下的心底波瀾

　　每一件衣服都是許多記憶的複合體，打從它被我帶回家起，它的存在就是特別的。就跟我一樣，需要別人看見我的存在，這不是譁眾取寵，而是一個標誌，告訴別人：嘿，我在這兒呢。不過也常引起感傷的事，同樣一個人，同樣那套衣服，再也不能穿了，是因為害怕，害怕破壞那衣服在記憶裡的位置，就像我青春年少的國中制服。

眼下的心底波瀾

　　對作者來説，衣服是記憶停留的所在，代表著不可磨滅的過去。當記憶延伸往未來，就是憧憬，衣服也同樣地滿載著憧憬，對於未來的期待，還有每個人都曾期待過幻想過的愛情。

　　過去與未來的交接是現在，期待與回憶的路口是當下，當下，我們製造回憶，產生期待，一股腦兒的把自己向遙遠的兩端伸展。或許，或許，衣服搭配起來，也能真正的回到過去。（連捷）

上天下地，在北京

賴怡安

　　當皮膚乾裂得像張古老的羊皮地圖，陽光在龜裂的縫隙間填補黑色素，北京的景色投射在視網膜上，倒立的實像經大腦解釋成正立時，我知道，北京已真實地進入生命！

從紫禁城到恭王府

　　望天吼，皇帝歸來。

　　昂首闊步，能經過午門的人都應該是抬頭挺胸的走過，但皇帝的足印已被觀光客們踏碎；當年的旱澇還記錄在奏摺上，皇帝卻已不知去向。

　　朝代更迭，二十四位四百八十九年，人生來來去去長長短短，宮殿猶在，盛世不復存在，昏暗的天地也消失無蹤。相較於這群建築，儘管歷史百年，再眼前的其實只是一瞬間。一抔黃土灑下，龍袍誰穿？

　　滿漢文並列的牌，高高懸在門上，雙語的指示早就有了，儘管不是英文，總也代表著兩種不同的文化交相摻和。太和殿裡的民生匯報、保和殿裡是國家人才的新血，交泰殿以後的乾清與坤寧……歷史以不同的形式，在交泰殿的前後上演著。文臣武將，后妃嬪婕，爭的都是皇帝的寵，后妃間的鬥法又比大臣間精采，寢宮的樑柱上留著明爭暗鬥的記號。

　　花盆鞋，踩在青石板的道上，小小淡淡的印子，像是夜裡頸間的印記，清晨裡的夢該醒了，皇帝不再來。

　　春天降落在後宮裡，小小的御花園，雪藏在領子底下，像是眼淚一樣地往下鑽，心窩處尤其是冷。院子底的小樓，有另一班秀女，等著進宮。

　　別了，哀怨的花園，過了城河，又是一個更悽愴的故事。思宗亂髮在歪柏樹上，闖王的野火肆燒在遠方，這景山原是因風水而生，前有罩後有靠。豈料風水，庇蔭別人的家?!

　　帝王們的冥壽一年年增長，死去已久的繁華還會有很多人來看，龍柱不曾多說話，苦短的人生誰又能把握住每個分秒？這麼大的宮殿留不住它的主子，天子，也留不住他的江山。我又能抓住什麼？風的尾巴帶著春夏自指尖輕輕滑過，陽光的末梢刺上秋冬，投影在我身後，此生此世，其實我能掌握，只因相信歷史為我而走，時間的沙漏為我而流。

　　伊伊呀呀的在巷子裡走，三輪車的輪子在滾動。車夫不知說了多少次同樣的話，在不同的觀光客面前，名人曾住過的地方、屋內有趣的二三事，我嘗試不重複其他人問過的話，但我覺得我是失敗的，莫道君行早，更有早行人。

　　和珅的九十九個花窗，偌大的恭王府，奕訢的名字只掛在門口的匾上，和珅的貪汙名氣比較響亮。

　　儼然是個宮殿，似乎是第二個紫禁城，冷宮，各房老婆的寢室，石舫、巨石，都成了和珅的罪名，卻也同時滅了乾隆為嘉慶留下的金庫。長廊與小流彎曲在院子裡頭，和珅的心思是比它們更迂迴吧！

從「天下第一雄關」到萬曆帝定陵

踏馬長城磚
華表生塵煙
烽火雲嵐霧
箭鏃向青天

　　站在「不到長城非好漢」碑語前，仰視迤邐而上的階石，狼煙已散，孟姜女的淚已乾，征人望斷鄉情的眼已盡，唯有山河兀自佇立，唯有那「大漠孤煙直，長河落日圓」的景象依舊。

　　一個個足印踏在這由死囚血淚築成的城牆，踏在這烙印權力與國勢版圖的疆界，我以雙手撫摸磚與磚間的接合處，感受粗獷與細緻交錯滲透的紋路。箭洞下緣有個淺淺的凹面，彷彿聽見鳴鏃飛出，見到陳陶〈隴西行〉裡「誓掃匈奴不顧身」的勇猛堅持。明知「秦時明月漢時關，萬里長征人未還」，然而「但使龍城飛將在，不教胡馬度陰山」的英氣正如亙古存在的中國魂，於悠悠天地裡書寫一段又一段傳奇。

　　階梯旁一個個鎖鏈緊緊繫著紅絲線，一旁的老婦人說這是同心鎖，與女兒牆旁稀落的幾株櫻花，爲這鐵與血的疆域添上幾分溫柔之美。在這曾經歷生死戰役之地，以一道鎖銘傳相扶持的印記；在這人的生命只是一個轉瞬之處，許下永遠不渝的承諾，是抗議無常，而企圖以小小的鎖象徵式地與命運挑戰？

在生命面前，即使帝王也顯得無力。

靜默的階梯引旅人的腳步，走向地下270公分幽冥之境，從萬曆十二年到萬曆十八年，耗費白銀800餘萬兩，相當於萬曆初年兩年的全國田賦收入所築陵寢：鋪地的金磚、殉葬的白骨、腐朽的棺槨、華麗的龍袍……，都隨著開啟墓室的陽光而灰飛煙滅。

棱恩門的礎石見証闖王李自成燃起的火，三張龍椅上端坐著永不老去的氣派，漢白墓碑上明思宗以凝重的字體眺望遠方，帝王將相隨風而逝，石坊掉下乾涸的淚。

陰陽門牌坊後古木蒼翠，青龍白虎擁抱的風水寶地，庇護一代代守陵人，一世世天久天長的歲月。

後記

旅途是這樣的漫長，百年的歷史，對我們來說是怎麼都到不了的地方，短暫旅途更讓百年的糾纏化為幾秒鐘的顧盼瀏覽。

紫禁之巔的霜是融了又凝，結了又化；長城的狼煙吹散良久，棄甲曳兵的敗部不知竄逃何處？來不及當第一名的我們，在後頭追趕古人的腳步，而後世子孫又追著我們的腳步、再追著古人的腳步——藉由找尋過去，證明時間正在快速流動。

燕京的風華搖曳生姿。在寒冷的北風裡夢囈，在改革放的大躍進間編織幻想。我在染著桃紅柳青的陽光裡醒來，發冷顫抖的手，嘗試在乾燥的天空抓下一朵濕潤的雲……。

筆下的心底波瀾

　　北京的車不懂得禮讓行人，據說是因爲北京人很忙，沒有那麼多的碎時間等待溫吞的人。猛然覺得路是這樣窄，但汽車腳踏車這麼多，但歲月卻不因擁擠而阻塞，依舊從「康熙通寶」間的方孔流過，盛世被這涓涓細流給沖淡，只留下淡淡淺淺的印子，但爲了奧運，老牆上，大紅色的「拆」字顯得刺眼。

　　是該說聲再見了，又或者是不見，永遠都不要見。

　　比起牆，我更早離開。因爲再怎麼說，我都是一個旅人，行色匆匆。

　　北京的進步我看見了，北京的繁華我見識到了，但是那終究不是我的地方。

　　開始懷疑自己的來歷，聽說我是龍的傳人，聽說我的祖先來自中國大陸，聽說了這麼多的「聽說」也不過都只是聽說。不是數典忘祖，而是有種落葉歸根的期待，我既不是在中共出生，也不是在中共長大，在我的心裡只有台灣才是我的家。

　　月是故鄉明啊。

眼下的心底波瀾

　　登上烽火臺的一瞬間，辛苦全忘卻了。

　　雄偉壯闊的山稜勾勒出剛毅的角度，長城蜿蜒在陡峭的山壁上，彷彿一條蒼龍，盤踞在奇險無比的怪峰異壑之上，

氣勢逼人。漠漠的蒼穹，滄滄的草木，猛地便是一股蒼涼鋪天蓋地襲捲而來，傲立荒色中的驚艷，散發孤傲的馨香與堅毅的芬芳。赫然明白，古人佇立龍城上，胸懷登時湧現的那股鄉愁與悲切，此景教人如何不滄桑？一片孤城挺立於萬仞山，依稀聽見，羌笛悲涼的樂音正悠悠縈繞，怨楊柳的旋律攜著濃濃的思鄉及稠稠的相思，刻進將士們心靈的底處，隱隱作痛。

歷史的洪流所發出的嘶吼，在長城的每一塊石磚內磅礡，隨著風，化作吟哦，亙古傳頌。（蘇庭）

這份滋味，名爲寂寞

蘇庭

2008年第二屆台北學獎散文初選入選作品、45景女青年文學獎散文特優作品

　　夜色早已濃烈得壓過黑咖啡的嗎啡味，連夜貓子也忍不住地小歇。疲倦襲捲上我的軀體，偏偏荷爾蒙被下了興奮劑，腦子清醒得如同深山湧出的清泉。我翻來覆去就像是鐵板上被滾油燙得噗哧作響的蔥油餅，伸手一把撈起鬧鐘，看著指針利刃般刺向三點半的位置。眼皮塗了層檸檬的酸，我卻逞能地撐著，瞪向發出慘澹青光的鐘面，傾聽時間死在被切割的方格裡，有規律性的哀嚎。

　　近來總是失眠，孤零零地躺在雙人床上，任憑玄黑與寒冽包覆我的軀體。夜空偶爾出現幾點星光，微弱地閃爍彷彿將死之人，遙遠的街道傳來幾聲因靜謐而清晰的狗吠，就這樣，幾抹星子，幾道狗鳴，伴我共處不眠夜。

　　闇夜消逝在熄滅的街燈裡，昏昧的晨曦灑落在空無一人的街道上，恍若獨守空閨的怨婦，星眸中朝朝誤妾期的哀怨。我起身隨性地穿衣，出門。還未消散的露水增加了原本就夠笨重的牛仔褲，稍嫌冷冽的晨風拂過過薄的白襯衫，凍起肌膚一陣顫慄，飽和的空氣略微沾濕的衣服，涼意趁虛而入滲入骨髓中。我踩踏著無息的步伐，滑過曉無人煙的巷弄，不留下絲毫痕跡，就連影子也隱匿進轉角的黑暗裡。

　　曾有人對我說，我像隻黑貓，總是佇立在牆頭，目光冷冷地掃向喧囂的城市，然後，輕輕旋身，拋下放肆的塵囂，隻身隱沒在闇影的另一端。

　　知心，知心，再怎麼知心，你的心依舊有一部分，是我永遠也摸不清的寂寞。

　　至今猶記得那朋友唇邊含著無奈的笑，賭氣似地抱怨。

　　而我，僅只回以淺淺的淡笑。

　　的確，我適合獨自一個人。與其搭乘無時無刻總有人煙的捷運，倒不如安處於空盪盪的公車。若要步行在車水馬龍川流不息的十字路口，我寧可擇條無人的巷道。

　　就這麼討厭人群嗎？

　　在我第四次讓人潮擁擠媲美沙丁魚的公車自我眼前呼嘯而去時，一旁的朋友悠悠開口。

　　這只是習慣。

　　我隨口應答。

　　事實上，我在害怕。

　　我討厭人潮擁擠是因為我討厭寂寞，當一個人的時候，我只需要品嘗我一個人的寂寞。如果深陷在人海之中，我就得承受所有人的寂寞，千千萬萬的寂寞，這，不是我能夠負擔的。

　　我不要倚傍在門邊，耳畔傳來情侶打情罵俏，嬰兒啼哭父母哄笑；我不要拉著吊環，眼前幕幕朋友嬉笑打鬧，手足拌嘴戀人攜手。這就像在七夕自己到電影院看愛情文藝片一樣愚蠢，自我凌虐。

　　推掉同學會，因為不想自己默默地揀個不起眼的角落，然後看著一群群同學玩笑。或許讓我面對兩人無話可說的尷尬，都比這般情景好受。

孤獨與寂寞，是不同的。

　　我享受孤獨，但我畏懼寂寞。

　　孤獨就像咖啡，儘管苦澀，卻有濃郁的香氣，入喉會有股薄薄的回甘。然而寂寞卻是鴆酒，熱辣的燙得胃腸一陣沸騰，內含的劇毒順著升騰的溫度一點一丁地侵蝕五臟六腑，隨後是筋絡血管，最後吞噬骨髓，連骨灰都不剩。

　　世人都是恐懼寂寞的，否則不需要寫電子郵件，不需要打電話，不需要發明手機，不需要有即時通、部落格，更不需要安裝視訊。這一切聯絡方式，都是人類驅逐寂寞的避邪劍。

　　社會越趨冷漠，人類越唯恐被漠視，於是無所不用其極地證明存在；於是發明各種工具藉以向世界嘶吼：我在這裡！有沒有人注意我？

　　其實有些悲哀，藉由著這些冰冷的機器，無生命跡象的程式，才得以建立存在感。這些存在感就如同網絡般虛擬而不真實，只要沒了電，斷了線，便是氫彈爆炸，軀殼瞬間蒸發，連個殘影都沒有留下。只有無盡的寂寞，是刻骨銘心的，真切如刺青般，疼痛，且烙下傷痕，消不去，褪不掉。

　　即使如此，我也還是樂此不疲，一次次的寄信，一次次的對談，一次次的上線，一次次的通話。期望，等待，失望，等待，一遍遍輪迴，除了更深更重的寂寞，我什麼也沒有得到。或許有點自虐，就像有時刻意讓瀕臨臨界點的寂寞達到飽和，硬是將自己擠入洶湧人潮，打電話到無人的家，聽著無止歇的鈴聲，如奪命的魔咒縈繞在耳邊始終不去，或是機械女音照著有規律的節拍妮妮道出：您撥的電話將轉接

到語音信箱，嘟聲後開始計費……

當寂寞終於超載，狠狠咒罵或痛哭失聲都比悶在胸口強，否則便像魚鯁於喉，上也不是，下也不是，用力一咳，吐出的是那顆熱騰騰的心臟。

＊

知道為什麼旋轉木馬和摩天輪的速度會這麼慢？

因為它們與咖啡杯，與雲霄飛車不一樣，不是要體驗狂風呼嘯而過的快感，而是要品茗同伴出遊的氣氛。家人之間的天倫之樂，情侶之間的甜言蜜語，朋友之間的笑語不斷，這些都是要在慢速度的熬煮之下，才能嚐味的。

獨自一個人坐過摩天輪或旋轉木馬嗎？那將會是無邊無際的寂寞充斥在細胞的每一寸，胸膛間難以言喻的悶，直到寂寞分子過飽和，瘋狂的自體內炸裂，尋求一個宣洩的出口。

摩天輪的狹小空間，在獨自一人的眼中，是最殘酷的牢籠。空調釋出有毒的寂寞氣體，急速侵入肺臟，下方渺小的景物化為深不見底的山崖，連接著地獄的盡頭。旋轉木馬的樂音是奪人魂魄的魔韻，懸掛絢麗彩帶的駿馬是攜人前往黃泉的黑白無常，寂寞將會伴隨著動聽的音樂，圍繞中心不斷不斷永無謝幕的輪迴，像那名受到天神處罰的少女，必須穿著紅色的舞鞋不停地跳舞，直到她的雙腿舞斷了，才可以停止無休止符的夢魘。

當寂寞來臨時，要記住，不可以找任何藉口支開它，因為它只會暫居一旁，不會離開。

刻意尋求熱鬧，可以得到短暫的安慰，但在一切皆冷卻

之後，寂寞只會更加凝重，不會減輕它的份量。寂寞就如失眠，就如霸道的情人，佔有慾極強，強得要人自裡至外完完整整的都屬於它。不能做任何事，也無法做任何事，只能默默地安分地陪伴它，與寂寞共處。

除非心死了，失去知覺了，否則一輩子都逃脫不了承受寂寞的痛苦。

喝溫熱牛奶時溢出的寂寞，看經典名著時躍出的寂寞，聽水晶音樂時流出的寂寞，嗅陽光氣息時傾出的寂寞，潛伏內心的寂寞，如影隨形的寂寞，隨時準備將人生吞活剝的寂寞。

＊

每個人靈魂中都有一處青塚，埋葬著不為外人道的情，而這座青塚，以寂寞上鎖。

寂寞湧上，青塚埋藏的情感蜂擁而出。這寂寞，造就了多少扣動心弦的詩詞，造就了多少空前絕後的青史。

諸葛亮鞠躬盡瘁死而後已的忠誠背後，是多少開朝老臣的寂寞，臨表涕泣，不知所云的辛酸，有誰明瞭？范仲淹滿腔孤臣孽子的寂寞，是先天下之憂而憂，後天下之樂而樂的胸襟，繫著家國安危，繫著眾生芸芸，他的寂寞，成為臣子文人一輩子追尋的理想。阮籍心中矛盾的痛苦不斷撕咬他的魂魄，只能借酒，澆熄滿腹的寂寞；提筆，將無人可訴的寂寞壓進一首首隱晦的詩句中。

元稹的「白頭宮女在，閒坐說玄宗」道出宮中三千佳麗的寂寞；王之渙的「羌笛何須怨楊柳，春風不渡玉門關」寫盡了離鄉征夫淒涼思鄉的寂寞；張繼筆下「姑蘇城外寒山

寺，夜半鐘聲到客船」響在外遊子不得歸去的寂寞；劉禹錫滄桑的「舊時王謝堂前燕，飛入尋常百姓家」，說的正是富貴如浮雲的寂寞。寂寞，寂寞，中國五千年來輝煌的汗青，中國五千年來璀璨的文學，皆是寂寞鑄成的啊！

我的寂寞，是糾結的蠶絲，彼端繫著筆，吐出文辭悠悠。不奢望留名，只期盼靈魂青塚深埋的情，與寂寞之人共享。

只是，天下之大，究竟有多少人，能聽懂高山流水所述說的寂寞呢？

勾起苦澀的弧度，我倒進棉被的懷抱，銀白色的月光灑進了臥房，映亮我身旁的空白，也點燃我潛藏的寂寞。己之溫暖，彼之冰涼，我擁抱著雙人床空蕩的冷，今夜，寂寞伴我入眠。

這份滋味，名為寂寞。

筆下的心底波瀾 ✏

打從出生起，寂寞伴隨時間，無所不在。

這篇散文以日常生活的片段，偶爾浮現的靈感所架構而出的，寫法比較無拘束，有點像自言自語；也比較自我，卻也是最真心誠意、最深刻的自剖。

眼下的心底波瀾 🦗

這篇文章前段呈現現代社會中，在擁擠塞滿寂寞的氛

圍，另則運用中國的文人故事，混合成末段的收尾。

　　失眠與寂寞，一體兩面，寂寞伴失眠，失眠伴著寂寞，在墨黑的孤寂夜晚中，相依相伴。

　　時鐘滴答滴答地走過，想起明天繁重的工作，心裡焦急，神經卻像上了發條的機器，轉個不停；迫切地想入眠，卻只清晰得聽見任何風吹草動。

　　也許我們太習慣被嘈雜包圍，獨處時，才會發現原來寂寞是親密，卻陌生的伴侶。也許是因為人被各種文明產物隔離在自我的膜裡，就像作者說的，急著想發聲，想證明自我的存在。（林宜蓁）

台北之音

蘇庭

2008年第二屆台北市青少年文學獎散文優選

　　莫比斯環成於一張紙片，乍看之下的兩個面實只有一，不分內外，沒有終止的盡頭，在似乎要結束時，轉個彎又是另一個次元。

　　台北城，在我眼裡，是以群山圍繞而成的莫比斯環。

　　台北自水中誕生，或許也因此繼承了水多變的基因。我想像台北是一個縮小的宇宙，看似毫無變化，每一秒卻都在更換它的樣貌。而居住其中的人們，以慾望夢想勾勒出屬於自己的星球，形塑這小型的宇宙，彩繪出繽紛的台北城。

　　據說，這是我出生的地方。

　　在台北城內最古老的一隅，踏入萬華區，彷彿時空倒回了十九世紀，我看著先人以血汗築起的建築，就像樂譜的音符一般，不可更動或取代。輕觸石牆，與台北城初始繁榮的記憶接軌，血液在體內翻騰，無法從心中抹去的拓印有如甲冑，在一格格的小蜂房存檔資料夾裡，篆刻曾經。我正閱讀台北的一部分歷史，一部分因遺忘而逐漸崩解的歷史，彷彿古箏錚錚的琴音，南胡呀呀的絃聲，古老的旋律悠揚，卻凋萎在現代的風嵐颯聲。

　　龍山寺的香爐承載了多少信徒低喃的祈禱，壓艙石震住黑水溝噬人的風浪，廟宇一雕一鑿都是庇祐下的感謝。青草巷中充斥著中國五千年來未曾斷過的藥香，學海書院中依稀可以聽見悠揚的誦書聲與祭祀的裊裊之音在迴盪，依舊可以

窺視那根深柢固的儒家思想，以及深植人心的宗祀家族。腳步落在有些塵灰的地磚上，被沉重的過往吸去了跫聲，中西混血的廊柱與窗櫺吐吶汗青老舊的氣息，偶一瞥見泛黃的春聯殘留在牆上，依稀可辨的楷書力道猶存，一磚一瓦一門窗，歷史軌跡刷洗不去。

　　煙霧繚繞的香火、藥草獨有的清香與空氣發潮的霉味混雜為一，深吸屬於台北回憶的氣息，我卻感到陌生。攤販叫賣的嘶啞、鼎沸人聲與車聲，本該深藏於我心底的刻痕，卻如淡影般在離我遙遠的那一端。

　　我的眼神掃過街道，宛若那是寫就的紙頁。此時的我，只不過是記錄了台北城用來界定自身以及各個部分的名號。暗巷中穿著俗艷的女子，有些黯淡的姿色披上了時光的襲裟而顯露落寞，看破紅塵險惡似的雙瞳卻在黑影中熠熠發光。騎樓下蹲坐的遊民有泰然之姿，面上卻無半分閒情之容，沒落的斜陽在這風景上，澄黃的霞光將人與建築的倒影拖得好長，長得與過往一樣。金色的粉光讓視線迷惘，眼前的景色像黑白照片的褪色模樣，淡淡的憂傷，消失的舊時光有一些風霜。

　　只是，在老人布滿軀殼的皺紋裡，我嗅到熟稔的遺憾的氣味，在他們無神的雙瞳之中，我找到台北人都擁有的眼神——無垠的深沉的孤獨。

　　台北城的倒影，隱藏在熱鬧喧囂的影子裡，那份屬於自己的寂寞。

　　一直以來，馬奎斯筆下百年的馬康多與台北的影子總會在我的心上不斷重疊，我想就是因為這份難以言喻的孤寂。

可能也是因為雨。

我討厭下雨，卻喜歡下雨的台北城。

台北的雨是獨特的，沒有江南採蓮的雨歡愉，卻有西湖斷橋畔的雨深深的宿命；沒有霏霏江雨的寂寥，卻有桃紅含宿雨的恬靜。

說不上來的原因，若真要有什麼理由，也許是因為雨總能洗去都市的擾攘。雨夜中，我靜聽雨聲，雖沒有芭蕉蕭蕭，卻也能解心緒無聊。泠泠聲響在闇夜的洗禮之下更顯清晰，細雨在夜中開啟霧幕，暈開了因夜深而逐漸黯淡的燈火。夜雨如台北的低吟，在空盪的街道上迴響，然而除了風聲颯颯，便只有巷尾的溫暖，聆聽整夜的呢喃。

清晨的雨景更勝三分，當迷濛氤氳飄散，遠山嵐霧繚繞，天空澄澈，涼意在空氣中浮動，這時游走在雨中是件浪漫的事。雨抹去人跡，淋濕喧擾，我靜聽自己的腳步聲在敷著薄薄水氣的人行道上回響，凝視掙扎出牆外的九重葛艷色的花瓣上，晶瑩的露珠凝結馨香。

環顧四周，兩個看錶四個看報，其中一半兼聽隨身聽，三個講手機，五個聊天，剩下的在發愣，一個在旁觀注視──而這就是我。

脫離台北生活的感覺，是什麼？

切斷手機與世界的連接，耳裡擺脫搖滾樂的叫囂，腕上無須承受時間的重量，指尖也可以拋下最尖端的資訊。此時的我，是與台北完全陌生的旅人。

莫名的輕鬆襲捲我的神經，背後沒有升學督促的嗓音，前方也沒有模糊虛幻卻似乎燦爛的目標等我追尋。我漫遊在

這塊我從小生活的土地上，一切卻是如此生疏。

身旁人潮的腳步，好快，快得我無法追上，幾乎溺斃在這洶湧的浪潮裡。

平時的我也是這樣的嗎？疾步匆匆，靈魂是否也被我甩在後方？我錯失了多少美？我不知道。

這就是都市生活嗎？我惋惜地嘆息。昂首凝視蒼穹，雖然沒有愛琴海的湛藍，卻有種卡夫卡獨特的憂鬱，只是有多少人會願意駐足仰望那種帶有神秘色調的濃灰？

原該廣闊的天空被張牙舞爪的高樓所切割，苟延殘喘地在夾縫中生存，然而卻如同卡夫卡抑鬱的眼眸，綻放獨有的光芒在冷漠的背後隱藏的生命力，要深刻體會才能明白。

過去，我總認為這樣繁華的區域是城市中最醜陋的地段，像七彩霓虹燈內部那個醜陋的機械馬達，也許是固執的文學靈魂在作祟吧！總認為冷冰冰的高樓不會有什麼美感，更別談上所謂的藝術。但是靜心凝望，101聳入雲霄的模樣確實有種說不上的感動，我想跟巴黎鐵塔在巴黎人心中的地位是一樣的吧，那些世界之最的光環對我而言反而不重要，因為內化為一份驕傲，其餘的稱號反而都是累贅了。

我眺望捷運整面的玻璃窗外城市夜景的那一幕，遍地的流光好似地殼龜裂，而熾熱的熔岩正蠢蠢欲動，綻放渴望爆裂噴灑的耀金。那是足以暈眩的撞擊，在夜的幻化之下，台北成了遍佈螢火蟲的盆地，或者該說充盈星子的宇宙。

其中的星子，模樣究竟如何，我無法摸清。只知每當我想瞧個明白，絢爛的光暈便會逐漸擴散、擴散，直到視野模糊一片。

　　而那片迷濛的濃霧，也許正是我腦海中的台北城。

　　在濃縮過去與現在、結合東方與西洋的狹小盆地內，究竟哪兒是清朝末年，哪兒是2008，實在難以界定。就像步行在路上，德國炸雞與日本壽司比肩而立，義大利麵和泰式料理隔街對望，世界何其大卻融合在同一個空間內，只稍一步之遙，就是萬里國度的差別。

　　捷運猛然被黑暗吞噬將我自神遊之際拉回現實，忘了究竟是誰與我說這深幽幽的隧道就像連接著另一個世界，怒吼的蛟龍或騰飛於空或蟄伏於地，將這滿車廂的過客自此岸載到了彼端，輪迴不斷。

　　台北人的寫照，跫音匆匆，沒有人回首。

　　在台北城內，我望不見地平線。就算竭盡所能地更上層樓，天地間的那一隔卻總是隱沒在樓房的遮掩背後，不肯露出那薄薄的絲線。

　　憶起海上鋼琴師其中的一個片段，主角好不容易下定決心要踏出自小未曾離開的輪船時，佇立在樓梯上，望個偌大的美國，寬闊的土地上卻見不著一絲絲的地平線。主角凝望著這片人人皆渴望許個發財夢的沃土，好久、好久，久到我們以為時間就要凝固在那時空當下，主角毅然迴身，回到船上。

　　主角淡淡的回答至今還在我的耳畔悠悠回盪。

　　「綿延的城市看不到盡頭。看那些街道，成千上萬，你如何取捨？如何選擇出一個女人，一棟房子，一塊屬於自己的土地，一種死法，充滿太多變數的無止無盡。你難道不怕崩潰？漫無邊際的空間。」

主角的話語如冰雹砸在我的心上，鏗鏘作響。

他說，琴鍵因為有限，所以可以創造出無限的音樂。但城市的空間和生活，卻有如上千萬個琴鍵，無止盡的琴鍵，無法彈出旋律。

終究，海上鋼琴師踏不出那一步，逃回茫茫的海洋，隨著被時代所背棄的輪船形骸消散，成了雋永的傳奇。然而，台北人卻生存了下去，在狹隘的空間內，掙扎著尋找自己的駐足之地。

城市的街道、城市的高廈、城市的商家、城市的慾望，永無止盡。而城裡的人，在無限的琴鍵環伺之下，緊抓屬於自己的樂譜，創造出屬於自己的音樂——哪怕是不是旋律的旋律。

我瞧著周身形形色色的人們，一群放肆談笑的少女們踩著高靴，金髮藍眼西裝領帶的年輕上班族正以流利的英文與手機對話，老夫老妻相扶持緩慢步行……正因為這群各有聲色的星子，台北城這宇宙才能以耀眼。

我讀著台北城的樂譜，聽著台北城的旋律，奏著屬於我與台北城的曲調，在台北的琴鍵之中。

評審意見

〈台北之音〉用雨水來描述心目中的台北，我們常常覺得台北的雨真的很討厭，因為動不動就下雨，而且雨有點髒，但是作者用台北的雨水混合音樂的韻律感，來描寫他心中的台北，活靈活現用有韻律的方式把台北敘述出來，甚至

把他認爲的台北城究竟是怎麼樣，如龍山寺香煙裊裊的情況，以及高樓大廈、玻璃窗的台北生活一一敍述出來。文字生動，能夠用音樂的律動感來描寫台北是他獨具風格的特色之一。（陳銘磻）

筆下的心底波瀾

寫這篇散文之前，藉故出遊，將台北盆地晃盪了大半，重新認識這個屬於我，但同時也不屬於我的城市，心中的情緒五味雜陳。伴隨年紀增長，看見的美少了，靈魂的痛卻好像增加了；淚腺麻痺了，文學神經卻似乎敏感了。我試著想寫出歡樂的台北城，不過在肩上扛著屬於這座城市給我龐大的升學壓力的同時，實在難以微笑相對。但或許，也只是爲賦新詩強說愁吧！

眼下的心底波瀾

跟蘇庭不熟之前，我以爲她是擅長於小說的。對於這樣用詞華麗繁複的文章風格起先非常不習慣，甚至有點無法接受，不過這樣的風格用來寫散文似乎順暢許多，有點淺淡的寂寞，使整篇文章就是功力的展現，不愧是從小學就開始寫散文的傢伙。

不過有點感嘆，一個寫小說的人離開了，又多了一個散文人。（王喬）

迷霧勾勒

〔極短篇〕

氤氳繚繞
將夢隔世壓縮：
紙般薄而透光的故事
一個不及千字的小小宇宙

遇見

張爾庭

2008年第二屆台北市青少年文學獎極短篇初選入選作品

　　天空飄著雨，回家的路昏昏暗暗，我的腳步卻輕疾得不帶起任何一絲雨。一回到家，把剛從藥局買回的感冒藥放在大木桌上，立刻衝向電腦桌前，目不轉睛地速讀著螢幕上的文字。

　　叮咚！奇蹟似地，我彷彿又看見她的身影。

　　「妳怎麼了？這麼久都沒看妳上線？」

　　「這幾天我身體不大舒服，幾乎都躺在床上。」

　　「最近氣候轉涼，要記得多穿點衣服。妳也真大意！」

　　「你還不是一樣！」

　　「我？」

　　「……」

　　她沒有再多說什麼，我也不再追問，因為有件更重要、纏擾我已久的事得做。今天我決定要鼓起醞釀已久的勇氣……

　　「星期天下午妳有空嗎？我想邀妳看場電影。」此時的我只聽得見自己的心跳聲，總覺得這次等待她回應的時間已經足夠寫完教授給的沉悶艱澀的報告。

　　終於……

　　「嗯！那天我會穿一雙紅色的涼鞋，保證你只要看到它就會知道是我。」

　　還來不及回應，她就下線了……

　　那一天，我提早十五分鐘站在我們約定的廣場。我低著頭，不斷地在人群中搜索穿著紅鞋的女性，一雙我該知道的紅鞋。突然間，眼角閃過一塊紅影，一雙紅鞋和她的主人在我面前停下，我的呼吸聲瞬間變得好刺耳，大到蓋過了街道的喧囂，猛然抬頭……

　　「媽？！」剎那間感到的暈眩像是頭被當棒球打出了一記全壘打。

　　「幹什麼叫那麼大聲啊！」母親那張笑瞇瞇的臉，像是催促著我開口。

　　「媽，難道妳就是……」

　　「天底下還有你這般遲鈍的兒子，我一直暗示你，可你竟然沒感覺？」

　　「怪不得……」

　　我悄悄地自言自語，怪不得她那麼了解我！我還跟她講了一大卡車的心事，現在這情況還真有些尷尬。我低頭看著去年送給媽媽當母親節禮物的紅色涼鞋……

　　「你這孩子，有事總是憋在心裡，每次問你，你都說沒事。」

　　我注視著她……

　　「走吧！說好的，我請你去看場電影。」沒等她回答，我搭著她的肩便往人群中走去。

筆下的心底波瀾

　　在冷冽的寒假中，我蜷曲在電腦桌前，對著螢幕發楞，

左思右想該如何接下一個句子，除了通順還要修飾語句，更重要是核心內容到底以什麼為主題！刪改的挫折，嘗試的開心，嘉英老師給予的意見，都是難得的經驗！除了得獎的喜悅之外，更令我了解到一篇文章從構思到定稿需經歷多少嘗試與努力。

當然，這都要歸功於高一以來眾多作業、報告的淬煉，讓我剝去冗長文字和堆砌華麗辭藻的迷思，感受到文字的精魂。

眼下的心底波瀾

我們總在不經意時遇見不曾期望的驚喜。

離開高中後，常想起以往熬夜趕稿的夜晚，我想那樣的生活或許也是上高中前不曾想像的遇見。離開了高中，這樣的回憶依然在夜闌人靜時勾起嘴角。

每一字句都是我們的里程碑，就像是偶爾與過往不期而遇時，再再提醒自己遺忘了多少，又得到了多少。(曾馨儀)

承諾

張爾庭

2008年第二屆台北市青少年文學獎極短篇佳作

　　不知從什麼時候起，你開始習慣寫日記，那是我不被允許進去，你的秘密。直到那張白色證明書出現，我才發現，你一直都在努力，守護我們的約定。

　　我們從高中就認識了，當你開口說想要永遠牽著我的手時，我想我找到了存在的理由。去年情人節，我們來到你預訂的法國餐廳──羅漫蒂，在一盤法式焗蝸牛前許下金黃色的承諾。那天的雨很輕，落地窗外的空氣混濁擁擠，頂著鑲有瑰麗裝飾品的吊燈，我坐在胡桃木扶手椅，迎上全世界最溫柔的眼睛，看見幸福被你掛在嘴邊蕩漾。

　　幾個月前我們大吵了一架，我氣得不跟你說話，你也氣得甩門走出去。門碰地被關上後又彈回來，我沒想到你真的就這樣走出去了。以前只要我嘟著一張嘴把自己關在房間，用不了多久，你一定會端著一碗熱騰騰的玉米濃湯走到床邊向我道歉，因為你知道那是我的最愛。

　　你一直都是這樣溫暖的人。

　　我不懂你為什麼這麼生氣，明明是你不對在先，讓我一個人在校門口站了四十分鐘。

　　一個小時、一個下午、一個黑夜、一個白日、一天雨的綿長……理智隨著時間流逝被蠶食。我急了，心裡翻滾著任何愛情劇本可能編碼的情節，哭著在所有我們倆行經的地方

尋找你曾拓印的氣味。坐在那許下一生的羅漫蒂，窗外在下雨，水痕爬過玻璃窗最後在窗櫺積成水灘，誓言迴盪後倒映在燦爛的水紋上，交錯的線條似天鵝絨般劃過彷彿是一道歷盡滄桑的淚痕，寒微的風拍打著玻璃窗，發出一聲聲低吟。

房間裡，散落一地的照片，一張張你我的故事，我坐在軟沉的床上細數沉默。

終於，我聽到鑰匙轉動門鎖的聲音，還沒等你踏進門，我便使出全身的力氣大吼。你臉色慘淡，消瘦的臉龐更襯出那雙黑曜石般的眼眸，語氣好急，說我怎麼能不了解你，叫我不要再無理取鬧。

你忽然沉默，只是緊緊地瞅著我，只怪我太快別過臉，竟沒發現你眼中滿滿的……。

我微笑，靜靜凝視著那張俊俏的側臉，輕輕撥開伏在你額頭上的瀏海。知道了啦，我不會再惹你生氣了！我發誓，我會一直陪著你，絕不會讓你再離開我。

我走出太平間，爬上通往頂樓的階梯。

評審言

〈承諾〉這篇結尾比較芭樂一點，用死亡當結尾，作者應該多一點解釋為何主角非死不可。（吳鈞堯）

〈承諾〉我大概比較不以為然的是情人吵架吵到自殺，情節安排比較不合常理。（彭瑞金）

筆下的心底波瀾

一開始只是一道作業的指令，沒想到竟成了文學獎的起頭。

極短篇比的是創意，尤其是最後來個大逆轉，每每讓人看完會心一笑，有些極短篇小得感人，文字鋪敘得很柔美，卻令人毛骨悚然。

爲了決選文稿，我和劉宜去信義誠品書店找靈感，從一樓到三樓，從商業雜誌區到名著小説館。書店著實是個令人著魔的地方，翻了好幾本名家寫的極短篇，我反而更煩惱了，有幾篇看完後我停頓了一會兒，不是文字的晦澀，而是內涵深得令我無法輕易讀取訊息，原來我所讀到的都還只是冰山一角，我變得很貪心，恨不得把架上所有極短篇書籍都搬回家。

思索主題是最困難的事，當我執起筆時，我所唸過的文章開始在腦海裡跑馬燈，要選擇哪種風格筆觸？要不要使用倒敘法呢？用這樣來象徵比喻別人會不會看不懂？

這些問題一樣在腦中狂飆，感謝嘉英姊的耐心，來來回回不停修稿，我覺得累，老師一定更累，因爲她要改十二篇！

復興高中的三天文藝營，是非常寶貴的經驗，我深深體悟，許多事情實際去做了並不很困難，關鍵只在是否願意踏出第一步！

眼下的心底波瀾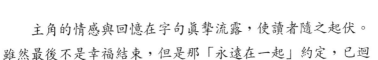

　　主角的情感與回憶在字句真摯流露，使讀者隨之起伏。雖然最後不是幸福結束，但是那「永遠在一起」約定，已迴響在讀者的心中。（表姐）

慣例

賴怡安

2008年第二屆台北青少年文學獎極短篇初選入選作品

　　晨間，少女靈巧地穿越梯間黑色的大門，他站在中庭望上看：她家的玄關開了一條細細的縫，那麼她應該是很瘦的。他拿出腳踏車鑰匙，不時抬頭看那扇玻璃窗，有沒有她白皙的臉？還是要有溼潤的空氣，才能看見的朦朧？

　　那一夜，細雨下著。

　　從國中的書包裡，拿出一串鑰匙，這是第N次、最簡單的動作，日復一日地重複著，若真要說有什麼差別，莫過於天邊雲層的厚薄，陽光的強與弱。

　　「喀喀！」門，竟然在拿出鑰匙前打開了？

　　她淡綠的衣服，是很接近春天的顏色。她走下階梯，一如往常的微低著頭，走出大門。但此時他卻站在門前，打斷了，她一直很習慣的動作。

　　當生活的慣例遇上偶發事件，除了驚愕以外，所有複雜的情感都濃縮，濃縮成靜止的，秒與秒之間。

　　騎上單車，背著心愛的吉他，往學校的方向去。雖然已經上了高三，這個興趣卻依然不能放棄，就像不管幾點到家，總是會忍不住抬頭看那扇窗。

　　晚風清涼，回到家門前，把手中的籃球放下以便拿出鑰匙，抬頭看了看那扇窗：會有人開門嗎？那個人……？

　　果然門打開了。

搜索鑰匙的手，藏在書包底下。

「阿姨好。」是別層樓的住戶。

「你好。」那女人禮貌地回話，跨過籃球後往外頭走去。

他把懸在支氣管裡，不知何去何從的氣，緩慢而無奈地吐了出來。他把鑰匙握在手心，低頭卻遍尋不著籃球。

一輪明月照在似睡未眠的大地上，她站在樓梯邊，雙手捧著他的球。

「你的。」緩慢而清晰，她把球遞還給他。

「謝謝。」他微笑，拿起球便急急往樓上走。

她抬頭看著漸漸往上、漸漸看不見的身形。

「差不多是這個時間吧。」她看了看錶，微笑著走向信箱取信。

一天夜裡雨下得特別大，他騎著單車回來，沒有球，沒有傘，只有一身的溼漉漉。到了家門口時，摸索鑰匙卻只找到一路從學校回來的雨水，一手扶著車，站在門外突然發現沒帶鑰匙。

「喀喀！」

門裡走出一把藍色的傘，傘下站著一個纖細的少女。

「雨下得很大。」她伸長拿傘的手，仰望著天空說道。

他抽出書包裡找不到鑰匙的手，她的視線轉向全身溼透的他。從她的眼眸裡，他看見自己的意外中，還帶有幾分欣喜的情緒。

「幸好有大雨，否則我永遠不可能與你靠這麼近。」他小聲，慢慢地說。

　　「所以呢？」少女頑皮地笑，面容就像春日裡綻放的櫻花。

　　於是，他接過她手中的傘，微笑著，雲間灑下微弱的陽光，雨水閃動。

筆下的心底波瀾

　　「慣例」帶我進入文學獎的研習營，我很感謝嘉英老師幫我改掉幾處，但是還有一個人一直沒有謝他——我的鄰居。這篇文章的靈感跟觀點就是從他身上想到的，不過他只貢獻了他的背影而已。

　　靈感無所不在，這都是心的震盪，因為有感覺，所以寫下來，企圖感動別人。

　　從前我走火入魔，捨本逐末，總覺得文字就應該是櫥窗裡的翡翠，是深藍色絨布包著的貓眼石，但偏離「感動」，再美的文章都會變成無謂的廢紙。

　　曾覺得語文班對我來說是種磨耗，高一無數激盪創意，開發題材，深化觀點的練習讓我覺得好辛苦……也許是不熟悉，也許是孤傲的毛病作祟。現在回頭看，沒有那些磨練，我現在怎能「收發自如」？沒有那些過程，我仍然是顆頑石。

　　在這裡，我重新找到了文字對我的意義。

眼下的心底波瀾

　　鍵盤的聲音此起彼落地響著，和雨水的節奏呼應成首期望的歌。

　　當慣例被意外打斷，意外裡的美麗就這麼迸發。每個人或許都有類似的經驗吧，不斷的重複著一些幾乎沒有意義的事，就只為了等待著那一瞬間的巧合，不經意的緩慢，把短短的剎那拉長至整個季節。美麗的邂逅，這是一句老得不能再老的古話，卻又是那麼深刻又貼切地描繪出這個情況。

　　刻劃在心底的那個身影，今天是否會出現？（連捷）

企業家之死

賴怡安

2008年台北市第二屆青少年文學獎極短篇佳作

　　吃了晚飯以後，閒閒的坐在客廳裡，邊看新聞邊削蘋果：看那薄薄的一層皮慢慢掀開，我把科學家最愛拿來舉例的「地殼」，掀起來了！一圈一圈的往上削去，最後到了地球的南極，只要刀鋒一轉，這地殼就將以最完美的形式墜入垃圾桶中。

　　「差那麼一點點了⋯⋯！」手機卻在此時響起，害我沒把南極大陸一併挖走。我拿起一旁的面紙略微擦嚓手上的蘋果汁，看了來電顯示：哦，是阿智！

　　「公司難得准我假，後天我要飛去紐約。好想再看一眼臺北⋯⋯。」他的語氣溫和而平緩，卻帶有幾分莫名的憂鬱。

　　「放假？」原本想要欣然的答應，但始終覺得他的言談有些奇怪。

　　「嗯，那明天來我家載我好嗎？」他的聲音輕飄飄的，似乎訊息還沒傳到腦部前就已飄散。

　　「阿智，你是不是怎麼了？生病？感冒？」我終於忍不住了。

　　「不，咳咳，」他清清喉嚨，接著說道：「沒什麼，只是有點不舒服。」

　　「好吧，」我皺皺眉頭，繼續說道：「那你早點休息，我明天早上九點去接你，好嗎？」不知道為什麼，現在正在

跟我講話的人好像空氣，連我的手機握起來都覺得不真實，不像在講電話，反倒像站在山上聽風吹過。

「不！」阿智突然激動起來：「七點！」而後聲音又轉無力：「七點好不好，拜託。」接著就緊急的說了聲再見，草草結束這次通話。

但我卻不能草草結束心中的不安啊！許多個畫面飛快的在腦海中穿梭，像是滿天抓不住的棉絮，歷歷在目卻又如此虛無……

大四的暑假，我和阿智相約騎車去陽明山看夜景。

「畢業以後你還會繼續考研究所嗎？」我問。

「應該會吧，」阿智把手插在口袋裡：「等研究所畢業後，我會開始工作，接著進到那棟——」阿智伸出手，指著遠方一棟看不見頂的大樓，說道：「當一個全臺灣最成功的企業家！我還會買下——」阿智又伸出另外一隻手，攤開掌心對著城市的另一頭：「那邊的房子，買一棟下來強迫自己投資……」

「你很愛說大話哎，喝啦！想那麼多。」我把一瓶剛買的伏特加拿給他。

「你難道都沒想過嗎？有夢想很偉大耶！」阿智把酒打開，喝了一大口。

我笑了一下，說道：「我當然想過啊，但是我只想當個平凡快樂的人，在這個城市的一個小角落……」我晃動手中的半瓶酒，看著底下的老家：「找個安定的工作，娶個長得普通卻很懂我的女人，養兩個小孩，然後看著他們長大。」

阿智抬頭，看著天上的星斗。我卻看見他的眼淚慢慢、無聲的滑落。

回過神時，桌上的蘋果早已發黃。

我的車子進不去，他家前面的巷子停滿了機車。於是我試著叫他的名字，不曉得他出來了沒。

等了好久，我找了一個位置把車子停好，熄了火後立刻衝上他家。

「阿智？阿智？」空盪盪的走廊，我只聽見自己的敲門聲。我慌了，為什麼？他是一個從來不爽約的人！

「當一個臺灣最成功的企業家……」我聽見門的另一側，阿智微弱的聲音。

「快開門啊，阿智！阿智！」我焦急的捶打著門：「快開門啊！」

「最成功的……企業家……」聽不見了，阿智的聲音。

我還是進不去，儘管我跟他只有一個門板的距離。

「根據法醫初步研判，死者長期營養不良。」警察說。

「日前死者被無預警解聘……」主播說。

「我的阿智啊……！」死者阿智媽媽哭道。

「請問阿智媽媽，你會難過嗎？」記者問，阿智媽媽馬上昏了過去。

「隔壁那個男孩很乖啊，出入都很有禮貌的。」鄰居吳太太說。

「沒了工作可以再找，為什麼你不能釋懷呢？」死者阿

智姐姐嗚咽。

阿智爸爸站在門外沒有說話。

「他其實很有才能，又肯學。」公司裡的人這樣說阿智。

「我不清楚。」阿智公司裡負責裁員的高層如是說。

之後，我經常開著車在市區裡兜，每次都會想起他，一顆尚未燃燒，卻已熄滅的經濟奇才。

「等研究所畢業後，我會開始工作，接著進駐那棟大樓，當一個全臺灣最成功的企業家！我還會買下那邊的房子，買一棟下來強迫自己置產投資……」

「你難道都沒想過，有夢想很偉大耶！」

不知道在另一個世界，阿智會不會後悔曾經那麼倔強？

評審言

〈企業家之死〉劇情感覺比較通俗，大概可以預期它的發展。裡面劇情起伏太大。（郝譽翔）

筆下的心底波瀾

人的死亡率是百分之百。

文章裡的阿智是自己逼死自己的。

靈感來自於新聞不斷重複的橋段，有些人日子走進死胡

同裡了，沒有選擇攀牆而過，而是一頭撞死在牆上了。

年輕時曾經有過的夢想，到哪兒去了呢？

並不是要傳達做大夢卻沒成功而死去的人有多麼可惜，只是想說，山不轉路轉，或者是永遠不要放棄。

眼下的心底波瀾

以極短篇來說，這篇文章的破題強度很夠。藉削蘋果和地殼做比喻，與後面的故事接軌。而從蘋果未削、差點削走南半球，到被擱置在桌上發黃，似乎暗喻著一個人才的凋零。

文中轉折到大四情景前的那段話是老梗，幸而回憶的場景節奏很明快，人物個性很鮮明地浮現。眼淚是轉折的關鍵，下面的劇情急轉而下，節奏快得令人有些招架不住。

最後一句話有讓人回味的感覺，不只自述者自問，連讀者也不禁自問了。（林宜蓁）

無誤

王喬

2008年第二屆台北市青少年文學獎極短篇初選入選作品

　　一定是有人搞錯了，不然今天的我不應該在這裡的。

　　現在看起來是快中午了，他們把我的手錶拿走了，肯定是被那個看起來滿臉賊笑的傢伙給私藏了。那個人說不定正靠把我的手錶賣掉的錢吃一頓上好的午餐。不應該有這種事發生，如果不是搞錯了，我現在怎麼會被綁著而跪在這裡呢？

　　我好像聽到了笑聲，那種……可惡，那種看著一個卑微的東西才會發出的同情跟滑稽的嘲笑聲。你在笑我？要不是我的眼睛被蒙住手腳被銬住，我現在一定會讓你知道我的厲害。

　　什麼東西好像一下子靠近了我的脖子，我扭動著，被強按住。一片片鋒利的感覺劃過我的神經。那冰冷的東西忽遠忽近。

　　難道這是誰開的玩笑？也許是我的妻子，因為我最近冷落了她所以她為了報復而開的玩笑，或者是我把她的盆栽打翻了的鄰居，還是賒帳太久的雜貨店老闆。

　　「行刑。」

　　你說什麼？行誰的刑？

　　我眼前的布飄走了，好像有什麼東西把我打得飛了起來。但是涼涼的。我的周圍沒有人。只有一個看起來很倒楣的傢伙跪在地上。不知道長什麼樣子的人慢慢往前倒了。

他沒有頭。

這一定是有誰搞錯了，搞錯了，我感到沙子跑進我的動脈了，我好像被重物碾過，好痛，這一定是有人弄錯了，不然為什麼現在會是這個樣子呢？一定，應該是弄錯了，不然為什麼什麼解釋都沒有呢？

周圍沒有人，但是那些笑聲像潮水般湧來，纏繞著我，我感到呼吸漸漸困難，眼睫的眨動變得遲緩。真可笑，我本來應該正在吃午餐，這個時間，那個賊笑的人肯定也一併包辦了我的午餐，他肯定不會放過。

那個跪倒的人，死得真像條狗。

應該……是弄錯了……

筆下的心底波瀾

這的確是在看完〈審判〉之後產生出的一篇極短篇。

剛看完〈審判〉，腦中一片不明渾沌而可笑的荒謬感，又想到以前聽說的一些奇異的小故事（不怕死的文人被砍頭時口中猶讚嘆劊子手的刀「疾如風」），於是非常快速地寫完這一篇。

沒有再修改過。

雖然的確有些刻意於營造出詭異的氣氛，但是認為並不夠成功，這只是很明顯的。沒有想到會入圍，似乎更強調了世事的不可預料和可笑。

眼下的心底波瀾

　　初次看見這篇極短篇，腦海裡瞬間閃過一個人名：卡夫卡。

　　不僅僅是因爲那句〈審判〉中最經典的結局，還有主角無論如何也擺脫不去的父親的陰影——如同卡夫卡，對父親的恐懼如影隨形，筆下的人物總是拖著這沉沉的陰霾。然而，情感再重，在筆尖觸及紙張的那一瞬間，卻化爲輕淺的文字，雲淡風清地恍若船過水無痕，但漣漪早已悄悄蔓延擴散。

　　〈無誤〉的氣息很濃稠，但仍像隔著玻璃牆上演的戲碼。冷冷的，薄薄的，如影子般容易忽視，一回頭，不知靈魂的負荷多麼濃黑沉重。（蘇庭）

故影

王喬

2008年第二屆台北市青少年文學獎極短篇首獎

清晨，我固定來到公車站牌等候，一股非常熟悉的氣味隱隱從一個地方傳來，童年的味道。

媽媽是個溫柔的女人，有清朗的眼神和溫暖的手掌。只要我在學校表現稍微優秀，她便毫不吝惜讚美。即便是發怒時，她手中的棍子也總是高高舉起，卻輕輕落下，她便是這樣一個完美的女人。

我找到了一個位子坐下。很幸運，旁邊的人似乎也趕著下車，匆匆忙忙起身離開了座位，於是我一個人獨佔了兩個位子。公車搖搖晃晃，車上的人拼命抓好握把，像一群不想離開海潮的沙丁魚。

到站了，車上的人都很有禮貌，儘管非常擠，但還是自動讓出一條路讓我通過。

我以前是個優秀的學生，都是為了我媽媽，老師只要問我問題，沒有我答不出來的。只要老師點到我，我總是舉起手大聲地說「有」。從來沒有我不會的問題。

為什麼我還聞得到那個媽媽不喜歡的味道？到底是從哪裡傳來的？那是遊魂的血脈，我要離它遠點，它害媽媽哭泣。

「有！」我大聲回答。

我知道，李白和杜康是朋友，喜歡打人……為什麼有那股味道？我知道它曾經過發酵，濃烈地要把家裡的柱子也給腐蝕，從哪裡來的我要遠離它，我是優秀的學生，我是優秀的學生，都是為了媽媽。

「有！」沒有問題我不會的。我大聲回答。

「靠夭，爛酒鬼不要亂叫啦！」

你說誰是酒鬼？

是那死老頭子，爛酒鬼…

我是優秀的學生，都是為了我媽媽。

「酒鬼打人啦！」一陣尖叫驚呼。

我又聞到一股很熟悉的童年的味道。

「別打了！」還有聲音。

混亂中有人推了我一把，人群哄然而散。

我撲倒在地，一跤跌進了父親的影子。

評審言

〈故影〉這篇是我覺得最有小說的味道的作品，他的結尾不落俗套，設計非常巧妙（郝譽翔）

〈故影〉寫父親是酒鬼，母親帶他長大，他努力都為了媽媽，但童年陰影依然尾隨。結尾有張力。（吳鈞堯）

筆下的心底波瀾

這一篇沒花多少時間，而且真有其人，雖然那位先生並不知道被我拿來寫這種奇怪的東西。偶爾他會在我搭的公車上出現，每次都是一身酒氣，我很幸運地坐在他隔壁的位子過。

除了身上帶著濃重的酒味，其實他是個有禮貌的先生，甚至比許多年輕小鬼好很多，雖然只要他上車所有人避之唯恐不及，彷彿接近他就要當場一同釀然而倒地不起。我只疑惑為何每次見到他都是滿身酒氣，以及他將去的地方。

見到他的次數多了以後，就有些莫名的想像，正好學校的某一堂課讀到一篇報導，類似是酗酒的父母通常小孩也會酗酒，突然間我想到那傢伙，說不定是有這種故事吧。

眼下的心底波瀾

看完這篇極短篇時心情還滿複雜的。

一方面覺得很欣慰，忍不住在心中感嘆：「噢！王喬這傢伙終於肯讓他筆下的小說主角好好活著了。」雖然我覺得故事裡那位仁兄應該不算是「好好」活著。另一方面，我總覺得胸口悶悶的。一跤跌進父親的影子，是否隱喻了一個沒有終點的輪迴？像流沙，只要有一腳踩進去就無法脫身，只能看著自己慢慢被淹沒。（許寗）

凝視

謝容之

2008年第二屆台北文學獎極短篇初選入選作品

她靜靜坐在老位子，看著人來人往。

又一個星期一。

冬日裡難得的陽光安靜的鋪在屋頂上。

她瞇起眼。

她住在一條灰色的小巷，在一個不起眼的小社區。這樣普通的社區在台北有上萬個。日復一日，總是一樣的人經過，一樣的事上演。

踏著熟稔的步伐，走過一樣的路，每日她穿過小巷，走到這個連接外面大馬路的公車站牌。

又一個星期一。

第十一次，那男孩沒追上公車，氣喘吁吁地咒罵著。

第十五次，那對學生情侶邊吵架邊走過早餐店。

第十七次，那賣玉蘭花的老婆婆啞著嗓子在兜售。

第二十次，穿著單薄的中年男子在風中猛烈咳嗽，手中夾著一根殘煙。

第二十五次，那小學生背上背著一個大書包，眼神失焦地望向遠方。

她依然靜靜的看著，眼神卻顯得有些意興闌珊。

突然間，一陣尖銳的嘯聲劃破空氣，一輛大巴士撞上了一輛重型機車，騎士被撞擊的力道撞飛到好幾公尺外，路上點點血跡。有人尖叫，有人咒罵，有人猛按喇叭，場面一時

之間一片混亂。

　　挺無聊似的，她毫不掩飾的打了個大呵欠，伸了伸懶腰，優雅地跳下屋頂。

　　她不過是隻貓罷了。

筆下的心底波瀾

　　這篇極短篇是以一隻貓的視角，觀察一個小社區人們的日常生活。

　　我家巷子口真的有一隻貓，牠根本瞧不起人類。

　　我家附近常常有些野貓在徘徊。貓是晝伏夜出的動物，當我每天出門上學時，正好是他們的睡眠時間，但屋頂上那隻貓老大則不然。

　　每每我經過牠的地盤時，便會被牠以一種慵懶高傲的目光掃視。

　　牠根本不屑你不怕你，幾乎是瞧不起人類。

　　不過牠的女朋友很漂亮，有一雙清澈溫柔的眼睛，不同於貓老大，她看人的目光裡帶著點天真稚氣。

　　就是這些自由自在穿梭巷底街角的貓，給了我一些想法。

眼下的心底波瀾

　　這篇文章是以某一個特定凝視的角度來寫，感覺整篇視角的移動是很緩慢的。當我們在被文章一步步引導進入那個

畫面時，會覺得是一個白髮皤皤的老太太，靜靜坐在搖椅上，看著這忙碌城市的慌忙與推移，形成一種動靜之間的對比。當講到看到車禍覺得挺無聊似的時候，會讓讀者有些驚訝與懷疑，而這正是「轉」的地方。後兩句的速度很快，很短，讓人有恍然大悟的感覺。

簡潔有力讓人印象最深，極短篇的力量就在這句。

（葉思妤）

機械城市

謝容之

2008年台北市第二屆青少年文學獎極短篇組佳作

住在台北已經五年有餘。

台北是個很有規律的城市。

我固定每天早上7點起床，7點10分邊收聽某電台的晨間新聞，邊囫圇吞下養生排毒餐，然後匆匆擠上7點半那班公車，接著坐上8點05那班捷運，9點準時打卡進公司。

我像被設定好的機器人，日復一日做差不多的事，過著差不多的日子。

偶爾也會厭倦這樣的生活，但，又能怎樣呢？

反正過著過著，大家也就都習慣了。

某天下班，我像往常般搭著捷運，在從台北車站回到新店的路上。

在捷運最後一節車廂，我坐在我的老位子上。

我發現到身旁的人無論坐或站，不是眼神失焦的望向遠方，便是固定每幾分鐘看一下手錶，或整理一下衣服，或順一下頭髮，精準得無需對照計數器。

我覺得有趣，這些不自覺的舉動構成了一節小車廂中巨大的機器人國度。

但觀察了幾分鐘不斷重複的動作，我開始無聊了，順手從口袋中掏出手機，低頭把玩。

簡訊匣裡一整排滿滿的訊息。

傳送者：阿山、花姐、多多、小D……

「今晚有空嗎？」

‧　　「星期二的同學會改在中午了喔，那家涮涮鍋看起來不錯耶……」

「明天晚上有家庭聚餐你可不要忘了……」

諸如此類的訊息其實已無再瀏覽的必要，我的眼神早已失焦，只是機械式地動著自己今天才做過指甲彩繪的手指，按開一封又一封簡訊。

反正，也沒什麼事好做。

從台北車站到新店市公所的車程並不算短，哎，人嘛，總有失神的時候──我不小心，呃，打了個瞌睡。

再睜眼時已快接近終點站了。

於是我擦了擦口水，整理一下頭髮，起身，正欲下車──

卻感到雙唇不由自主的蠕動，耳朵傳進的不是捷運語音系統，卻是自己平板的、機械式的女聲，正咬字清晰地報出站名：

「新店市公所Sindian City Hall Station」

筆下的心底波瀾 ✎

這篇作品的範圍是被指定的──「閱讀台北」。

這塊從小生長的土地，我卻覺得棘手，不知該如何下筆，於是搭捷運，感受台北的氛圍，回來就寫了「機械城市」這個極短篇。

很想好好寫一次台北，可是寫出來的東西總像是隔了一

層紗，無法真正的表達出我對台北那種矛盾的感受。

眼下的心底波瀾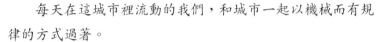

　　每天在這城市裡流動的我們，和城市一起以機械而有規律的方式過著。

　　很喜歡文章裡的一句：「我像被設定好的機器人，日復一日做著差不多的事，過著差不多的日子。」是啊……我們每天都在做一樣的事過一樣的日子，對於生活會不會不再期待？如果可以，我想在這個被雨困住的城市中，等待一點點的變化，哪怕是小小的改變也好。（蘇打粉）

被丟掉的兔子

謝容之

有一隻兔子被拖進車子裡被載回台北經過很多橋很多樹很多紅綠燈很多行人。

那是一隻曾被深愛的兔子牠終於越來越巨大再也沒有紅蘿蔔與白蘿蔔或是小孩來拉牠的耳朵於是牠被載回台北經過很多行人很多紅綠燈很多樹很多橋最後被載到到垃圾場被──

丟掉。

筆下的心底波瀾

搬家的時候赫然發現新家的櫥櫃裡藏了一隻跟人一樣大的兔子布偶，據說是前一個居住者的追求者送她的，搬走的時候把這隻巨兔留了下來。

我爸說不能收容它，它就這麼被載到垃圾場，丟掉。

眼下的心底波瀾

是愛被丟掉了嗎（胡芯瑋）

小乖

張簡嘉琳

擁擠的市場上，一抹衰老的身影低頭撿拾著掉落的空瓶，或者是其他人不要的紙箱。

「阿嬤早啊！」

「你早啊，年輕人。」

市場上的攤販對於阿嬤的出現早已習慣，大家親切地向她打招呼。

「阿嬤，阿公最近身體好嗎？」

「不錯啊，他現在都會帶我們家的小乖出去散步耶。」

「小乖好幸福喔，有你們這麼疼他的阿公和阿嬤。他現在幾歲呀？」

「四歲多，他現在會認人了喔。」阿嬤仍低頭撿拾，語調沒有明顯的起伏或上揚。

熟識的人拿出水果或蔬菜塞給阿嬤。「拿去幫你們家小乖煮點營養的，他要多吃點。」阿嬤默默的點頭，低頭道聲謝謝，又繼續撿垃圾。

昏黃的陽光，把阿嬤矮小的身子拉成長條的影子。

一進門，一條黑狗激動的跑出來，在阿嬤身後不停地搖尾巴。阿嬤低頭，緩緩走進廳堂，牆上掛著一幅照片，是個不到五歲的小孩子，嘴裡含著彩色的糖球，臉上掛著燦爛的笑靨。阿嬤跪在地上，摸著漆黑的棺木，她漾起笑容的說道：「今天過得好不好啊？老伴。」阿嬤轉頭，站起身，對黑狗說：「小乖，今天好多人送你東西吃耶，待會煮給你吃

喔。」

筆下的心底波瀾 ✏

這極短篇是處女作。

文中的攤販將小乖想成是阿嬤的孫子，其實阿嬤的孫子及老伴都去世了，而阿嬤的苦澀便在於她不願意面對兩者皆逝的事實，對於關心她的人擺出微笑應對。

文章的靈感來自於倒垃圾的一個小女孩。

「這些報紙可以給我嗎？」女孩怯生生地問道。我彎下腰將手上的報紙拿給她，而默默的將報紙遞給在垃圾車旁收拾資源回收的老婦人。

小女孩枯瘦的身影和老婦人衰老的駝背帶給我剎那的衝擊，這篇文章就這樣產生。

眼下的心底波瀾

從阿嬤的身影，讀出背後的故事。

緩慢的鋪陳，使讀者身歷其中。直到最後一句之前，讀者一直沉浸在阿嬤的苦楚中，尤其是阿嬤不願意透露老伴已經不在世的事實，對小乖的移情！（廖昱晴）

死神

吳佳芸

2009年第三屆台北市青少年文學獎極短篇初選作品

下午三點，第九輛車龜速緩緩爬行。

自從雪隧通車以來，誰會像白癡花三倍時間冒摔車危險，橫行於九彎十八拐，挑戰死神權威？

冬日午後的暖陽配上曲折蜿蜒的山路，竟讓靈異事故傳說比童話還天真可愛。大家都勸我傻啊，幹嘛窩在這裡等，濱海公路、國道省道生意比這兒好上十幾二十倍。

看起來今天是沒生意了，我也想和周圍小販一同向政府請願，曾經車水馬龍的熱鬧商店，落得門可羅雀的冷清，生意都沒有辦法做了。

且慢，我聽到車聲，是轟隆隆怒吼的砂石車及載滿觀光喧鬧的遊覽車，敏銳的耳朵好像察覺生意的來臨。

「吱……碰……」刺耳的煞車叫囂著這樁意外、玻璃如天女散花四射、天人永隔的哭泣、血腥懾人的第一現場……一絲不漏進入我的記分板。

「砂石車駕駛打瞌睡引發追撞遊覽車事故，全數無人生還。」聳動的頭版標題，新聞台不斷報導今年最罹難人數最多的一起交通意外，24小時不間斷的放送慘絕人寰救災場面、落落長罹難名單、家屬哭天搶地的悲痛……。

人證、物證比保險公司更快的效率呈報上給閻羅老哥，今年最大宗case，業績一定是年度總冠軍！

打瞌睡駕駛的冤魂氣憤地注視我，滿車罹難乘客向我扔

擲一塊塊碎石碎玻璃，但每道憤怒的弧度都襯托這場意外，還是誇讚我是個盡職的死神？

筆下的心底波瀾

時過兩年，現在看著當初的文字有種陌生感，但看見嘉英姐的來信，過去的回憶都清清楚楚的跑到眼前、耳中，彷彿又看見黃衫學園一長串未繳交的作業，聽見嘉英姐親切的咆哮：丫頭，快交作業！

這篇極短篇投稿青少年文學獎，當初正逢雪隧通車，新聞每天不是報導通行證糾紛，就是報北宜公路今非昔比的冷清，於是突發奇想寫了這篇既可交作業，又可當初審投稿的文章。沒料到老天爺疼愛有加，第一次創作極短篇就入選了！

眼下的心底波瀾

九彎十八拐是個危險的地方，長年發生死亡事故，即便是雪隧的通車後，車流量的大幅減少，依然不能避免發生會意外，死神的嘆息，呼籲著大眾交通事故依舊是十大國民死亡主因之一。作者犀利聳動的文詞，讀者也感受到了嗎？

（林同生）

科技人

吳佳芸

2009年第三屆台北市青少年文學獎極短篇優選

社區不久前搬來一個怪人。

「白白淨淨，一表人才，聽說之前是科技新貴，……誰料到？……可惜呀！」

一個月來婆婆媽媽總是針對他的怪異行經高談闊論，比方說他總是對著空氣喃喃自語，叨叨絮絮進行早餐會報、頤指氣使交代秘書任務，當他忙碌卻炯炯有神的視線對上旁人的狐疑時才會放低音量，或是彷彿臉上掛個「開會中勿打擾」的告示牌轉身而去。

「改名前叫柯際仁……事業有成……」

三姑六婆們一定有架私人衛星，為她們的中央通訊社提供全球連線消息。

鄰居見面免不了點個頭打聲招呼，在他疏離的禮貌裡不難聽見一道固若金湯的防備。也許是防著包打聽的鄰居，也許是防著他的空氣上司與下屬，最近他除了是個自言自語的工作狂外，更成了足不出戶的宅男。那些阿姨大嬸們的情報流通永遠比光纖傳播還厲害，又愛學新聞系學生練習下標題，「光棍，中饋不虛」等等。怪人與我，就一塊門板與一坪公設的距離，卻像冥王星與水星的毗鄰。

日復一日，流言蜚語賜封他為黑名單第一人，不堪其擾為掃除負面形象，怪人主動邀我去他家坐坐。這可大費周章了，得先通過瞳孔掃描、指紋比對、聲紋探測的安全防護，

怪人略帶歉意請我包涵；嚴密檢測還讓我停留在情報員幻想，玄關的感應迎賓模式突然把我往未來推進了幾十年。電視竟然是用觸控、聲控感應、冰箱門上顯示食物藏量內容及其營養標示、洗衣機會辨識衣料成分與髒污程度自動定時洗滌、燈光自動偵測人體位移，隨時配合腳步開燈照明熄燈節電……看著我合不攏的嘴他笑了，「科技人嘛！」話還沒講完被他的藍芽打斷，客廳馬上變成簡報室，他對空氣的喃喃自語竟然已傳到南非的子公司。

　　他是個不被咱缺乏尖端科技的社區所了解的怪人，他用掌上型搖桿運動、用鍵盤購物，活在精密元件的一指令一動作之下。

　　那天，光源都休克只留下眨眼的星子值夜，左鄰右舍搬出了藤椅茶具坐在樹下重溫尚未對電力供應上癮的年代，線路嘔出過度流通的電子、網路被爆炸的資訊阻塞，他的科技堡壘頓時強櫓灰飛煙滅，接上21世紀迴路的心臟只閃爍了「電力不足請充電」七個大字，他的呻吟便如奈米一般微小了。

眼下的心底波瀾

　　這篇作品有幸獲得台北市青少年文學獎極短篇組優選，是語文班三年來最佳表現。結構、創意、敘事節奏都是極短篇重要的關鍵，沒想到在緊繃的高三還有機會得獎，感謝嘉英老師的指導、父母的支持以及台北市政府提供的舞台。

　　我仍記得頒獎典禮上郝龍斌市長的致詞「今日的小作家

變成明日的大文豪」，讓我想起每一個語文班女孩。「以文
會友，以友輔仁」，三年共同在電腦前趕稿、一同為入選文
學獎的同學歡呼、或是文學獎營隊中認識的朋友們，因文字
而讓我們有一場美麗的邂逅！

時空拼貼

〔小說〕

界線任青草恣意覆蓋
當第一隻白兔躍上頁緣
實虛開始連結
「旅行，由兔子開始」

脫軌

蘇庭

2007年第一屆台北市青少年文學獎小說佳作

手機的最後一口氣息淹沒在電池格怵目驚心的空白裡，無限的網路被時間停格在同一個畫面上。我無奈地嘆息，索性將電話線一同連根拔起，任插頭孤零零地晾在一旁，不再發出惱人的噪音。

今天，就只有今天，放縱自己任性地成為失蹤人口吧！

隨手抓起被磚塊書折磨得破爛不堪的黑色背包，將裡頭佈滿焰紅草綠海藍墨黑線段的中國思想史、聲韻學以及比塗鴉更具有藝術感的報告草稿全部倒在狹小桌面上，連錢包也帥氣地陷在髒兮兮的棉被裡。指尖隨意地拾起生鏽的鑰匙，鎖上用髮夾技巧性地轉動就可以撬開的門鎖，就這麼地踏上了我的旅程。

漫步在這如此渺小卻又如此遼闊的城市中，漫無目的顯然是一件危險的事。當人們匆匆地流過身邊，自己卻緩慢地踏著步伐，是多麼突兀與詭異啊！我好奇地打量著每個慌忙到連睨我一眼的時間都沒有的人們，不明白究竟有什麼天大的事情逼迫著，必須以如此慌張的步伐與時間競走，——不，或許我也曾經與他們一樣，只是我不自覺而已。

台北的人們總是慌忙的，與克羅諾斯爭奪時間的腳步催促著我們，跳過一幅幅畫面，一聲聲喟嘆，一抹抹微笑，一陣陣的悸動。那或許只是瞬間的動容，但何嘗不可在我們的生命中留下一道深刻的烙痕？

　　「別讓靈魂跟不上我們的腳步。」如果這句話真的成立，台北城想必充斥著迷途的靈魂了吧？而我究竟錯過了多少永恆，想到這裡，我不禁站住腳，仰望被高樓大廈蠶食鯨吞後苟延殘喘的那片蒼穹，灰黯的，沉重的，如同卡夫卡的墨筆，抑鬱得令人無法喘息。

　　卡夫卡的天空，究竟有多少人為它駐足？有多少人為它昂首？身為大三生的我，每天的生活便是忙、忙、忙。我不明白盲目追求的究竟是什麼？畢業即是失業，前途一片渺茫。在不止歇的忙碌中，我覺得自己比盲人更看不清未來，茫茫然地失了方向。

　　前天與父親的爭辯，依舊迴盪在耳畔，縈繞不去。

　　「你整天只會寫這些沒用的東西！能賺錢、能吃飯嗎？」

　　父親將我嘔心瀝血以好幾個寒意沁骨的朔夜為代價精煉而出的稿子狠狠地摔在地上，滿臉通紅地對我憤怒咆哮。

　　「我寫作是為了我自己的興趣！追求夢想有什麼不對！」

　　我心中的怒火顯然不比父親的暴焰弱，我無法控制從喉中爆出的音量，以聲帶最大的震動幅度所發出的嘶吼駁斥。

　　「夢想？我看你那些狗屁思想都是空想！」

　　他顫抖的手指戳向我的鼻尖，我憤怒的指甲深深陷入掌心，掐出四道似乎含著血絲的指甲印。我闔上幾乎要射出利刃的怒瞳，猛地扭過頭，大步踏向門邊，將腳塞進我骯髒破舊的布鞋裡。

　　「你要去哪裡？」

　　背後襲來一聲叱吼，我沒有出聲，手腕一甩摔上大門，以因狠勁而發出的巨響作為我的回答。

　　我不懂，讀文學院有什麼不好？當作家就一定會沒飯吃？我承認我寫得並不出眾，但何嘗沒有機會？年輕不就是該追逐夢想的年紀？為什麼我連作夢的權利都沒有呢？我就像是約瑟夫‧K，不斷被莫名其妙地審判。社會就是法院，躲在角落難以察覺，卻又無所不在。習俗就是法官，判決沒有理由，只因為官員認為對就是對，錯就是錯。我面對整個毫無法規的的制度，處處受到制度的束縛與牽扯，然而制度卻理所當然地存在。被告永遠都不知道為什麼自己會被逮捕，除了消極地接受審判結果其他什麼也不能做。連批判也不行，我們無力去更改，即使是完全錯誤的法律也一樣。

　　我的面前出現了十字路口，四面八方湧來的車將偌大的道路塞得水洩不通。此時斑馬線對面的紅燈亮起警戒，在白線後早已等得不耐煩的駕駛猛地將油門踩至底部，燦黑得發亮的賓士呼嘯而過，後頭的福特汽車也不甘示弱，緊接著飛奔而去。然而，即使道路是如此繁忙，卻依舊有人不顧一切地想要向車龍宣示他們對斑馬線的自主權。我的手心捏著一把冷汗，盯著那人在潮潮湧來的車浪中搖櫓，划至對岸。

　　總算是鬆了一口氣！我把濕淋淋的手插進了我的口袋，觸碰到裡頭硬薄的塑膠片 —— 是悠遊卡。上天給予的契機？讓我有個最廉價的自我放逐吧！

　　刻意選了一條最不熟悉的捷運路線，撿了車廂最邊疆的座位。我凝望闇黑的隧道，以及映在透明玻璃窗上的倒影，

耳膜迴盪著捷運隆隆的呼吼，代替了原先應該大肆喧鬧的流行音樂。

　　很少如此絕對沉靜地觀察周遭的一切，我將視線轉回最左邊我所位於的車廂內，坐在我正對面的上班女郎正蹺著二郎腿，對著小巧玲瓏的化妝鏡搔首弄姿，在她已黏著厚厚一層油膩膩的膚色唇蜜的雙唇上再抹上桃花紅的艷麗。坐在她身邊的是一個金髮碧眼的外國男子，飄著濃烈的古龍水香，我的胃噁心得猛烈翻攪。他看來似乎被那位小姐的秋波電得七葷八素，潔白襯衫下的身軀不安分地扭動。一名略顯肥胖的中年婦女正牽著一個連走路都還搖搖晃晃的小男孩，婦女緊緊抓牢男孩不斷想掙脫的手，滿頭大汗的怒斥著，男孩則充耳不聞，蠢蠢欲動地繞著鐵杆打轉。看起來超過六十五歲的老頭正顫巍巍地抓著拉環，前後左右不斷擺動他單薄乾枯的身軀。坐在老人前方的男人穿著筆挺的西裝，報紙正好遮住了他的眼睛，八成是這樣所以他才不知道要怎麼讓位。

　　我站起身，扶那老人坐在我身旁的空位，他對我露出了一個感激的微笑，然而我卻感到他的雙瞳裡含著哀愁，時間在他的臉龐以及雙手刻下一道道滄桑，乾皺脫水的皮囊下是一輩子的歷史。最右手邊的座位上則是一個背負著沉重書包的小學生，可媲美蘇打餅乾的厚重鏡片後那雙近視嚴重導致瞳孔失焦，彷彿失去意識的瞳眸正努力睜開以防眼皮就這麼自然地接吻。

　　靠在門邊的一群高中生，正不斷高聲談論著網咖電玩的種種，音量牽引不少人的目光。其中一個頂著以大量似乎挺高檔的髮膠抓得聳立的龐克頭，骷髏墜子在他的胸前猙獰地

邪笑，視覺系的裝扮使他看起來像是被皮帶裹住的木乃伊。他身旁的少女臉上化著濃濃的煙燻妝，燙成大捲的褐色髮絲間佈著點點金色亮粉，耳垂上掛著像手鍊的銀色圓環，不達十五公分的百褶蘇格蘭短裙下套著及膝的皮製長靴，那少年戴著鏤空十字架戒指的手就貼在少女露出的纖腰上，雙眼還不時地朝她露出香肩的小可愛瞄去。

正值叛逆期吧？我在那群猶帶一絲稚嫩的青少年周圍的空氣裡，聞到了纏繞的煙味。叛逆，這也是他們給我的評價，但我得到這評語的理由與這群高中生似乎不太一樣。現在的青少年叛逆的究竟是外表的形式？規矩的反抗？還是心中的理想？

捷運的門關上了又打開，打開了又關上，人潮進進出出。忽然，窗外射進虛弱的光芒，看來是行駛在高架軌道上方了。窗外的風景是一首首沉悶的詩，目光所及就是一棟棟身高不同的房屋、一條條塞滿機車的巷弄、一道道螢光閃爍且充斥喇叭聲的馬路，偶爾還會有幾棵像非洲兒童營養不良的樹木。遠方的太陽被龐大的雲層藏得連一絲頭髮也露不出來——才剛說呢！正如我所料，天空開始飄起綿綿的雨。

雨劃破了無瑕的玻璃窗，留下了一痕痕透明的傷疤。

記憶跳回了那一天，我們道別高中生涯前在星巴克喝著那苦澀濃烈的咖啡。窗外飄著雨，飄著我們的不捨與離愁。

「雨……是因為天空不忍，所以流淚嗎？」

我至今猶記得，他的星眸凝著憂傷，望著鬱鬱的蒼穹，下著鬱鬱的細雨。

　　我們都沒有說話。我無心地看向窗外的車子來來往往，未曾停下。瞬間，我不自覺地脫口而出。

　　「是懲罰吧？」

　　我知道他們的焦點落在我的身上，但我依舊是側著頭，手裡握著咖啡杯的力道加重了些。

　　「天空覺得人們太無情，所以為人們流淚。雨滴落在人們的臉上，就像是淚水一樣。」

　　之後，我們再也沒有說話。我們，沒有說再見，沒有……回頭。

　　因為我們知道，文學是我們之間永遠的羈絆，無論我們身在何處，提起墨筆，寫作的道路上絕不孤獨。

　　但，我會不會是最先爽約的那一個？現在的我不再如昔，我看著纏繞在手上渴望寫作的絲線，早已黯淡，彷彿下一刻就會猛然斷裂崩解，與最初那種甚至願意手指折斷的熱情的光芒簡直無法相比，難以想像是同一個人的心。

　　雨，在台北城下著。在馬康多下著。

　　馬康多，我想到這個孤寂的小鎮。與世隔絕的環境，被孤寂籠罩的城市。

　　與台北城，有那麼一點相似。

　　我在下一站下車，出了捷運之後，開始晃蕩。

　　是了，這就是所謂的孤寂。

　　車潮往我相反的方向奔騰而去，人群的腳步聲撻伐我的聽覺，在肩膀擦撞的那一瞬間，換取的是一聲咒罵以及一雙怨責的眼神。

在蜂擁而來的人潮裡，愣愣地佇立。此時此刻，我的內心只聽得見孤寂的詠唱。

心中那片用文學的墨水拼湊而成的城市，是否早已在獨斷的眼光與嚴厲的批判之下體無完膚？彷彿是馬康多，在暴雨及烈日的折磨中逐漸凋零，最終恐怕難以逃脫步上化為風中塵埃的不歸路的命運吧？那份被父親摔得慘烈的稿紙，會不會就是麥魁迪的遺稿？那我就是那個倭良諾囉？

我知道我的唇邊現在染上了一抹諷笑。我不是那種天才，而且我也不希望是那種天才，省得落個屍骨難存的悲涼下場。

走在這段被商業大樓包圍的道路上，混濁的空氣是黏稠的泥漿，塞滿了整個空間。我昏昏沉沉地走著，沒有踏實的感覺，有的只有虛浮。

街道兩旁的櫥窗裡，模特兒身上套著時尚風潮最前端的服飾，對著行人展現嫵媚丰姿。路邊的攤販賣的不是小吃，而是追求流行的女孩子們身上常見的首飾與錢包，或是懸在手機上的吊飾。

我偷偷瞄了附近的人們的衣著，與我這身髒兮兮的夾克及舊牛仔褲簡直是有天壤之別。他們究竟哪來這麼多的閒錢閒時間與閒功夫去把自己搞得像是要參加化裝舞會？

化裝舞會？或許所有人都在參加化裝舞會吧？臉上都帶著一副不輕易揭開的面具。

我也一樣有接受邀請，對吧？

漣漪似地輕拍因寒風而些微凍僵的臉龐。的確，有戴過面具的痕跡，不過現在我卸下它了。

　　不知我的面具是什麼樣式？至少可以肯定的是，絕對不是什麼偉人英雄之類的那種。是文藝青年？而且還要是窮困潦倒的那一款嗎？

　　嘲笑又再度襲上唇畔。啊！我還有什麼好爭辯的呢？

　　在不起眼的轉角，有一條骯髒污穢的巷弄，寬度只容一個小孩子側身而過。

　　隱藏在光鮮亮麗的表面下，另一個世界。

　　我想起了伊卡羅・卡爾維諾筆下那個看不見的城市。

　　台北，感覺也是如此。是實？是虛？連我們身在其中的人都搞不清。每個人都是蒙古帝王忽必烈，但都自以為是馬可波羅，這或許正是最可悲的地方。明明就不了解，卻仍然要裝作明白一切的模樣。殊不知，我們了解的只不過是最表面的道路罷了！

　　隱匿的城市必須要用心才得以察覺，台北的另一面也不會輕易示人的。凌亂的標題是拼湊城市的空間，必須以靈魂去尋找空間交錯的裂縫，如此一來，才能看清另一面風景，否則便是混沌雜亂的朦朧幻影。

　　或許，是慾望，是罪惡。巴比倫城的化身。

　　以慾念建構的奢華，充斥在人們的生活中，是隻飢渴的獸，侵蝕人們的心。

　　但，在不起眼的角落裡，我相信，一定也會有小王子的玫瑰花綻放著──獨特且值得驕傲，值得犧牲的存在。

　　我的玫瑰花是什麼？是文學嗎？還是喝過洋墨水的高學歷？一份能夠養家活口的工作？屬於我的小行星三二五號，是心中的那座城？還是世界最高學府？高聳入雲的商業大

樓？灌漑玫瑰的泉水，是對文學的熱忱？還是師長的殷殷期盼？父母的望子成龍？

那條黃蛇，又是什麼呢？

了解我的狐狸，又是誰呢？或許世界上根本就找不到那隻狐狸，牠只住在每個人的靈魂深處。

雨，停了。

我昂首凝視灰濛濛的蒼穹，烏雲總算願意釋放太陽，當陽光射像地面時，我看見了旋舞飄動的水氣。

柔和的蔚藍逐漸霸佔天幕，一道虹橋隱隱現身在天的彼端。如果現在我向上天祈禱，凌空翱翔的白鴿可否乘載著我心中的夢，到達地平線的窮極之處？

我回過身，決定回家。

踏上公車，我尋個安靜的角落，容許自己做個恬靜的夢。

回家後，明天起，夢會消逝，我，會回到現實。

回到一個我一直不願意面對的現實。

我闔上雙眼，沉沉睡去。當我再次醒來，踏入家中時，勾月早已高掛天邊了。我扔下看似空空如也，實則塞滿我的胡思亂想的背包——那些思緒令我的雙肩疼痛不已，希望這是換取明天的輕鬆的代價。

我讓手機開始吸收電力，電腦重新連接網際網路的變化，插上電話線，我打算將出軌的我拉回世界的跑道上，跟隨這既定的腳步運轉。我看見好幾通留言在閃爍著提醒我脫軌所需承擔的後果，疲憊的指尖無力按下。

「喂！臭小子！搞失蹤前也該知道聯絡一下吧？自以為

303

是隱士啊你……別忘了後天的約，放鴿子的下場……嘿嘿嘿……」

「手機給你當垃圾啊？眞是！……教授說報告要提前一個禮拜交，我爲你默哀三秒鐘，別陣亡在電腦前啊！」

「嘿！你在逃亡嗎？有夠難找的啦……還記得我們嗎？四十九屆孝班文縐縐神經質的文藝黨。我們要開黨會啦！趕快聯絡喔！」

我帶點無奈無力地笑，勉強撐起沉甸甸的眼皮，讓最後一通留言進入腦神經。

然而，才剛聽見那溫柔中含點著急的嗓音，我的睡意登時全消。

「……你投稿得獎了……你父親正等你的電話呢……」

評審意見

我們三位評審（楊照、吳鈞堯、張春榮）給了〈脫軌〉不錯的成績。

前半很賞識，後半覺得他體力不繼了。當然他要佳作沒什麼問題。（張春榮）

筆下的心底波瀾

這是小高一時的拙作。現在回頭看，眞覺得當初評審們實在太抬舉我了。

但無論多麼差勁，它對我而言還是意義重大。因爲這是

我第一篇完整的小說，就得了獎，這對我來說無疑地是個重要的鼓勵，從今往後，就算摔得遍體鱗傷，只要回想起這篇小說帶給我的喜樂，就會湧現繼續努力的勇氣。

在這裡還是要感謝吳鈞堯老師、張春榮老師、童偉格老師、楊照老師。對他們而言，列入佳作也許真的只是一句：要不要考慮一下？但對一個學生而言，可能就是一輩子的事了。

眼下的心底波瀾

作者的小說有種冷漠的氣息，很淡，卻無所不在。

我能想像他心中的台北是什麼樣子，的確是化妝舞會，每個台北人的面具都在臉上笑得狂，笑得悲哀，常常搞不清楚自己要的是什麼，在金錢中被埋沒，最後什麼也留不住，只剩下空虛。（李佳嬅）

京夜

王喬

2008年第二屆台北市青少年文學獎小說初選作品

45景女青年文學獎小說優選作品

「城破了──」「金狗打進城了──」

　　女人的手未停，好似沒有聽到家門外一聲聲絕望的呼喊、鐵甲碰撞的鏗鏘聲響。戰火在北京延燒，熾熱的溫度，鐵器入肉的遲悶聲，和像敲在城民心口上的擂鼓聲傳遍了城。女人手裡兀自縫著繡花鞋，靜得彷彿剛睡醒。金兵破城，守在前方的宋兵已敗，出征的人命運如何，終她此生亦不可知，等待，將是最好的辦法，歸人的答案在等待之後必然會出現。女人的手指捻著針，突然一顫，故作鎮定的指尖點上了一顆滾圓的血。

　　在胡同的老宅前，冷風捲起凋零的花，紅色的菊瓣在空中飄飛，如火星。

　　　水色鴛鴦迷花蝶

　　　婦人的血色染繡

　　　手中的花鞋不老

　　　獨立的胡同戰火的城

　　　深鎖的大門如同花葉習於靜謐

　　　於是成了永恆

出征的人遙遙望

羊腸徑的深處有他駐守的諾言

寒風乍起　號角響

遠方的人　染塵的鞋

鼓聲不竭如同遲至的歸啼

花朵撐承回憶的重量

引針的素指捻著戰線

歲月佝僂了人間

緊閉的深居不見塵

戰袍的血紅了鴛鴦

埋骨的溫香偷了一個千年

鏗鏘的鐵甲從此有了永恆

烽火消　角鳴息

而

良人的聲在郭外喚

伊人的鞋在門中站

雲鬢如昔

征人未歸

宅院依舊獨立

花色濃得如相思

*

這雖然不是林興第一次來北京，但是按照慣例，他還是

在工作的應酬之外不論著名景點或是大街小巷，按著興致走過了一遍。北京是個溫柔沈斂的女人，不論人潮在她的血管裡如何流動，她依然故我地怡然沈靜，如同緊閉的捲簾靜靜等待被掀起，而隨之飄起的揚塵無聲，好似某些記憶儘管沒人記得，實際上卻一直存在。

在開始工作之前，北京分公司的人曾開車帶他到北京城外繞了一圈，中途經過了一片野地，傳說是從宋朝時期的古戰場，文革之後，成了亂葬崗。

「亂葬崗？」林興望著一片荒草漫漫的平野，耳裡似乎闖進了一聲長嘯，四處的荒草被突然襲來的風吹倒一片，野草稀疏的土中露出骨灰罈子的泥封罈口，破掉的罈裡露出了一截灰白的枯骨。零散的幾塊石頭和腐朽的木板分放在空地的周圍，石上的刻字已經被風沙磨平，只能大略看出「……十四年……戰死於此」幾字。天空似乎突然暗了下來，連長草都蒙上一層灰色的鏽。

一陣勁風在林興耳邊呼出死亡的淒清，他心中一跳，於是請那人加快車速，離開了這裡。

林興喜歡在胡同裡悠遊，感受自己的腳步漸漸輕了節奏，思考似落葉寂靜而不受力，一步一步緩緩慢慢，踏著如同淙淙水波的節奏。老北京似乎被遺落於此，但故人依舊悠然地生活在這裡，沿襲數代未有絲毫改變。

胡同裡的舊書店向來也是林興有興趣的去處。書店的老板多半是年過花甲的老先生，穿著大褂，理得極短的銀白頭髮，若不是大馬金刀挺直了腰脊正坐店中，鼻間夾的眼鏡稍

許滑落，將書捲起並拿得遠了一點閒覽，就是在門口的藤椅上歪著，一憑陽光淡淡落在身上。偶爾拂來的風彷彿都是暖的，掀起書頁，撲鼻的時光有點潮濕的氣味。林興曾到過一家門楣上掛著宋金體書寫的「穹廬」兩字匾額的書攤，裡頭賣的全是中國書，經過時晚風剛好替林興翻起了「⋯⋯黃河流域的女子大都有替丈夫縫製繡花鞋墊的古俗⋯⋯這個鮮少以言語表示情意的民族於是以此傳達了⋯⋯」後來他買了這本書，閒談時，呂敏指著書頁上寫著「官家女兒的喜鞋面上可繡上龍鳳，普通家庭可繡上鳳凰牡丹，或繡上鶴、鹿、龜、喜鵲⋯⋯」的地方，說怎麼就是沒有繡鴛鴦的，甚至開玩笑地說什麼時候我也來替你做一雙，紅色的緞子，就繡鴛鴦⋯⋯

那些刷著白漆的矮牆在台灣大概已經見不到了。經過的房宅半掩，這裡的生活對外界是不設防的，一些在自家門口走動的老婦人負手於背，沈默的皺紋陷在眼裡，看著天空。四月的陽光很淡，以自己的方式停留在周遭的空氣中，而空氣靜得彷彿連時間都要凍結。林興邊走邊哼起了Lonely Days，「Lonely days, lonely nights, where would I be without my woman？」想起了他那已不在家裡的女人，突然，像是為了刻意反駁歌詞，想到其實沒有她的日子並不寂寞，也不會不知道自己將身處何方。情歌畢竟只是寫出來騙騙人的。

但是他還是懷念他們兩人走過的日子。在星期天的晚上他們會一起出門，走八方的路，恣意歡謔嬉鬧著穿行在大街小巷中。呂敏是個倔強瘋狂的女人，和她在一起，林興似乎沒有選擇的餘地，只能順著她的性子，偶爾以種種小事為賭

注,輸了就得喝酒或揹另一人跑過大街。不論如何,兩人在一起總能在外面胡混到隔天早上。那間他們常去的酒吧永遠都不會熄燈。

她死了以後林興曾經惶恐過一陣子,那時候台北就像一個吃人的城市,那些灰白的高樓大廈有墓碑上的斑駁裂痕和爬藤,他彷彿在外許久後好不容易回到這座潦草城市的遊子,夏天燠熱得可以在空氣中聞到周遭的腐屍氣味,從他身邊經過的每一個人,甚至是他自己身上散發出來,悶得他要窒息。他在大街小巷裡追逐著黑暗,繞過了整個城市,穿過晦暗中的霓虹,同時也被追逐著而感到自己身上的氣味越來越重。

林興這般荒唐了兩個月。直到某天他在清晨回來,突然看見陽台上落了一瓣瓣如血的凋謝的菊,迎風搖曳著迎接他回來。

他第一次來的時候,三輪車夫指著一間屋子說那是李連杰的舊居,還有一間是某個高官花了三千萬買下間整修的大房子。後來他打聽才知道原來那都是騙人的,是頭領叫所有人統一了口徑說的,反正也沒人知道究竟是不是真的。

從煙袋斜巷走到三廟街,遠遠的,林興只要看到或聽到了三輪車的聲音就繞道,免得像某一次對方開得太快而把他六千多塊的大衣劃破了一道口子。好在既然路是走出來的,也不怕走不出去,反而這樣任意自在的走法讓他每次來都會看到些不同的東西,不過也有不好的事,像是一次他走到一個瘋子的家門口,被人家拿掃把追打了幾十公尺,人群紛紛湧出看熱鬧,擾擾攘攘的。這也是中國人一項討人厭的特

性。

這會林興走到了一個先前沒到過的地方，一排矮房中有一間門上鑴刻了細巧花紋，但被雨水滲透消蝕得淺淡抹了一層淡綠青苔的宅院，門房緊閉，外頭生了一小片長著墨紅色花骨朵的菊花，莖葉微微地搖擺，往中間捲起的花瓣顫巍巍地，偶爾被風拉下了一兩瓣暗紅。清淡的香氣混合著一點時間撫過木門後散發出的氣味，林興想到了他在台北的家，和呂敏同居的家，在他那一段頹唐的生活過後，也有相同的，在死亡中混雜著紅菊生命的氣味。

林興是頭一次碰巧趕在四月沙塵暴的時節來北京。冷冽乾燥的風一陣吹來，硬是將怔楞望著紅花的林興拉了回來。打了個冷顫，感到自己身上的大衣彷彿翎羽一般也隨風飄飄地去了。他遲疑地走上前伸手觸碰那有點腐朽的大門，從屋裡傳來了咿呀的聲音。飛灰的微粒在陽光下的空中成團地懸繞著，門沒有打開，但從微張的縫隙裡，似乎看見了廳堂的椅子側邊擺了一雙暗紅的鞋，鞋面上繡著褪色的鴛鴦。紅色的鞋面，只繡鴛鴦。林興收回了手，一步一步倒退，離開了這裡。又是一陣寒風，他躲避捲來的黃沙，倏然回頭瞥向宅院。花朵的芯蕊微晃，抖落了點粉塵，依舊屈著綠莖，不知人間。

生意的應酬少不了酒和女人。林興斜著眼，董事拿出了鏤空雕紋的鋼筆，金黑兩色的筆身在五彩的燈光中折射出如金玉般炫目迷人的微光，在厚實的右手中起伏輕便圓轉流暢地舞下一道連貫的墨跡。林興摟了一個濃妝豔抹的女人，烏

黑的直髮，窄小的肩膀，柳腰長腿，微翹的紅唇有俗艷的香氣。燈光太暗，一下迷了林興的眼，在嫣紅的面頰上重重地吻了下去。一聲響亮的碰杯，龍舌蘭加苦艾酒，林興耳邊的喝采聲突然變得渺遠。

林興收起了合同，突然瞥到了一旁的女人正斜望著角落。眉眼下帶著笑的唇一邊翹起，有些刻薄，有些嘲諷。簽合約的董事這時再次舉起了杯。

再乾一杯吧。

嘿，看他醉得。

再一杯吧。

再來一杯吧，這樣就好了，這樣就好。

不，不，我還得回飯店，我沒醉，我知道自己什麼時候要醉的。呵呵您說笑了，是，是，謝謝您，合作愉快，合作愉快，是的。

呼，真冷……我得回飯店了，我得回飯店……女人哪，唉我真是醉了。

不過剛才那個女人長得真像……真像她……那樣的頭髮，那樣的身段……還有笑……呂敏啊……她應該知道，我不喜歡管閒事的，但是她偏偏走過來，說……能不能幫她個忙……她那樣倔強的人，要我幫她的忙……還有胡同宅子前長的花……她在家裡種的花，什麼都有的花……我早就跟你說家裡擺不下了，你偏偏要買……我不喜歡管閒事的，你偏偏要來……問能不能幫你個忙……

*

「城破了——」「金狗打進城了——」

　　女人的手未停，好似沒有聽到家門外一聲聲絕望的呼喊，鐵甲碰撞的鏗鏘聲響，戰火在北京延燒……

　　以前的那些，那些……我該回飯店的……呂敏啊，我們以前，你以前，院子裡那些你種的花我還留著哪，每一樣我都……唉真是醉了……這是哪裡呢……呂敏啊你以前種的那些花，你說你最愛他們的，比愛我還愛的……我每個晚上都等著你回來看它們啊……那些火紅的花朵……我一直看著它們為什麼你沒有回來我一直在等你……

　　那是血啊……從你的花裡淌出來的血把你的頭髮都給弄濕了，早叫你別再買了別提那麼多東西過街……你偏要……偏要來問……偏要讓我……我一直在等你啊，為什麼不回來，我一直……累了……我該回去……。那些花啊，我把我給你的花也埋了在你旁邊啊……家裡的我的你的比愛我還愛的花，為什麼你沒回來我還在……

　　門前一片墨紅的花，偶爾被風拉下幾瓣菊，呂敏沒能抱回家裡的花，被林興帶了回去，留在家裡。花瓣反捲盛放的菊，一瓣瓣凋零，好像矮牆前的菊花一般……在胡同的老宅前……在台北的家裡……墨紅的菊花，花瓣質薄，花色，濃得似血。

　　這裡究竟是哪裡？

　　「城破了——」隱約的聲，彷彿從八方來，從身後的矮牆，從城外的野地。

　　我現在在哪呢，我該回飯店了。

　　緊閉的門被踢開，碰的一聲。女人抬起頭，將手中未完

313

成的鴛鴦繡花擺到一旁，站起身。金兵映著火光的臉有點摸不準她究竟要做什麼。戰火終於找到她了。

我會等你。女人摘下了髮簪，霎然落下的髮垂在腰間。我在等你。鸞鳳交纏的髮簪刺進了心口。不問你能否……何時回來，我會等你……

……紅色的花瓣在空中飄飛，如火星——

……從微張的縫隙裡，似乎看見了廳堂的椅子側邊擺了一雙暗紅的鞋。

林興的精神突然無比清晰，如同水晶玻璃般通透清澈。他見到一襲長裙及地的呂敏，依舊是同以前那般一邊嘴角高高翹起，倔強地笑著。隱隱見到一個溫婉的身影，十指輕巧，豔紅的緞上繡著鴛鴦。

城外曾經的戰場成為寂靜的亂葬崗，僅餘鳥鳴。野草有了生命滋養，變得更長，野地中多了漆黑的鳥群，惡臭陣陣中牠們聞到了生命的氣息。

風不起，水不流，草不動，過去的時空霎然相撞，如同那已無人能記的事物猛然不甘寂寞地，挑選了同樣的空間，上演。

城裡，宅院裡的女人倚著門口，同樣的繡花鞋擺在椅邊，女人仔仔細細保護，不沾塵。她等著征人歸來，看她穿上喜袍。幽冥的河中橋上，她依舊身著素衣，眼望著家中的鞋。她得繡好鴛鴦，在正紅的緞子上。她得留在家裡，等著遲來的歸人，等他帶著霞帔禮服而來，街前將吹起徐風陣陣，嗩吶長鳴響至街尾。

　　嗚嗚號角聲響起，彷彿是從林興的心底深處傳來。來到戰場之上，兩軍會戰，巨大的衝擊同樣來自心靈，而林興的眼如同時間，抽離了身份。

　　出征的人遙遙望
　　羊腸徑的深處有他駐守的諾言

　　一陣撲鼻的血腥突然喚回了林興的意志，眼見身著戰袍的年輕人看著天空如洗，瞳孔中映出了誓約的身影，他回去後就要迎娶的青梅竹馬，在他回去後，遠方的都城有他未娶的伊人，而他應乘馬踏著歸蹄回去，看她穿上鮮紅的喜服，他也將換上伊人縫製的繡花鞋墊。

　　「城破了——」

　　腳下踏的突然換成北京的石地，金兵入城，人群徬徨淚泣。林興邁開了腳步，連自己都不理解地緊張，下一秒，也許有人就要在不認識的人身旁長眠，千年後，屍骨就要化在土裡。但胡同的深處依然靜謐。
　　驟然吹起的風捲起一片塵埃落英漫天，木門依然緊閉，似乎遺棄了世界，或者被遺棄。

　　鼓聲不竭

　　林興無礙地穿過了門，溫婉女人坐在藤椅上，耳邊烏黑

的鬢髮襯得膚如雪。輕輕的歌聲是相思起，樸素的粗布藍衣和鞋子，手中是刺繡的紙型。

好像這時才感受到林興的存在，女人回頭輕睨，等待與思念，一眼，已是千年。

　　——如同遲至的歸啼

在不覺中從消逝的時間與依舊的空間夾縫中穿過，林興回到胡同的零落紅菊前。一鉤殘月，滿世淒清，而女人已裊裊婷婷來到他面前。

「相公，可否助賤婢一事？」未開口，已聞聲。

　花承了回憶的重量
　引針的素指捻著戰線

林興轉身，寒風平地而起，北京城牆外，他和女人都聽到了，如狼嘯的呼喊，一陣陣帶著冷清惆悵，干戈零星。

　良人的聲在郭外喚
　伊人的鞋在門中站

　　——雲鬢如昔
　　——征人未歸

北京機場的轟鳴聲再度出現在耳邊，通過了海關，林興

　　找到了機位，坐下後閉上了眼。想到一會香港機場海關人員的冰冷傲慢，不禁一陣頭痛。

　　從飛機上俯瞰北京是一片土黃，方正的阡陌道路，偶爾會出現深淺不一的綠色色塊。他要回去了，這次回去，就不再來了。他閉上眼，一片光亮刺眼。在台北的家中，擺滿了盆栽的陽台上，呂敏的輪廓漸漸清晰，倔強地微笑，不開口說任何一句。

　　那些花……我真的留著的。林興說。

　　笨蛋，還需要嗎？林興聽到了在心裡響起的回答。

　　……又是一陣寒風，他躲避捲來的黃沙而倏然……

　　回頭斜望，一對人影對他點點頭。女人換上了嶄新的喜服，紅色的錦緞繡蝶，紅色的鞋，旁邊是穿上鋮亮戰甲的男人。胡同的花已不載著相思，直展向天，盛開了的花朵，微風一起，紅英漫天。

　　「相公成人之恩，賤妾僅能盡一點棉薄之力以報。」女人拉著身旁的人，深深地一鞠躬。

　　「無以回報恩公。」男人重重地說道，緊握著女人的手。

　　埋骨的溫香偷了一個千年
　　鏗鏘的鐵甲從此有了永恆

　　呂敏，我真的很想你。

　　北京城外，被城裡人傳說曾經是個亂葬崗的野地，被人

發現了一具屍體，帶著台灣身份證。死時帶著微笑，手裡緊握著一朵失去水分有些皺折的花，附近一里全是荒草。

筆下的心底波瀾

這種概念的文章大約在一年級的時候就想寫，但似乎火候不足，直到這一次的文學獎才突然有了將概念化為文字的能力。不過初選結束，再看了一次這篇文章卻起了一陣強烈的反感，比如對於詩文交錯的手法太過刻意，詩也實在不登大雅之堂。我向來喜愛這篇文章所想傳達的來自One Night In Beijing 的畫面，未來該再重寫一次並完全摒棄這種方式。

不過，在未來的未來應該也會繼續厭惡新的方式，然後追求新的寫法。

眼下的心底波瀾

其實不是很喜歡這樣賣弄格式，很刻意的東西。由於父親並沒有空閒親自寫評序，因此我將他的意見大概寫進他評裡。

首先是時空的問題，聽父親說了才知道其實宋朝並沒有任何一場宋金的戰爭發生在北京，那時北京為遼國之地。當下真是羞愧欲死，不過也罷，若是一開始便知道這件事，恐怕這篇小說就永遠都寫不出來了，畢竟這樣的謬誤會成為過程中一個極大的阻礙，對我來說。

　　再者是用詞上的問題，古典文集讀得太少，無法寫出章回小說的味道。我想或許他要表達的是這個意思，這，我也實在不知該說些什麼，似乎我書架上的確大多是翻譯小說。大體上對於寫小說這件事，或許父母只是出於對程度和水準的意見而提出的意見，以致將作品拿給父母看是件比投稿還要艱難的事情。（王喬揣測父意）

當感到文思泉湧

王喬
2009年第三屆青少年文學獎初選作品
及第四十六屆景青文學獎小說首獎

他有點想吐。

他不太確定這是不是種正常現象，還是隱約的緊張或預感。不過這無關緊要。他對著麥克風說了幾句含糊而不知其意的話語，台下的人以一陣短暫的哄笑當作回答。

他的精神有些渙散。（台下究竟是什麼人呢？）

突然他看到了他的老婆，用驕傲與幸福的表情凝視著他，那迫使他口中的獸再度接手替他發言。（「當然也要感謝我太太的支持。」台下的人們發出了一陣溫馨和理解的讚聲。）

台上的燈光如同陽光一般強烈，他認為從台下看來，那刺眼的黃光應該會把他簇擁得如同帝王一般。（不像其他人，其他人在台上的時候光線就不會這樣耀眼。）

這應該是替他專屬準備的，畢竟他現在的身分不同一般。他已經不只是一個沒沒無聞的遊牧作家——靠著微薄的稿費和兩份兼職的工錢過活的「作家」。

他現在是詩文界新貴。報紙上都刊登著他的名字——一個無名小卒打敗眾多早已小有名氣的詩人們，登上首獎的寶座，這樣的事可不是天天有。（他幾乎可以在眼前看見那有些模糊的油墨印著「詩壇又一新秀，錯亂的文字反映城市人心理……」，接著是一連串的鼎鼎大名配上一句句好評。）

　　（那就是他──「文壇星光城市詩人新星令人驚艷」。
副標：「文字糾結反映城市人心理對於得獎感到意外」。）
　　雖然他並不真的知道自己投出的那幾行文字究竟反映了
什麼，不過那些人說的也沒錯，這些文字的確糾結。

> （關於您是奢靡需要潰爛一陣的裝飾在城市裡
> 技術性是，廢墟是建造裝置
> 藝術噪音出走在路口堵塞需要潰散一陣子
> 出口，嗯，您城裡廢墟偉大的造成）

　　這樣幾句東西，獲得了一連串張某余某顏某的喝采。他
彷彿是個依附這些語句生存的微生物（幾句如同「我很喜歡
這首詩用的意象」「是首可以探討的詩，內容可以被放得很
大」「還有意見嗎」「無」「附議」，這樣簡單的語句就決
定了他的依存點，價值點）或寄生於所謂現代藝術背後的食
肉生物。不過或許未來會有其他辦法改善的，畢竟宣傳在現
代幾乎是萬能的。
　　（或許是個可以期待的潛力股？）
　　（也或許只是隻無意中闖進這個巨大的互利共生蛛網的
小蟲。）
　　他得獎，好比一個突然被發現成功的實驗體，因為被埋
沒的太久反而讓他增了值，簡單來說，就是可以用更大更華
美的盒子將他裝箱。
　　（或許接著就能直接銷往某高檔物品庫存區，或稱文
壇。）

（至少他已經有了個名銜，新星。）

（或者那不是他？）

（不，那就是。因為這登在報紙上──這近年來人們唯一相信的真實。）

　　或許他可以藉此一口氣將家裡的詩稿發表出去，或許還有機會集結成冊。畢竟現在連作詞人都可以出詩集，只會寫口語對話的明星們也能過過作家癮，他這個正統比賽出身的詩人沒道理不能出書不是嗎？或許他可以趁勢再拿幾個文學獎，那麼將來或許能出現在課本上，在作者欄中寫上幾行「曾獲……文學獎，……獎，……獎，現旅居加州專職寫作……之類。」

　　或許還能榮登大考題本。（那可就是免費宣傳。）

　　總之不論自己喜歡什麼頭銜，首先需要的就是成名。（這麼一來妻子也會承認社會需要詩人──報紙和電視銷售的就是人們的需要不是嗎？）接著也能推出一首花團錦簇的詩，關於自己不得不寫的理由。人們都喜歡夢想，無論錦繡盛唐或飄搖江河，說得華麗就能令人心搖神馳，或許多年以後就會有個新人在台上說「年輕時受到他很多的啟發，尤其是讓自己開始思考起寫文章的理由……」。於是又是一則文壇佳話。

　　現在他應該說自己有幾年的詩齡呢，如何歸類自己的風格？該準備接下演講邀請？他突然開始疑惑了。但這並不影響他帶點溫馨和幽默的致詞，台下不時響起笑聲，他感到妻子看他的表情更加煥發，彷彿今日他始為令人滿意的丈夫。

　　無論他心中的思慮如何瞬息萬變，屬於他的時間很快就

過了。當他回過神來，腦中種種被詩人的習慣切割得慘不忍睹，分裂斷碎得無法辨認為擁有完整意義的句子暫時散逸，以致腦裡只剩一片空白。等注意到自己身在何處時，他已經回到了家裡。

他那親愛的妻子正忙亂地收理餐桌，彷彿迎接一個素未蒙面的貴客那般殷勤。（甚至不像平常那樣轉身吼叫個幾句「還不幫忙，光坐著不知道看些什麼」。）

做為他的妻子是辛勞的，她必須將全部的心力關注於生活大小事，因為他是沒有空閒去關心的。（「當然了，因為你要寫詩嘛。」她總是這樣說，語氣酸溜得令他只能靜默而無法湧起感激之情。）

她尤其關心家裡的伙食，特別在意他的薪水只能支付兩菜（這可真正是指「青菜」）一湯的晚餐這件事，尤其當他們兩人都不偏好吃素時。

人活著就是為了吃嘛。（這也是她最難以令人接受的觀點之一。）

總之身為這樣的務實主義者，不論是古代的科舉或是現代的文學獎都不是她能接受的。詩文這樣虛無縹緲的東西可吃不飽飯。尤其當她必須為了這樣不真實的理想外出工作，朝九晚五接著回家繼續不加薪的夜班。

「社會結構中沒有一個環節是非詩人不可的。」她說。接著就是一連串對於他的工作和自以為是的才氣，與現實的對比。（要做詩人還不如安分地在便利商店工作說不定還能混到店長呢。起碼有保障。）

他總說不出話來，只得靜靜看著電腦網頁的徵文說明和自己半成的詩稿，突然感到一些模糊的疑慮，關於這件「經世之大業」的必要性，和對於再也無法承受這樣委屈憤憤的怠惰。（但他無論如何總想在飯後空閒之於看點書，這可不就是饞了嗎？總之不是必須的。）

（「活著就是要吃嘛。」）

他的思慮又飄開了，遊蕩了一陣子後開始嘗試著回憶他在台上的最後幾分鐘說了些什麼。他有些著急，有些擔心蟄伏在自己口腔裡的獸是否搞砸了什麼。（應該沒有，人們發出的笑聲若是嘲諷，他應該聽得出來。應該能聽出來。）

不對，他現在也算是個有牌照的詩人了呢（可惜身分證上沒有「得獎欄」），不然文學獎這種東西是用來幹什麼的呢，如果不是為了讓社會的人們承認他的存在？不能再沿用（可不是抄襲）別人的東西了啊，腹語術這樣的東西已經不適合有錄音機和變聲器這樣的年代了。

那麼，他是否應該寫點全新的代表自己的東西？（沒有風格的文人可連普通人都不如了。）

突然，他的心裡又湧起了強烈的嘔意。

「代表他自己」的應該是什麼？但不論是什麼，他都沒有再創造出那些東西的必要了（或能力？）

（因為他已經決定不寫詩了。）

這像是該死的咒語一般硬生生將他抽離了詩文意象的縹緲世界裡。

早在他投出這一份後來被判定價值數萬的稿子前，他就

已經下定了決心。（世界上從來沒有早知道這回事，或者其實他已經隱約地感覺到了自己已遺失了堅持的力量才決定將此作為他華麗的句點？）只要得獎，就不再寫詩。（評審們坐在地板破了大洞的狹小法庭中，咚咚地敲下了判決的木槌子。）

（審判裁決定案——多像是競價拍賣啊。）

（咚咚，物品一百零一號「某人的終生文途與詩稿一篇」以三十萬元得標。）

（早聽朋友說過越是令人無法理解的詩越容易得獎，果然一試便靈。至於是不是自己想寫的，哪有那麼重要呢？）

他的妻子也知道這件事，他並沒有說原因，顯然她也沒有興趣。（畢竟這不能吃，而不能吃就不能活。這麼說來他的妻子竟是個認認真真活著的人——至少她有個正經工作。至少她不用依靠販賣虛幻的奇想裏腹。）再說即便知道原因竟是來自於她施給的壓力，恐怕她還要開心上一陣子。（自己這樣苦口婆心終於讓這執迷不悟的蠢人想開了呀。）

（他想起來這件事當初甚至占據了一點他們的睡眠時間。）

「我說，如果這次得獎了，我就不寫了。這次是說真的。」他瞪著天花板說。牆角的夜燈在他的頭頂上投射出一些變形的影子，彷彿有人正認真聽著。

「喔那敢情好。」妻子翻過身背對著他。「你說了多少次了，也該有一次來真的了。」

（或許這句話的意思是他終於可以找個社會環節真正需要的工作了。）

「這次我一定不會再動筆了，一首連作者都看不懂的歪詩，得獎了也不能算是我的。」

「但是那是你寫的呀。」

「不算是。」他的眼前有隻蚊子飛過，發出嗡嗡的噪音。

「好吧。」妻子扭動了一下身軀，把被子往自己拉了一點。「反正你不寫了就好。」聲音有些朦朧。睡了。（看來她也意識到他若改行以後或許就能有兩菜一肉一湯了。）

「不寫了。」他望著天花板，直到連上面最小的一點髒汙都被看得清楚，然後因為太清楚反而變得朦朧。妻子打鼾了，蚊子停在她手上，至少沒有了嗡嗡聲。

（他突然想不大起來，那在不停投稿卻每每石沉大海的絕望和枕邊人酸刻的嘲笑中許下的誓言，開頭是什麼。）

或許是「如果唯一一次的妥協卻得獎，我就再也不寫。」

（放棄竟瞬間讓他以為自己已從文人寫而優則顯的死灰中涅槃解脫。）

抑或僅只象徵著某種反抗？（他猛然搖頭，甚至差點伸出手去抓妻子的臂膀。「不不，這樣是錯誤的。」結果證明這樣的行為是愚蠢的——如果像他這樣，竟然真的得獎了該怎麼辦呢。這樣是錯誤的。他還想繼續寫下去。差一點就能出名了。差一點就能證明他的才能了。差一點就能讓妻子改觀了。）

（總之，他寫了二十句「錯亂得彷彿城市人心靈」的句子——令他想起某一次他的妻子看到他收藏的現代詩選後咕

嚷的：「這種東西，比文言文還讓人看不懂。」）

然後他得獎。就是這樣。

總之自從頒獎之後，他就再也寫不出任何東西了。（或許是承諾的枷鎖限制了文字，或是現在那牢籠只允許意義完整的文句出沒在那空白的疆土上了。）但不論在他坐在電腦或是書桌前多久，妻子都不會再出聲打擾他了。（免得驚擾了他的繆司降臨，那個傢伙對非創作的氣味跟環境太敏感了。風可能會帶來祂，但隨之揚起的窗簾可能又會將其嚇走呢。）他的異想現在可比她的工作值錢。

他懷疑和妻子的那番談話被當作幻夢而遺忘，又或者妻子受到了他在台上所說的「長久支持」所蠱惑，（更甚者，受到文學獎這東西的蠱惑。）當然也可能是因為她突然發現那樣無用的東西竟也能帶來可觀的實用價值。

他想分辨那並不是他的舌頭，於是只好再度占據了他們一小部分的睡眠時間。

「真沒想到我竟然得獎了。」他瞪著天花板說。夜燈投射出的影子在牆角骨折了，彷彿死了一般橫躺著。

「是啊」妻子背對著他。「你投了這麼多的稿，也該是得個獎的時候了。」

「不過我不會再動筆了，那也不是我寫的。其實在台上說感言的也不是我。」

「但是那是你寫的呀。而且你自己在台上也說得很清楚。」

「不算是。」他的眼前有隻蚊子飛過，發出嗡嗡的噪音。

「好吧。」妻子扭動了一下身軀，把被子往自己拉了一點。「反正你還是會繼續寫。」聲音有些朦朧。睡了。（「繼續寫」聽起來竟像「繼續吃」。）

　　他望著天花板。妻子打鼾了，蚊子仍巡邏著房間的四角，發出嗡嗡聲。

　　妻子終究不理解，胡亂並非出於自己自然而然水滿則溢的靈感，胡亂硬生謅出的詩句得了獎，令荒唐的絕望感盤據了他的腦袋，甚至遠超出妻子的輕視所帶來的羞恥感。而他當初竟以為得獎的喜悅和成名的希望足以驅逐它們。（或許當初以得獎為否作為繼續作文為否就是一種期待，希望評審們能透過落選悄悄告訴他：「不不，主流這樣的東西在文學獎中並不通行喔。」）

　　但對方給了他絕望。（那麼，等到成名之後再改回原本的風格？似乎是個折衷的辦法。）

　　（「道德是方便的別名，有點類似『靠右邊走』。」那麼成名跟得獎差不多就分別是雙黃線跟靠左走。）

　　似乎以自己為恥的人真的沒有辦法讓文字發芽，不論文字在他的腦中如何撞擊或跳躍，現在只剩下對咖啡的需求能使雙手有所動作而已。（如果連那麼一點嫩綠的初芽都看不見，根本連聽天由命這件事都做不到。）

　　但是需要引以為恥的事是得獎還是他不能守住當時對自己的承諾，或者是他已經失去了對於詩的病態狂熱？他寫著，隨意拼湊一下就成了如同報導上說的那人寫出來的詩。（就像夢遊一般寫著不知所謂的句子再全部刪除，與其說是詩人不如說是苦苦追求著渺茫天道的道士，筆如桃木劍，靈

感如天雷。）

生命不如一片空白的Word。

他的妻子有點故態復萌的現象，只要經過他呆坐在電腦前的身後總是不自禁發出幾聲哼哼（那樣的聲音像蝨子一般爬滿他婚後乏善可陳的人生。）——她終於看清這文學獎竟如樂透，暴發戶終究是暴發戶，縹緲的東西最終仍是無用。他開始擔心是否因為她知悉了自己偷偷摸摸寄出了幾首「自己的風格」的詩作投稿，卻一首也沒有得獎的事情。（他開始考慮再度妥協一次，畢竟很明顯一次的得獎並不代表他能夠隨心所欲地寫詩。至少目前為止，他只能冀望當初那種錯亂的風格能再度拿下些什麼。）

他本來想再得幾個獎的念頭已經泡湯，至少沒辦法趁著勢頭讓報導以級數成長。他的新貴稱呼也已經淡了，迫切地需要幾張新的識別證。非常迫切。

（他突然想到某個作家指著自己小說裡的東西所代表的意象，說「這就是用來飆文學獎的東西。」）

他對於「飆」這個字特別感到奇特，彷彿詩或者任何一種文章竟能夠像騎著哈雷機車一樣超速運行無須醞釀便能先馳得點。（或許只需飆在「正確」的道路上就確實能夠辦到吧。）同時，他拼湊出了一首詩。（刪除鍵再度上場。）

或者這其實才是羞恥的根源？想到那樣的僥倖心裡竟曾驅使著他將那些文字投出，他的手指便立刻按下刪除鍵。（眼前一片白茫茫真乾淨。）

他考慮過寫點不是詩的東西，比如小說。但他立刻發現這並不明智。（從不知道怎麼說話的人變成能言善道的騙子

需要天分和時間，而他的妻子不會再給他機會。一年一度的文學獎報名表她現在看來竟如同支票。）

　　他幾次想告訴妻子這種事情可遇不可求，手指能否活動也得看看天意，精神是否能夠在一片苦惱並近乎夢囈的碎語中踏入那玄妙的境地（他手上的稿紙就是無數個無眠的夜晚），但想想或許他的妻子寧可聽到他說該買什麼水果孝敬神仙。

　　無論如何，文字在無意義的消磨和困窘中逐漸分裂，他茫然間看到青色的電腦螢幕中流出了一長串無法辨識的符號，「詩」被切了斜對角，和「空」黏在了一起。（可惜連倉頡也寫不出這樣的字來。）許許多多的文句充滿了枯燥而自以為是的創意，（更應該說是玩弄。）正反動著他的邏輯和語言。

　　　　（自認為這樣的蓮花該開在水泥上
　　而一片片剝落在牆壁腐爛　清脆的
　　　　　掉進舍利開出的微笑叮叮噹
　　　　　　水若上善谷羽化
　　　　　　納　　　川
　　　　　　　　此
　　　　　管那蓮成金爛在泥裡你
　　　　　　不用黃符伏虎魔降
　　一個罐頭半點三清濁氣就成文章）

　　（像這樣的垃圾需要花多少時間呢？）

（說不販賣自己的文章是因爲還沒有遇到要買的人哪。）

瞪著那來自某個神祕地界送予他的枯竭後的獎勵，他拔掉電腦插頭，結束了數月以來好不容易得到的一點成果。（豆腐腦上粗獷的紋路荒蕪得很，但這次他連佔用一些他和妻子的睡眠時間都不打算了。）

剛開始得獎時把搜尋自己的名字當作興趣，現在不過是例行公事，搜尋完之後對於日漸下滑的排行照例發出點嘆息罷了。現代人的興趣是多元而需要隨時更新的，那樣陳腐的資料早就淹沒在訊息層層疊疊交織而成的巨網裡。

夜深了。所有文人的類別中似乎只有詩人能夠成群結對拉黨組派，但依然得獨自面對黑暗中的慘亮螢幕。（唉呀呀獵人們開始狩捕暗夜的嘯月犬，漁人們也開始垂釣那溫柔勾人如天魔之舞的睡意了。）尤其他是個難得的獨立的詩人，更加知曉如何品味這樣獨自的狂歡。（尤其當他的妻子決定和他分房的時候。）

（月華凋零一彎彎多柳一慘慘白
收音機說凌晨兩點爲您送上液態咖啡耳朵溺水）

妻子在晚餐的時候一邊罵罵咧咧，一邊告訴他別以爲自己眞是個玩意。（難怪妻子不再忙著迎接一個稀客，因爲她已經看破，這個天大的謊言。）文學獎天天都有，拿了點錢跟踩到某種動物消化後的營養殘餘物沒什麼兩樣。

「上次都說你不寫了不寫了，還不是像放屁一樣？」
（蚊子又開始在耳邊嗡嗡了。餓了想吃了。妻子務實的理念讓他想起多年以前一個呆子說的：「愁，那是他媽文人的佐

料。」）

「所以我說你愛裝嘛，還寫那什麼東西？趕快吃飯是正經。」

說著她走到書架前隨便拿了一本書，邊吃邊看著。（一下子那講台上耀眼的光芒變得像是夢裡了。剩他一個人站在台上，身後的地板破了個大洞，這下他得從台上跳下來了。）他愣了。（這可不是饞嘛？）

（呼地一下，好像跳過了萬丈深淵或一個世紀。）

（他摔得七葷八素，卻好像被痛醒了。）

（活著就得吃，但若只是這樣似乎也少了那麼點人味。）

是嘛？

總之，當他突然感到一陣渺茫而得以隱約捕捉到一絲半縷的，來自未知之空的那麼些許提點而令他在鍵盤上的雙手動得飛快無法停止，彷彿入魔時，他確確實實地留下了兩行淚水，竟忘了思考這東西適合哪個文學獎這種問題。

筆下的心底波瀾

為了裡面某一些東西，簡直是抱著書在寫。我不認為這是晦澀的文章，雖然似乎有人這麼說過，其實只是一點煩悶，加上某人說過的近乎笑話般諷刺的故事，而揉出來有點類似拼裝布那樣片段性的組合文章。本來還打算讓段落有些相關或是劇情性，不過沒多久就放棄了，很認命地開始寫被切成一點一點的破碎文，至於括弧內像是瘋了一般的碎語倒

是很大程度地任我抒發。

總之，這是篇以自私和偏好熬出的黃湯中的產物。

眼下的心底波瀾

乍看之下，這是不容易懂的文章，非得讀個兩三遍，才知道他到底在說些什麼。大串大串的文字，串成了不易斷句，不給讀者喘息空間的急速壓迫感，形成一種非得要一口氣讀完不可，否則便要重來。看到一半時，兩段幾乎相似的文字，不禁又將捲軸捲了回去，來來回回地看了不知幾次，才發現，就那麼幾字之差，便又開啟了下段。

讀王喬的文章，是吃力的，非得屏息到讀完為止。尤其作者會不小心露出碎碎念的老人個性，如內心獨白、括號裡的文外文，以及不時穿插以加深場景的小配件，就像女人出門前的裝扮，精挑細選繁複不已。

很冷的文章，整篇文章幾乎找不到婉約的文字，從頭到尾剛硬的筆調，有屬於作者的獨特幽默。（林宜蓁）

幾幕現實

王喬

2009年台北市第三屆青少年文學獎小說優選

　　做為一個精神分裂症患者，她十分清楚這種模糊朦朧，彷彿置身雲霧中隨風漂流的幻夢感覺是藥劑正發揮作用的正常現象。此刻她站在緊閉的房門後，盯著掛在木板門後的全身鏡，心中不甚清晰地疑惑著：自己**竟然**是個帶把的？

　　他緩緩解開襯衫，看著自己蒼白的軀幹，一層薄薄的皮膚不能完美地掩飾數條青色的血管，肋骨微微凸出，彷彿有種未知的獸正潛伏著，期待破體而出的一刻。腦袋緩緩地朝右側傾斜，長長的頭髮掠過肩頭。電腦正播放著一個女歌手高聲而莫名地唱著：「**我親吻了一個女孩……**」。

　　突然他似乎真的看到了自己和一個女孩親吻的模樣，看不清對方的臉。

　　不對，這些事情並沒有**真正**地發生過。猛然間，他搖頭。

　　他的腦袋偏向另一側，嘴裡發出了一聲帶著疑惑的，但無法被確切描述的古怪聲音。藥丸讓他的思緒逐漸溶解成一灘泥濘，他隱約想起，自己會聽到詭異的笑聲，像是脫口秀或是相聲裡配上的滑稽誇張的笑聲，哄然從四面八方響起，不停不停地迴盪著。

　　他告訴父親他會聽到這些笑聲，還會看到幻象。為了證明，他親自展示了那一陣比一陣大聲的詭異笑聲——突然他竟發現了自己出色的表演天分而在心中發出得意的笑聲——

他還特地挑選某些父母以爲他沒注意到他們正在窺視的時候，對著窗台上的裝飾品喃喃自語。

但是醫生，那些狡詐似鬼的人們總是抱以懷疑的眼光。他非常不滿，一次又一次地表演那樣的笑聲是會累的。

並且，那些笑聲逐漸出現在他的夢裡了。但自從它們的侵入，醫生們逐漸地相信，開了一大堆他不甚喜愛的藥丸。那些東西讓他嗜睡，令他變得愚笨。

令他嗜睡……。

他緩緩步入自己的夢境。一開始他**並不**知道這是夢。普通的捷運月台此刻竟變得裝潢精緻高級起來，像是爲了某些特殊宴會仔細佈置的一般。一盞盞白熾燈被數片半透明的彩色壓克力擋板阻隔，間接地投射到地上，除了燈光通過的路線散發著氳氲的幽藍或亮橘或凝血般的紅色，其他地方是一片漆黑。

所有在月台上的人似乎都被平面化了。對面月台上只看見一張張大小略有不同，但同樣毫無立體感並且森白的臉孔，幾個女人（或男人？）的眼妝和口紅彷彿京劇臉譜的色彩一般鮮豔刺目，充滿了飽和但陰沉的亮麗。一切除了視覺以外的官能全是閉塞的，僅能透過雙眼傳達到腦中的訊息從而連結到一個名詞。後現代。他也不甚明白爲何自己竟然能聯想到這個從來就沒搞懂過的語彙，但是似乎這樣的形容極爲準確。這個月台充滿了後現代的不眞實或眞實，冷酷的精準或惶亂的死寂或喧囂。

他似乎突然透過一個全知的角度觀看到了自己的臉譜。一個精緻的，小小的臉蛋被長髮削去了將近一半，五官在空

白的平面上細微地排出一個神經質的微笑面容。他轉頭看了看其他人，僅僅能看見從鼻尖到耳朵的側面，彷彿是憑空懸掛在月台的一張張面具。

他開始疑惑了，太不真實的情景終於讓他產生了疑惑，但終究不是非常確定。不是總是會有這樣的感覺嗎？偶爾在清晨盥洗的時候看見自己的臉孔，突然湧起不知究竟是夢見自己醒來或是確實已經醒來的猜疑，反而是真正身處夢中時卻總不能發現其實這並不是真實。總是會有這種感覺的。

正當他開始有些不知所措的時候，他的聽覺似乎突然恢復了作用。一陣逐漸靠近，逐漸變得喧天一般吵雜的轟隆聲侵入了這個死寂的地帶。捷運列車進站了。

一陣輕微的騷動聲湧動，但並不是從那些面具群中傳來，而是從一個中央控制的廣播系統若有若無地播放了出來。他上了車，但是由於太久沒有獨自搭捷運的緣故，他並不知道自己是否在正確的班次上，或應該要搭往哪一站。

幾乎從他**表示**會聽到笑聲的那時候開始他就再也不曾獨自上學過了，尤其那些藥會令他變得心不在焉。因此他的父親會接送他。**他的父親**。

清晨。他摸黑到了廁所盥洗。他看著鏡子，想不起來究竟剛才母親的房門是緊閉著還是開了一點縫隙。似乎剛才經過的時候是開著的？但**怎麼**會是開著的？

隱隱約約他有了些不妙的預感。當他步出廁所，發現房門的確是開了一條縫隙，裡面一片漆黑不清，他的心跳微微加快。

說不定是某些不知名的男人闖了進來，闖進了她的房

裡，一旦打開就會看見凌亂的床單和乾硬成塊的血漬。一旦打開就會發生不好的事。

要不要告訴父親？

「你在看什麼？」

他嚇了一跳。冬季清晨五點，無光。父親站在他的身後，更遠的後面是父親的房間，裡頭只有電腦運轉的聲音和昏黃的桌燈。父親皺著眉頭，走上前拉上母親的房門。父親摸了摸他的頭。

「我很快就好。」

他點點頭，父親越過他走進廁所。他決定不告訴父親。從他的房裡傳出了如同法西斯黨員飆喊的吉他聲。

「**用你的愚笨登入**……準備好迎接這堆他媽的狗屎了嗎……？」

他心情愉快地回到房裡，關掉已經響了整夜的搖滾樂和堆滿髒字的歌聲。

父親開車，他坐副駕駛座。平常母親的位子。夜間各色霓虹光影浮動著，流光在車體兩邊消逝，他昏昏沉沉地癱在位子上，身體隨著顛簸的路面震動著，柏油的氣味傳進了車裡。車流在馬路上逐漸消散，拐進了巷子裡停在家門口。父親對他不知說了什麼，他渾渾噩噩地下車，甫一踏進家門便聞到了鐵鏽一般的腥氣。

母親的房門開了一條縫隙，一灘濃重彷彿油彩一樣的液體穿過了客廳流到他腳下。流到了她腳下。

她又回到了那個寂靜的月台。一種全知的觀點告訴了她，他正在車上。他要被送走了。他的父親則會來接她。奇

特的哄笑聲隱隱傳了出來，一陣一陣變得嘈雜，從廣播器裡湧出。她看見了自己的臉譜，一樣的精緻，但略有不同。

變得更像母親。

母親呢？她問。

「死了。」

她模糊地聽到了回答，覺得理所當然，想起來自己看到的一條深幽漆黑的縫隙。她沒有告訴父親。她的肩膀被拍了一下——雖然她並不知道自己是不是還有這個東西，在月台上她只看得見自己和其他人的臉——父親正微笑著，她看見了。

然後他醒了。彷彿從深不可測的海底浮出水面。

冬季凌晨五點，他醒來，發現自己竟然從昨晚七點睡到現在，連音樂都還開著。**「彷彿步入夢中，如此異於你所曾看見的……」**，怪異的滑音唱腔嘻笑著。

他感到一陣寒冷，於是套上一件外套，摸黑進了廁所。母親的房門是緊閉的。

他帶著耳機，樂音大得只要稍微靠近他就能聽見隱約的吵鬧聲，手上拿著一本馮內果。他很善於在班上保持自己的超然地位。一點點沉默，一點點諷刺就能得到很好的效果。經過國中大約兩年的休學時間，他依然升上了令人滿意也痛恨的高中。他通常在最後一節課吃藥，或者不吃，同時用激烈的音樂提振精神。

死亡金屬中的一些髒字，一些與性有關的詞語，乃至和他一樣有精神病的佛洛伊德，在這樣的年紀和情況下，如同某人所說的，都被他「欣然地擁抱」。

「因為我們是一大票騙子……寶貝告訴我你想成為誰?」

他戴著一隻耳機,令一隻耳朵空著聽別人絮叨。只聽人說話或只聽音樂吼叫都是一件令人難耐的事情,那麼只好一半一半了。好在少數跟他相熟的人也早就習慣他這樣同時看書聽音樂聽課還要聊天,但是每一件都心不在焉的本事。

他突然插了這麼一句歌詞,對方一怔,他隨後揮揮手說沒事。又突然彷彿頗有興致地把另一隻耳機塞到了對方耳裡,對方馬上被過大的音樂聲嚇得罵了一聲,撫摸了一下有些發痛的耳朵。

於是兩人的話題很快換成了各種類型的搖滾樂。一邊說著,他漸漸變得恍恍惚惚,像是從遠遠的另一邊看到了自己和同學的模樣。兩個人不知所謂地不停說著些什麼。他從一個不知名的極點看著兩人,一下子畫面像是凝結了一般。周遭的人變得模糊不清,到最後只剩下一抹白影子,彷彿液態似的流動混雜在了一起,然後漸漸連對方都模糊了。所有的實體存在變成了一種抽象的精神意涵,像是那個月台上的人們一樣,成了超現實的一種概念,某種流動性的象徵。

他想起很久以前他的一本筆記本,標題就叫作液態人生。遠遠地,他在一堆漩渦般雜錯的液體中看見了自己,唯一還保留著色彩的半固體。

恍惚中,感到一陣無法混融的違和與孤獨。

在寬敞的大廳中,他疑惑地被帶到了最前方,並不清楚,或並不記得發生了什麼。大廳裡所有的梁柱門檻和擺放的器具都有著光亮的黑漆和金色雕紋,他被帶到了一個微微

高起的檯子上，他披麻戴孝地走了上去，跪在最後一個位置。

父親被抬了上來，僅僅墊了一方草蓆，糜爛且發出了怪異的氣味。儘管看上去一點也不像是他的父親，但他就是清楚明白，這是父親的喪禮。一排四人，草蓆的兩側各一排，跪著。高台前的男女穿著黑色的燕尾服和禮服，四處走動交誼，但聽不見任何聲音。似乎他的親人們不願意碰觸父親，他上前，死亡的氣味瀰漫而來，幾乎要令他嘔吐，但他依舊輕輕刮去父親身上的腐肉，屍水滲透了草蓆。他輕輕地仔細地小心翼翼地……。

「吃藥了嗎？」父親的手覆上他的額頭。他再度發出了疑惑的聲音，無法理解父親為何還活著。但很快藥丸就令他煩於思考，於是懶洋洋地點點頭，同時很想告訴父親自己是**瘋子**不是發燒。

父親似乎輕輕地呼了一口氣，帶著菸草的氣味從喉嚨逃逸。他很喜愛菸草味。

一路無話。但他隱隱然認為今天的沉默很不對。父親似乎不時透過照後鏡冷冷地瞥著他。他偏過頭，模糊不清地反覆思考著，然後他想起了母親緊閉的房門。

難道父親**知道**了？但是房門明明就是關上的。

究竟是本來房門就是關著的，或者是他自己關上了？他知道自己偶爾會記不起自己做過了些什麼。

他沒有告訴父親。所以是否父親認為他害死了母親？

所以那不是夢？他無神地看著前方，又是絢麗的光流浮動著疾駛而來，彷彿要撞上擋風玻璃，但又精準無比地擦過

了車身。

「因為我們都想在喪禮後派對⋯⋯因為我們是一群畜生而從不費神上課⋯⋯」

他的耳機傳來了愉悅的調侃唱腔。模糊中他恍然大悟，喃喃地不知說了什麼。父親溫柔地摸摸他的頭，他微笑著睡了。直到父親叫醒他，兩人一起回家後，他才發現家裡沒有想像中的鐵鏽味，也沒有那色彩鮮豔的血液從房裡流到他的腳下。母親正招手要他吃晚飯。

他在一條不見盡頭的窄巷裡，兩旁的路燈一閃一閃，不知何時種上的大樹伸出了乾枯的分枝。他在無人的暗巷中走著。一陣冷風讓他的衣襟翻飛，如同往常他帶著耳機，哼起了一段凌亂的樂曲，在黑夜中突然興起了低調的張狂。

「⋯⋯毒品令我冷靜⋯⋯昨夜的我仍謹守虛無主義，今天則只是太過無趣⋯⋯」

彷彿回到了許久以前，他懷著一股厭煩和痛惡以及血脈中直到現在才湧現出的叛逆之心刻意晚歸，帶著一點點的得意和少許的擔憂驚懼看著父親沉默無語。不久之後，他終於挑戰了那最終的一關。他贏了，他逃離了學校。但是他也輸了，竟然僅有兩年他就又回到了那裡。

他一邊默默地回想著，然後他的父親再度入夢來了。他這才知道自己竟然又已經身處夢境中——這很奇妙，因為通常人在夢中並不思考或回憶，否則誰能相信那些光怪陸離的情節？

她靜靜看著他在捷運的車廂內被送遠，那一片漆黑的超現實的月台突然就通往了那充斥著黑衣人群的大廳裡，他靜

靜地彷彿要替父親刮下所有的肉來，仔仔細細小心翼翼地將父親自皮膚開始的組織一點一點刮下。他端正跪在草蓆上，屍水沿著他的衣襬上爬著。

她從一個極遠處望著他，也就是他自己掌握了全知角度從側邊望著他自己。大廳裡的人無聲地往來走動，逐漸像是他的同學那樣變成了一道道模糊的影子。然後她看到一面鏡子，發出了疑惑的聲音 —— 並不是她自己眞的有了什麼感覺，而是**夢境**要她疑惑 —— 她竟然是個帶把的？

難怪父親**不喜歡**他，原來竟是因爲這個原因。

自從他表示自己能聽到那些笑聲之後，他就**發現**父親不喜歡他。一段時間之後，那些笑聲中也漸漸地有聲音告訴他原因。因爲他不是**她**。比如現在，父親是如何地想丟去身上的腐肉，但他是幫不了父親的。他是塵土做成的，她才能令父親的骨重新擁有那豐腴新鮮的肉。

她恍然大悟，他站了起來。大廳裡的空間彷彿瞬間就凍結了，黑色的虛影突然帶著他回到了在平面上延伸到無限遠的長巷中。在夢境中眾人總是絲毫不以自己的際遇爲意的。他繼續走著，而寂靜中突然出現了彷彿赤腳踏在木板上的腳步聲，跟隨著他緩步緩步前行。出於某中原因，他**就是**知道那是父親。

他依然不以爲意，在喪禮中他已經知道了自己正在做夢，拜那些藥丸之賜。

他回到了家裡，那棟屋子並不是窄巷的終點，但是他並不打算繼續走下去。他爬上樓梯，打開家門，回到自己的房間。腦中有一種衝動告訴他，他就要清醒了。夢中的父親站

在床沿盯視著自己，他的身軀輕飄著，彷彿從床鋪的底下漂浮而上，重力越來越不能影響他。他漂浮著，直上，然後感覺到一股如同穿破了水平面的瞬間失重的感覺。

他回到自己的身軀內了。一樣的五點，他摸黑進了廁所，盥洗之後來到父親的房間拿自己的衣服。

猛然他在空氣中發現了一股鏽味，他拉開五斗櫃的抽屜，一個個被香菸燙出似的燒焦破洞出現在他的制服上，色彩濃厚的液體從抽屜深處流洩而出。他拉開了其他的抽屜，裡頭塞滿了腥紅的肉塊和毛髮。父親在床沿瞪視著自己。

他睜開眼睛，同樣的冬季清晨五點鐘。他猜疑地認為這或許仍是夢境。

父親送他到校門口。幾乎沒有人的空蕩校園。他模糊地認為下一秒這裡就將充斥著白色的幢幢人影，或者某些不是人影的東西。難道不可能嗎？即使這不是夢境。不是也有一個人早上醒來就突然變成了一隻甲蟲？這也是真實的事件啊。

當他告訴父親自己的擔憂之後，父親也同樣地露出了憂心的神情，可見連父親也是沒有把握自己究竟是不是在真實的世界清醒過來的。接著幾天就連母親也隱隱用一種憂愁的模樣看著他，但又似乎帶著一點埋怨。他頗不解，難道是因為母親並不想知道這種煩心的事情才責怪他嗎？但是有人變成了甲蟲是事實啊，難道他們就不擔心自己也可能一早醒來就變成了各種昆蟲或野獸嗎？

因此，他並沒有告訴父母曾經有人入侵的事情。佛洛伊德說過某些人的夢境中出現的象徵代表了內心中完全相反的

意願，或是和現實中完全相反的情況，因此他並沒有告訴他們曾經那血液從母親的房裡流到自己腳下的事情。

如果那是夢境，在現實中會完全相反啊。

他想起了父親是怎樣地希望自己刮去他身上的腐肉，而他已經不確定那究竟是夢境還是現實。尤其後來父親又給了他一堆新的藥丸，令他變得更加渾渾噩噩。

總之，父親和母親都是又活過了一次的人，因此他不會告訴他們曾經發生過這樣的事。

他離開了家裡，又是一條無盡的巷弄。漆黑的四周刮著冷風。這是冬季的清晨，彷彿夜晚，他的耳機裡傳出急促充滿了嘲弄的樂聲。

「……**於某處獸群聚集的黑暗之所，敬請退去你的外皮於食人的微光中……**」

從一個極遠的地方，他是唯一仍帶著自己色彩的人。或許他就是最為聰敏的人，才能夠逃離學校，其他人正是因為待得過久才會變成這樣的虛影。

在城市浮動的流光中，他緩緩步入了現實。在深幽的長巷中，他站定，眼前一隻黑貓從容地走來，身後跟著各色的蟲獸。

他從鏡子裡看著自己緩緩拉開襯衫，微微凸出的肋骨彷彿有什麼東西正等待破體而出的一刻。

有人一早就變成了一隻甲蟲，你們為什麼不信呢？

他胸腔裡的獸退去了他的外皮，隨著貓和蟲和其他獸們消失在城市無盡的光流中。

籤櫃

王喬

　　張桐敏獨自一人坐在床上，看著手中一張半個巴掌大小的紙條子，神情有些恍惚。

　　床的正前方擺著一個黑檀木櫃子，寬不到二十公分，高卻將近一尺，在陽光照不到的角落貼牆而立，彷彿從慘白的牆上憑空生出一個不屬於這時空的黑色異瘤。櫃子僅有邊緣上方雕著鏤空的精細蟲魚花紋，在數十個長形的抽屜上浮刻著銜環的獸頭，拉環是錚亮的純銀，檀木表面紋路平滑，纖塵不染。張桐敏甚至閉上眼就能想起木頭溫潤的觸感。

　　她只在十歲的時候碰過一次，卻在將近六十年後的一個清晨莫名地收到了這個來自過去的禮物，接著彷彿被下了咒似的，指尖的碰觸似乎令櫃子一天一點一滴地沾染她的生命力，終於直到這最後一天。

　　張桐敏捏著紙條，正想出聲叫喚，卻想起家裡只有她一人。

　　這個念頭令她悚然，一下回了神。轉頭卻看見牆腳邊的黑瘤，和她同樣身處一房卻各自孤獨。

　　也許阿姨也是這般孤寂，不論身處何地總深深被清冷和寂寥所包纏。

　　阿姨姓易，張桐敏只記得這個姓。阿姨是叔叔的第二任夫人，如何認識和結婚的，張桐敏已經不記得，只知道並不曾知會家裡的長輩。

　　她向來帶著笑容，眼角微向上，唇角卻是向下再上鉤，幽人獨往的清淡疏冷。張桐敏想起收到這個櫃子的早上，她做了一個不曾有過的夢，雖然醒來後只有一團模糊的印象。一種熟悉的淡漠，一個立於黑夜中的霧白身影，但她確信這是阿姨捎來的訊息。下床後一個小時，她收到了裝著櫃子的紙箱。

　　易阿姨向來只穿白衣，輕盈無聲，彷彿乘霧而行的腳步可能出現在家裡的各處。張桐敏第一次見她，是假日探訪叔叔的時候。阿姨斜倚在玄關牆邊，一旁一個小桌上擺著叔叔的青瓷花瓶，穿著月白袍子，雙手抱胸，烏黑的頭髮紮成一束貼在肩上，臉孔略微低垂，露出領子裡的項頸。她見了張桐敏，一樣帶著盈盈笑意，領她進客廳。長袍擺子輕晃，隱隱露出的小腿比綢布更白，而潤於瓷器。

　　張桐敏早在見到阿姨之前就已經聽說了許許多多傳聞，例如阿姨不是正經出身，靠著狐媚手段騙得叔叔將她取進家門，以及阿姨這副面相是天生的涼薄性子，但叔叔並不在意這些言語，阿姨也不。她在酒店不乏追求者，當叔叔倚靠種種手段而得到她時，阿姨也不曾有過言語。阿姨信命，迷信，每早從房間裡的籤櫃裡抽籤判斷一天吉凶是例行公事。

　　第一次見到這個櫃子也是這時候。

　　「你想試試嗎？」見到張桐敏一進了房間便目不轉睛地盯著籤櫃，易阿姨笑著說。張桐敏輕輕點了點頭，家族裡的女人們雖然閒語不斷，但各個都試過她的籤文。無一不靈的謠言傳開後，隨之而來的就是對於能夠準確悉知人們未來的人更深的厭惡和距離，以及某些時候矛盾的請求。但阿姨仍

不曾拒絕任何人求籤。

　　阿姨隨意拉開一個抽屜，裡頭只有一張紙。她將籤文遞給了張桐敏。她接過籤，心裡突然充滿了年少卻總希望能勘透迷霧般人生的一股強烈不安。阿姨靜靜站在一邊，或許正嘲笑著她這副模樣，也或許什麼都沒有想，只是立於一旁，彷彿恆久不成變動。濃墨書著細瘦窄長像骨頭組成的字，刻在白漆似的紙上。

　　一點失去。

　　「真不巧。」易阿姨挑起了眉頭，笑著。張桐敏抬起頭，只覺她背著燈光的面容有種模糊的憐憫。

　　當晚張桐敏回家時想到這一幕時仍然有些恍惚，卻因此在過街時被疾馳的轎車擦撞，右手打了兩個月的石膏。

　　張桐敏被突來的一陣冷風吹得一陣哆嗦，這才發現她忘了關上窗戶。素色的窗簾飄起，她連忙將手上的東西放到一邊，傾身關上了窗。後來在見到阿姨的幾次張桐敏都懷著敬畏的心情請阿姨抽了籤。阿姨自己也曾當著她面為自己抽過幾次，但只像是為了準備好面對所有不論好壞的未來，阿姨不曾做過任何事以避開災禍。

　　「怎麼避得開呢？」阿姨笑說。

　　過了幾年，漸漸開始有人說阿姨的八字不好，剋夫。叔叔幾次生意不好，連家裡的青瓷收藏都得賣。易阿姨這樣的

狐媚子，遲早要讓張家倒楣。後來張桐敏再進到叔叔家，玄關桌上已經換成了粗石缽，水上浮著一片荷葉。

即使家裡人阻止，張桐敏到阿姨家去的次數反而更多了。觀知未來的人也不過是個通曉世情卻無力改變的女人。這個念頭令她更想接近阿姨，彷彿阿姨能從她身上得到一些家族裡沒有給予的安慰。

但阿姨似乎的確命中帶煞。叔叔在一次酒醉回家的路上出了車禍，被輾得連相貌都無法辨認。事情尚未發生時，張桐敏卻在阿姨的房裡看見早已收拾好的所有家當，當然也包括一直沉沉立在牆邊的籤櫃。過了幾天，疑惑就有了解答。

阿姨也許只是想找機會遠離過去的生活才會嫁給叔叔，或許是太信命，才會不曾向叔叔提出一點警告，張桐敏在頭七見到阿姨時不禁想著。後者的姿容一點沒變，照規矩完成一切程序，漆白的背影只說出一片靜默。

無論如何，就像所有人猜想的那樣，面相涼薄，嫁給叔叔五年卻沒有任何子嗣的阿姨在辦完喪事後，沒有留下隻言片語便離開了張家。

張桐敏無從得知為何阿姨知道自己多次遷移的住所。也許自阿姨從籤櫃裡替她抽了第一張籤，她的命運就受到了干涉，亦注定得在晚年孤寡如同阿姨的時候收到這櫃子。

第一張籤是她在收到的第一天抽出的。一個抽屜只有一張籤，她隨機拉開了角落最上方的抽屜，拿出了籤紙。年邁的手無法自律地顫抖。

來自遠方的贈禮。

　　張桐敏曾經很好奇這些籤文從何而來，但易阿姨只笑著說她也不知道，至於爲何是如此淺白的文字，也只說「唉呀，不然哪有人看得懂？」但她笑容中隱約帶的淡諷卻讓張桐敏一瞬間不知所措，只能打消所有探究的念頭。

　　收到籤櫃後，她開始感到無時無刻都有人監視著她的所作所爲，心底有一個聲音自遙遠的記憶發酵，阿姨不是爲了祝福。頭幾天她重複打開同一個抽屜，卻只看到一個似乎無限深邃的黑暗長方，窄小細長正好容納一個焦躁的性靈。

　　終於到某一天，一個突來的衝動令她拉開了另一個抽屜。一樣的白色信籤，方塊字冷漠清晰勾畫出形狀，張桐敏猛然轉頭，只爲了不讓站在背後掛著清冷笑容而悲憫的阿姨逃跑。但房間裡沒有人。

　　一點失去。

　　她戰戰兢兢地度過一整天，任何一點風聲或反射自地板磁磚的微弱光線都令她差點跌坐在地。在晚上終於安下心拉起棉被時，她看見床頭的小日曆，慘亮的雪桐紙印著鮮紅的數字。七月六日。叔叔的忌日。

　　隔天她爲了眼眶下方明顯留存的黑夜泡了一杯加糖的溫牛奶。

　　阿姨離開，卻留下她的印記在家族之間漂流。張桐敏的奶奶開始在晚上流淚，唉嘆叔叔的早逝，親戚朋友無不怨怪阿姨帶煞害死叔叔，同時責備她如此迅速便離開，讓老人家

孤獨自處的涼薄。張桐敏自己則霎然失去了重心般，彷彿在
一個慌亂的時代中突然被告知上帝已死，但人們卻尙無法靠
自己的力量找到去處。

　　直到眾人似乎逐漸習慣了缺失的孤寂，某一個姑姑卻傳
來她見到了阿姨的消息，於是家族又沸騰了起來。聽說阿姨
靠某種手段打進了台北上層的社交圈，在南京東路上的家裡
天天冠蓋雲集，而看來她是個稱職的主人，一個不老的象
徵，每個人都樂意和這樣一個似乎永遠不累不變的貌美女人
結識。當然，她的籤文也在眾人間傳得廣泛。

　　張桐敏曾試著趁放學之便偷溜到南京東路上尋找阿姨的
住所。連續往返了四五次，已經能確定其地址，但每每徘徊
至附近，卻因爲總欠缺一點理由而遲遲不敢上門拜訪。

　　但也許是因著籤文所揭示的註定，在一個陰天，阿姨在
張桐敏正要離去返家的時候搶先一步出現。阿姨笑著帶她上
樓，將她介紹給所有在場的人們。張桐敏一輩子還沒見過那
樣明亮奢雅的佈置，屋裡那些帶著笑容望向她，穿著光鮮的
人們，一下子只知道怔楞地笑著，手心像握住了發紅的烙
鐵。

　　易阿姨時常請張桐敏到家裡，懷著一些嚮往，張桐敏也
鮮少拒絕。對於家族，兩人心照不宣，不曾在阿姨家提起，
也不在家裡提起阿姨。漸漸地張桐敏和在阿姨宅裡往來的人
變得熟絡，人生中一下湧進了太多不曾有過的新奇，於是家
就成了古墓一般沉悶寂寥，只該存在於夜晚。阿姨從不阻
攔，只在張桐敏到來的時候捧上一盆糕點糖果，隨意的閒聊

後，踏著無聲的步子周旋於各個來客之間。阿姨從不冷落任何一個客人。

在抽出第二張籤之後張桐敏開始失眠。她曾在深夜睡眠的慾望和一團雪白的幻影深深糾纏時將一粒蒼白的藥丸吞入喉嚨，但當包裹著睡眠毛絮的白膜溶解，她便只能如貓一般，將無法在胃中消化的夢給嘔進馬桶裡。

有一陣子她每天都打開一個抽屜，有時候連續過了幾個月她只看著櫃子而不動一下。無預警地，她能入睡，竟比當時知道原因地失眠還要容易。家裡的窗戶從敞開逐漸變成緊閉，很多時候她只握著那張紙籤，讓它逐漸有自己的溫度和心頻，靜坐在床上，聽著外頭越發急迅和凄冷的風聲而耗費一整天。她逐漸熟悉籤櫃的所有細節，某一個拉環有碰撞痕跡，在角落有一個像是瞳仁的黑點，木頭的紋路像是絲線纏繞向紡錘，年輪成為一個多層的黑洞。

她不知道阿姨如何保護這個櫃子使它經過多年卻只有一個銀環上的小損傷。在找到南京東路的住宅後，阿姨僅是接待她，卻再也不曾替她開過一個抽屜。即便如此，她依然每天來此報到，她喜愛阿姨的清冷笑容，尤其現在阿姨已經不屬於家族。

窗外的陽光正式退出冬天，數十年前，阿姨的家裡在這時多出了一個客人。

張桐敏現在已經記不得他的名字，甚至這個人的存在也是在收到櫃子之後才浮現出的記憶，但隨著日子過去，這人的印象也逐漸清晰。他是個英俊挺拔的男人，是阿姨宅子裡

的常客介紹來的。阿姨對著他微笑招呼，帶他加入了一小群人的談話，沒有將張桐敏介紹給他。

張桐敏又開始失眠，望著黑夜的零星燈火，卻只能想起她數十年前在這時候的第一次失眠。那時候台北還不像現在，雖然已經凌晨卻依然能看見微弱的亮光，和機車出乎意料的疾馳聲。她空坐在床上，感到睡意正蟄伏在她腦中的深處卻無從召喚，存在的只有所有關於這個季節的記憶，把白牆當作螢幕，眼裡見的似乎是幻覺，耳中卻真切地聽見巷弄中的數聲狗吠貓嚎逐漸變成清亮的叼啾。

當她終於被若有似無的咒文帶入虛幻的世界，她突然想起尚未被拉開的抽屜，只剩一個。

透過姑姑又一次偶然的撞見和傳播，家裡人終於知道張桐敏每天放學的去處，阿姨找了一個新妍頭的消息也一起傳了回去，一次只能被當作叛賊作亂的失敗革命成為張桐敏和新生活的結束。但儘管被血緣的長鏈穿過琵琶骨，她依然不願長待於古墓中。趁著提早結束的社團練習，她回到了南京東路上。

或許是打算慎重對待最後一張信籤，張桐敏開始考慮該在什麼時候打開最後一個抽屜，但很快明白這僅是徒勞。最後一張籤文也許就代表著和阿姨最後的聯繫即將結束，她思考是否該在這聯繫終止之前就開始籌畫自己的句點。

在腦中模糊的印象已經無比地清晰，她早在收到的第一天就知道，這是個懷抱黑暗意念的禮物。

她早就知道。

那天阿姨的家裡沒有任何人。阿姨見到她的到來雖然依

舊帶笑，但顯然不若先前的清淡，出乎意料之外似乎還有落空。

照例拿出了點心，平和地閒聊。阿姨卻突然說家裡缺了些東西該去買齊，張桐敏感到疑惑卻沒有出聲，阿姨腳步依舊輕盈卻變得快速，只拿了錢包和鑰匙便出門。

過了一段時間，門鈴一串尖呼，張桐敏打開門，卻見到了那男人。對方微笑，溫文有禮地問她阿姨是否在家。

「她和一個叔叔出去了，會晚點回來。你要不要進來等？」

一股濃黑的情緒在張桐敏心湖中染開，笑著回答。她喜愛上阿姨的清冷笑容，尤其她不屬於任何人。對方呆愕，一陣靜默後微笑著婉拒，轉身離開。不曾回頭。

他走後沒十分鐘，阿姨回來，一股清淡，不曾出現在她身上的香水染白了整個屋子。張桐敏和她聊了半晚，阿姨笑著送走了她，闔上大門，喀地彷彿敲響喪鐘，沒人再進去過。

姑姑又帶來了新的消息，阿姨的一條爛命剋死了她的新姘頭。人家出了車禍，當場死亡。

張桐敏不知道阿姨的房裡是否也有早已打包好的家當，只聽說阿姨參加了他的葬禮，一身白衣素容，飄然來到，不曾說過一個字。張桐敏曾在喪禮前去找過阿姨一次，對方早等在樓下，微笑著看她，直盯著張桐敏到她起了一片疙瘩，喉嚨乾澀再也說不出話。

「又是你啊。」阿姨笑著，眼圈下有一層淺淡的陰影。

「也好，我早認命了。」

張桐敏想起阿姨背光的容貌，悲憫嘲諷，但一切都如此輕淡。她沒有失眠，但不停夢到一個纖細的白影，在一片黑暗中的淡淡光暈。沒有人再聽說或見到阿姨。

　　當張桐敏醒來，發現她度過了數月以來第一個無夢的夜晚，她起身拉開了最後一個抽屜。一張籤紙，上頭壓著一柄槍。

　　害人者必得報。

　　她握住槍柄，另一手捏著紙籤，有些恍惚。過了一陣子起身關上窗戶，想起以前的所為，又突然想到也許阿姨會來參加她的葬禮，就像參加他的一樣。

　　一聲槍響，其實也不過像是酒瓶軟木塞被拔掉的聲音般微弱。張桐敏的心臟猛然一跳，如同生命在此刻微微揚起，又輕輕落下。地上多了一個坑洞。

　　她起身拉開了數月前拉開的第一個抽屜，一張清白的月色紙籤，再沒有阿姨的籤文。

眼下的心底波瀾

　　這篇小說本來要投台積電的文章，我記得她趕了很多個晚上。那幾個晚上我似乎都剛好在線上。某天半夜，她傳來這篇帶著神異性的小說來。讀的過程中，一方面因為作者善於鋪陳佈局，讀時不免戒慎恐懼，另一方面是文章本身就帶

著一種神秘捉摸不定的色彩，有點像是綺麗的中國窗戶，本身是一個完整的架構，卻又能從刻意留下的鏤空中隱約看見一些窗外的風景。

這是一篇我很喜歡的小說，甚至還試著把它改編成劇本，因為閱讀時，有許多畫面從腦袋中流過，應是作者的文字技巧太高明之故，而讓整篇小說如有點像是飄在雲端，留給我很深的印象。

畫皮

許寗

「根據警……方的說法……這起虐屍殺人兇案的兇
手……心思縝密的人，在犯案現場……留下任何線索，但警
方也同時……有破案的……絕對信心……」

電視螢幕閃爍著，主播口中的聲音被雜訊干擾而模糊不
清，那起無法偵破的案子，僅僅是個開端……

*

六年後，X大美術系二年級。

「喂喂，阿實啊，我女朋友今天會來找我喔！」若群興
奮地抓著我的手猛搖，笑得嘴角都要裂到天邊去了，合也合
不攏。「等等介紹給你看，她真的超正耶，而且體貼又溫
柔。像上次啊……」

「好好好，你先幫我把這疊畫搬到教授辦公室啦！」看
著若群滔滔不絕的模樣，有一種說個三天三夜還不會結束的
跡象，我連忙打斷他。

「沒問題，我跟你說啊……」終究，該你的躲也躲不掉
啊……嘆了口氣，只好任若群這樣滔滔不絕地告訴我他女友
多好多體貼，我則敷衍地回著他的話。天啊，他不知道在一
個單身朋友身邊講自己的情人的事情有多缺德嗎！

「放桌子旁邊就行了。」

「喔。」

我伸伸懶腰，活絡了一下筋骨，當值日生還真累！環顧教授的辦公室——實在是亂七八糟啊！四散的畫架和畫具，一些奇怪的靜物，一疊疊的美術史或畫派叢書，還有一張剪報……剪報？

勾起了我的興趣，忍不住好奇心，我拉拉若群的袖子。

「欸，我們看看吧？」

「好啊。」

若群輕輕抽出那張剪報，越過他肩頭我看見字跡已經不大清晰，紙張泛黃，邊緣破破碎碎，看來是很久以前的東西。

「2001年8月……哇塞！這是六年前的報紙耶。」

「六年？教授留這麼久做什麼啊……上面寫了什麼東西？」

「我看看……噢，是我們學校一個學長被殺的報導……嗯，真讓人不舒服！」

「到底寫了什麼東西啦？」我從眉頭緊皺的若群手中搶過報紙——那是一起男大學生在校園裡被虐殺的新聞：

【北市某藝大驚傳學生遭虐殺！】

2001/08/02

今天早上在北市某藝術大學學生專用美術室內發現一具無名屍。

根據發現屍體的清掃工友的說辭，此具無名屍體躺在美

357

術室散亂傾倒的畫紙之中，胸口被剖開，心臟不翼而飛，全身上下的皮膚則被完完整整地剝下，翻遍全校也找不著。警方封鎖現場，並在法醫驗屍之後公佈了令人驚愕的消息：此具屍體的皮似乎是在被害人死前就被兇手用刀割下，而不是死後才被剝掉。

　　警方初步研判該名被害者是此校二年級的男學生，並宣稱此案的兇手心思細膩，留下的線索寥寥無幾並難以追查，但他們有破案信心。

　　讀完後我倒抽一口氣。我對這件事有印象，雖然六年前我才國三，正在準備高中大考，每天唸書唸得昏天黑地。但是這條新聞被報導在當時掀起極大的波瀾。除了兇手極端殘暴的殺人手法之外，媒體攻擊的另一個焦點便是辦案不力的警方一直抓不到兇手，記得當時警察局局長還因此下臺……在那之後，這件案子就沒了下文，最後究竟有沒有將兇手繩之以法也沒有人知道了。

　　「我不知道那個人是這所大學的……」語氣帶著一絲訝異和顫抖，我用不怎麼舒適的表情望向身邊的若群。

　　「如果這是真的」，他的臉色也和我一樣糟糕，雙眉糾結。「那麼那間美術室就在這個校園裡面……」他說。

　　一陣強風突然刮起，辦公室窗戶啪地一聲被關上，窗外唧唧的蟬鳴在那瞬間全都安靜下來，連風吹樹葉的沙沙聲都不見蹤跡，蔓延在辦公室內的滿是寂靜。

　　空盪盪的空間只聽得我們倆的呼吸聲。

　　我們彼此對看一眼，瞬間，只覺得背後一陣陰冷……

＊

「你好，我是衛紅，叫我紅就行了。」

「妳好啊，我是阿實！」

眼前這位黑髮披肩，長相標緻，身材細瘦，皮膚白皙的女孩，穿著一件紅色的連身洋裝，她，就是若群口中那位完美無瑕的女友──衛紅。

我承認她的確很美、很溫順，但總覺得她不眞實，就好像隔著濃霧找人，明明見著了一個影子，但你卻永遠也不知道前方黑影的眞實樣貌究竟是什麼模樣，一伸手就會撲了個空。

「那，阿實，我們先走囉。」

「嗯，我把教室和美術室清理完就先回宿舍。你可不要玩太晚，又要我來幫你開門還要陪罵啊！」上星期舍監已經放狠話，這星期要是再不安分一點我們兩個宿舍就甭住了。

「OK的啦！我絕對讓你稱心如意！」若群擺了一個特欠揍的表情。

「王若群你要滾快滾啦！」我白了他一眼。

「好啦，掰。」跳上機車，他揮了揮手叫紅上車，然後把房間鑰匙丟給我。

紅對我笑了笑說聲再見，轉身便走向若群的機車。

剛剛的笑似乎不大對勁？我感到身子從背脊麻了起來。

說實話，紅的笑容很美，深邃玄黑的雙眼微微瞇起，為她原本就標致的面容增添一抹神秘。雪白的肌膚透著粉紅，

彷彿傍晚的雲霞一團團全堆上她的臉；鮮紅色的唇泛著蘋果般的光澤，像剛經過鮮血潤澤的兩瓣紅玫瑰，在兩頰中央畫出一彎鮮紅色月牙。

回過神，正好瞥見紅長髮飄逸的背影自視線消失的那一瞬間，墨黑色的髮絲輕盈地在空中畫了個漂亮的弧。還沒反應過來，他們已經騎著車揚長而去。

究竟是哪裡怪怪的⋯⋯？

搖了搖頭，算了，我還是先乖乖地把美術室收拾乾淨吧！誰叫我有個沒良心的朋友把值日工作都丟給我，一個人跑去約會咧⋯⋯

*

半夜十一點。

我在心理憤恨地罵著髒話，一邊碎碎唸一邊用力按下手機撥號鍵。若群這個見色忘友的傢伙跑去哪裡啦？打電話他也不接，手機是辦好看的嗎？

就在我拿著手機，聽見耳邊傳來第十三次「您播的電話將轉接到語音信箱，嘟聲後⋯⋯」的機械女聲時，突然瞄到校區裡還有教室沒有關燈，在夜裡銀白色的光芒顯得特別清楚⋯⋯等等，那裡是我今天負責掃的美術室耶！

「真是夠了，我今天是犯太歲嗎？」掛掉電話，我隨手抓了件外套就往身上套，冒著被舍監逮到的危險溜出宿舍，急急忙忙地往美術室去。

拜託！要是教授知道我沒關燈以致燈管燒壞進而影響到

他創作速度的話我這學期就難過了，我還不想留級被當啊！

陰暗的走廊上只有我一個人急走著，陰冷的風迎面直撲，下意識地我抓緊身上的夾克。樹木隨著風沙沙地搖晃，藉月光在磚地板上複印出一個又一個墨黑色的葉影，遠遠的我聽見警衛養的狗群正在吠月。

那聲音使我開始胡思亂想，思緒飄到今早看到的剪報……

「那間美術室就在這個校園裡。」

腦中突然冒出了這麼一句話，我打了個哆嗦。想到在這走廊末端等著我的目的地，腦袋開始自行重現六年前的慘劇。儘管不曾真正看過當時的畫面，但平時看恐怖片的經驗卻讓腦子清清楚楚地顯現那駭人的景象……

我用力甩了甩頭，試圖把那腥紅色的思緒拋開，「別鬧了，不會那麼剛好是同一間……」我對自己說。

「我只是去關個燈而已……」一陣強風襲來，遠處狗兒們的叫聲掩住了我自我催眠般的呢喃。

＊

腳步停在美術室的前面，門微掩，燈光的確是從這裡灑出來的。就在我正要按下電燈開關時，突然聽到裡面發出了嘶嘶聲——像是水管破掉，裡面的自來水噴出來的聲音。

奇怪，我記得美術室裡面的洗手台幾天前剛壞，設備組說明天工友才要來修理呀……難道現在這種時間還有人在裡面用功？

　　我輕輕地推開了門。「請問一下，有人……紅？」驚訝地看著出現在眼前的人，不就是下午才見過面，現在應該跟若群在一起的衛紅嗎？

　　「妳怎麼在這裡？」我嚇了一跳，訝異又疑惑地發出疑問。

　　「我在辦事。」她瞇起雙眼，勾起嘴角對我笑了笑。

　　又是那種詭異的感覺！

　　為什麼我就是覺得紅的笑容很不對勁，很危險？

　　我的背開始發麻，這次比下午更嚴重，我甚至感到一陣涼意漸漸爬上我的肩頭、脖子。似乎有一雙寒冷的手隨著脊椎撫摸而上，讓人不自覺地感到缺氧、發顫、然後窒息。

　　「辦事？」盯著紅的眼睛，我皺起眉頭，想弄清楚那陣令人不舒服的感覺究竟從何而來。

　　紅深邃的眼瞳似乎是個無底深淵，除了比夜還要深沉寂靜的黑之外，沒有任何其他雜質，甚至也找不到一個人雙眼中該有的光芒。那樣的色調彷彿要把世間所有一切吸進她的瞳孔裡，什麼也不留。

　　「對啊，」紅說著便把我的手腕抓住，「你也進來幫忙吧。」她的力氣出乎我意料的大，纖細的手臂和那股力道顯得極端不協調。

　　紅側過身子，把我拉進美術室去，隨後馬上把門帶上，鎖了起來。

　　我一個踉蹌差點跌倒，腦中還在思考紅的笑容、還有這一切令我感到詭異的事情……問題究竟出在哪裡？

　　眼神一飄，看到置物架上那一排素描課常會拿出來當模

特兒的石膏像，慘白的面容正對著我微笑。一瞬間，我發現問題到底出在什麼地方。

嘴角，紅的嘴角笑得太開了！

當我突然想通怪異的地方到底是哪裡，我僵在原地倒抽了一口氣。緩緩地轉過身，我面色蒼白地面向笑著的她。

「妳、妳的嘴角——」發覺自己無法控制自嘴中吐露的聲音，顫抖不已。

「唉呀……你發現啦？」紅的眼睛瞇成比剛才更細小的縫，笑意更深。同時我發現我的手溫越降越低，已經呈現毫無血色的蒼白——當面對紅的笑容所感到的寒意，並不是我的錯覺。

只見紅的笑容越笑越大，隨著越發猖狂的笑聲，她的嘴角慢慢往雙頰兩旁裂開，一直延伸到兩耳旁邊。從她血盆大口裡散出濃稠厚重的血腥鐵鏽味，血紅色的嘴映著森白色的肉食動物般的利牙，令人不禁作嘔。

而她身後，剛剛進來時我沒有注意到的一個角落，竟倒著一具滿是鮮血的身軀，那是若群！

他的皮已經被剝了下來，完整地攤在一旁，心臟在被剖開的胸膛裡虛弱地跳動著，奄奄一息。鮮血噴濺在牆上彷彿一幅血色的後現代潑墨，而緩緩流動的血液在我眼裡竟成了迷你版的氾濫河流，在若群失去肌膚覆蓋的肌肉組織上奔騰，血液就這樣流進他失去眼瞼的眼睛，順著正抽搐的指間滴落。每當心臟抽動一次，他便會發出一種虛弱幾近無聲的呻吟。

簡直是六年前兇案的翻版。

「妳，妳……若群……」發抖的我，連一句完整話也說不清楚。「爲、爲什麼……你們不是——」你們不是情侶嗎……？欲吐露而出的語句在成爲字音之前便消散成氣音，眼前開始覆上一層薄霧，我不忍再看若群一眼。

「爲什麼？」紅歪著頭，用一種小女孩般天眞無邪的表情看著我，咯咯地笑了起來。「因爲我的皮，壞掉了啊。」

紅鮮白的手指畫過她的臉頰，隨著手指的移動痕跡，紅的皮膚緩緩龜裂。像遠古時代的古老紙張，從千百年塵封中再次接觸到空氣時那樣碎散、剝落。在裂開的皮膚之下是一層綠色——像銹銅，而又近於深海巨藻在幽微光線下的詭譎色調。

「你知道嗎，你們人類的皮雖然很適合作畫，」紅一邊說，一邊用手畫著自己的臉，慢慢地向我走來。「但是卻很不耐用呢……」

作畫？耐用？她在說什麼？我靠在牆上止不住地發抖，全身癱軟無力。

「這張臉是我六年前的作品呢，」倏地，紅狠狠地把她的臉皮撕了下來，紅的「臉」便像幅被撕毀的畫作般飄落。取而代之的，是一張慘綠色的臉孔。「六年前那個傢伙的皮不是很好，用了六年，……也該換了。」

「現在，是創作新作品的時候了。」紅笑了，燦爛的笑了。

「啊啊啊啊啊啊啊啊啊啊啊啊啊啊！！！！！！！！！！」

*

圍起黃布條，員警和鑑識人員在教室裡來來去去，鎂光燈一閃一閃……

「今天一早就這樣？」

「去調監視器畫面！」

「這簡直跟六年前一模一樣……」

「認不出是誰，去鑑定DNA了嗎？」

「真是沒有人性……」

第二天早上，美術室裡兩具沒有皮膚和心臟的血色屍體靜靜躺著，失去眼瞼的兩對眼睛直直地瞪著天花板……

筆下的心底波瀾

這是從聊齋〈畫皮〉延伸而出的故事，我偏愛這種詭異而帶點血腥的氣味。王生死了是自找的，反倒王妻為吃那麼多苦，仍不能保證老公不會再次出軌，因此他決定不讓他有好下場。

眼下的心底波瀾

以聊齋原著來說，這篇小說極度地顯示許寧的性格，美中不足的是鋪陳和描述上。如同五柳先生不求甚解一般，她不求甚美甚雕甚琢甚工。（王喬）

回首
〔足跡〕

船過水留痕,在記憶裡跌宕
雲起山蓄勢,吐氣,向八方而去

三樂年表（200608～200906）

2006年

08　新生報到

09　語文班測驗面試

0906　站在巨人的肩膀上：自我定位的思維

0913　創意閱讀與書寫：石頭筆記

0920　五四賞讀——梁實秋、林語堂

10月展香　時代燭光、心靈獨白

1006　飲食的故事情節

1011　政大林佳瑩教授演講：〈社會與個人生命安頓〉

11月展香　真情密碼、閒情偶趣

1015　激盪創作的版圖

1108　左手的繆思——余光中散文

1115　奇萊前書——楊牧的自傳書寫

1122　狸奴的腹語——鍾怡雯散文研討

1129　政大廣電：地下樂團

12月展香　文史絮語、自然容顏

1205　真實或虛構：與歷史散文對話

1213　周芬伶的陰性書寫及林清玄的禪佛觀照

1220　儲士瑩演講：讓夢想活下去

2007年

01　臺北市第一屆青少年學生文學獎初選入圍

　　新詩：陸思妤〈湛藍〉、謝容之〈魚的出走〉

　　散文：江芃〈夢衣〉、陳怡帆〈不在，就是最眞實

　　　　　的現場〉、曾馨儀〈杯言杯語〉

　　小說：蘇庭〈燭〉

01　文字的精靈——繁花熾燃的簡媜

02　出軌的邂逅：游移、盤旋於校園之間

03　臺北市第一屆青少年學生文學獎——青春不落國

　　散文：優選　曾馨儀〈誰是兇手〉

　　小說：佳作　蘇庭〈脫軌〉

0301　故宮大觀展：汝窯、宋版圖書、書畫特展

0307　臺藝大廖新田教授演講：十七世紀荷蘭的藝術及

　　　維梅爾的繪畫世界

0314　謝容之、蘇庭報告〈一桿稱仔、送報夫、植有木

　　　瓜樹的小鎮〉

0328　《戴珍珠耳環的女孩》文本電影討論

0331～0407　北京教育旅行

0411　賴怡安、曾馨儀報告〈傾城之戀〉

1007　活版自由詩

1014　詩歌與歌詞對對碰

1024　詩歌朗誦比賽

1031　建中凌性傑師演講：在我心裡住著一個詩人——
　　　談現代詩創作與詮釋

11　　詩房筆記：讀男性詩人的聲音

1106　詩房筆記：流行音樂中的詩文學

1107　成果發表會

1113　詩房筆記：存在與自我

1120　參加台北詩歌節各項活動

1127　詩房筆記：以靈魂捕捉一首詩

12　　詩房筆記：讀女性詩人的表情

1201　我想對你說（與建中交換信）

1216　政大新聞系郭力昕教授演講：如何掙脫並超越全
　　　民大悶鍋

2008年

0107　第二屆台北青少年文學獎入選

新詩：許甯〈瘦紅〉、謝容之〈航〉、劉宜〈悼
秋祭〉

散文：賴怡安〈幻滅的衣櫥〉、江芃
〈found〉、曾馨儀〈蟻語錄〉、蘇庭〈這份滋
味，名為寂寞〉、李佳嬑〈回去〉、林怡德〈缺
席〉、王馳萱〈C'est La Vie——青春微醺及回
顧〉

極短篇：賴怡安〈慣例〉、謝容之〈凝視〉、張

爾庭〈遇見〉、王喬〈無誤〉

小說：王喬〈京夜〉

0118～0121　聽見原鄉的聲音——南投雙龍及地利國小

你再也偷不走的我全部擁有
See What InMy Tight Hug.

山地服務

0121～23　第二屆台北青少年文學獎研習營

0124　景美女中小說營

政大高桂惠教授演講：在理解與闡釋之間——談
文學的多義性與流動性

新新聞週刊副社長楊照演講：重尋文字想像的感
動

郭志陽師演講：包著糖衣的哲學——寓言

陳嘉英師演講：片羽吉光的感動——極短篇

0213　實踐大學建築系李清志教授演講：鐵路建築旅行

0220　實踐大學建築系李清志教授演講：建築與文學

0305　資深影評人　聞天祥教授演講：電影與文學

0312　台藝大吳珮慈教授演講：閱讀電影秘密花園

0314　第二屆台北青少年文學獎

新詩：首獎　劉宜〈尋北四組曲〉、佳作　許審
〈夢遊〉、謝容之〈汪洋城市〉

散文：首獎　曾馨儀〈捕捉記憶與時間的旅

程〉、優選　蘇庭〈臺北之音〉、李佳嬿〈緬懷孤寂〉、佳作　林怡德〈盆地裡〉

極短篇：首獎　王喬〈故影〉、佳作　賴怡安〈企業家之死〉、謝容之〈機械城市〉、張爾庭〈承諾〉

小說：佳作　王喬〈存憶〉

0319　觀林懷民作品（薪傳、水月、行草）

0326　北一女 陳美桂老師演講：文學與舞蹈——林懷民

0404　第二屆台北青少年文學獎頒獎

0409　曾昭旭教授演講：從曹雪芹到徐志摩

0416　曾昭旭教授演講：文學裡的愛情

0423　南華大學 鄭印君教授演講：文學與動畫

05　　景美青年文學獎

新詩：特優　許甯〈鏡〉、優選　謝容之〈魚的出走〉

散文：特優　蘇庭〈這份滋味，名為寂寞〉、優選　林宜蓁〈幽幽冥路〉

小說：特優　王喬〈京夜〉

0506　金陵女中文學獎

新詩類第一名　許甯〈夏〉、第二名　吳昱嫻〈石之等待〉、佳作　賴怡安〈倔強〉

散文類第二名　曾馨儀〈失落的地圖〉

0430　政大中文系鄭文惠教授演講：詩與畫

0514　政大中文系丁敏教授演講：文學與佛學

0521 政大日文系主任傅琪貽教授演講：日本茶道與懷石料理

0604 新新聞周報副社長楊照教授演講：藝術氣質與中國文化

0611 中研院院士朱敬一演講：人文與社會

0903 作家蕭蕭演講：豐盈與流暢

0910 雲門舞集演講：花語

0913 台灣豫劇團演講：戲裡的唱工

0924 張良蕙老師演講：如何用影像架構出一個故事

1022 簡媜文學月展

1022 作家簡媜演講：心靈深戲---我的創作之路

1029 作家簡媜演講：閱讀

1105 政大日文系教授、跨文化中心傅琪貽主任演講：全球化衝擊下的日本傳統社會文化

1112 政大民族學系張駿逸副教授演講：面對全球化的藏族傳統文化

1119 政大斯拉夫語文學系劉心華副教授演講：全球化下的俄羅斯文化變遷

1203 政大中國文學系高莉芬副教授演講：兩個情人節：文化全球化與傳統節日之變遷

1210 政大韓國語文學系黃宏之講師演講：韓國的泡菜文化省思

1224 政大公共行政學系蕭武桐教授演講：創意文化、創意產業

1231 政大社會學系林佳瑩副教授演講：從文學作品中

2009年

意識 · 20

0504　第三屆台北青少年文學獎頒獎
　　　全國高中小論文比賽
第一名　蘇庭〈李清照詞作淺探〉
第二名　王喬〈從《聊齋誌異》異史氏之言看蒲松齡〉
　　　　看對科舉的批判〉
　　　　吳昱嫻〈蕭紅《呼蘭河傳》主要人物之探討〉
0223　高三模擬考
0413　申請推薦放榜
0507　金陵文學獎頒獎
　　　高三模擬考
0516　校慶園遊會
0519　最後期末考
0603　第四十五屆畢業典禮

376

王喬

所謂存在是個啞巴，精神卻過於饒舌，只好一直這樣寫下去。

王馳萱

那些歲月如風、如水、如月。

進入語文班的契機是由一連串巧合撞擊而成，小船於是航向大海，航入文學之海。課程開始後，我們不斷地寫作，從基礎的描寫開始，將感官的極限顯微，將想像伸出觸角，接觸現實表象下無法被看見的另一端，這似乎是一種儀式，否則文學的門檻是無法被跨越的。

各方教授、老師的演講像是一場場太陽劇團的精湛演出，從中獲得一種認真的態度，或是一份優雅的閒適。

文藝營連結對文學的喜愛，我開始去感受，屬於文學的熱度。另一方面，語文班也展開北京參訪、南下布農部落服務，當所見愈廣，便愈知謙卑，而更以一種寬廣的心誠摯相待，況且一切多麼值得以文字加以記載，而記錄所為的，大約只是自我的還原與再現，或是尋找相契合的相知之人。

至今我仍未明白文學的本質，但那已不再重要，重要的
是我已處於其中。

吳佳芸

回頭總是一片追憶，喜孜孜把當年勇拿出來沖茶。茶點
名叫無憂無慮小高一，嚐起來微甘微酸，鮮豔亮麗的黃糖衣
包覆了十六歲的真、純、蠢。除了課業，還有學校分派多采
多姿活動，黃衫的生命力蓬勃。

高二是重口味的忙碌，嗆辣的味兒燻得眼淚直掉。一群
小女生窩在宿舍天天膩在一起，從叫起床到搶洗澡與哈欠連
連夜自習，每天一成不變的忙碌充滿驚喜。最後以單調高三
潤喉完成這次茶宴，彷彿無止盡的考試成一味焦焦的清香。
大量灌下這味甘甜，將芳香藏於記憶中，回首要用吹噓過去
光榮的姿勢品茗，回甘。

一路摸索跌撞終於開花成果，語文班國文組的抬頭標籤
是張門票，通往開闊眼界與心胸的識別，在十六、七歲用感
官察覺的風景，用稚嫩的筆記實的生命都將再次豐富。

每一堂專題的豐收，報告創作的焦頭爛額，三年同學團
隊學習讓每個挑戰都是一次漂亮出擊。

語文班三年，亮麗甘美，要用一輩子來消化回憶。

「好懷念語文班的作業和嘉英姐的奪命連環call」，果
然要失去了才知道擁有的美好，特別是當年提筆揮灑感動的
能力。創作是文字創意發想，是感動人心，看到過去美好成
果終能集結成冊。從安胎、養靈感、坐月子到作品順利誕

生，好不容易孵出文字寶寶後，還勞煩嘉英姐照顧檢驗，安排讓作品寶寶們參加各類文學獎幼兒園的考試。

感謝才女同學們創作出一篇篇精彩作品，更感謝嘉英姐辛勞伺候我們這些難產三年的孕婦！

李佳嬑

你在，我在

這是個安靜的世界，可以不管考試分數夠不夠，可以不必想未來到底在哪裡。

有時候我喜歡抽離，讓自己陷入自動導航，試著用空洞的微笑帶過不願面對的一切，當作什麼都沒有發生。習慣催眠自己還在我所習慣的世界，需要使用粗劣的方法讓自己麻痺，不用假裝自己仍然喜歡這裡。

天空在昨天下午突然一片昏灰，雨水像前一夜的淚停不下來，風在尖叫，我在苦笑。奇怪的是，最遙遠最高的天邊卻好亮好亮，像是藏在原礦之間的一大片碎鑽，我喜歡那個顏色，在閃電與雷聲之中是最沉默的色調。果真天空迅速放

晴，今天第一次出現淡藍的天空，和純白淺淡的雲，比早上
起床看到的灰白好上太多。

　　我開始產生厭煩感了，這該是畢業前症候群吧。又開始
回歸那種只為成績悲喜的我，雖然是我自己要求，心裡還是
有些不知名的拉扯與不甘。

　　我失去了我的五采筆，我再也沒辦法把一千字當做基本
消費，我再也寫不出我自己看了會有成就感的文字。至少現
在我做不到了，現在我腦袋裏面只剩下偽南京政府矩陣關係
代名詞土石流公投制度。

　　有一股強烈的悲哀。

　　重閱「當年」寫的這份回顧，很想乾乾脆脆地通通刪掉
了。那個高中的自己，只要留在那裏就好了。

　　大學念的是商管，感覺好像跟高中的自己乾淨地切斷，
空下來的時間變多了，坐下來寫作的時間少了，我花更多時
間在體驗生活，把我不懂的東西都摸透，然後，時間推移了
兩年。

　　偶爾在沒有時間動筆的時候，會懷念每周都有作業的時
光。煩惱的事還是數字，只是從字數統計變成財務報表。
但，還是有些事情沒有變，在某些感覺脆弱的時候，讓我覺
得自己一下子又充滿力量。

　　那個畫面裡，你們都在。

林郁馨

鏡頭切回棚內……

伴著導播手指默比的一、二、三手勢，人聲順著提示牌的「鼓掌歡呼」頓時拔高了起來，像夜總會裡頭轉得目眩的雷射光束打在手足無措的我身上。燈光乍亮，另頭坐著皮笑肉不笑的主持人假意振臂歡呼著，彷彿暗示我「不行就滾蛋」，意識到這點，我驀然振奮起鬥志，耳邊嘮嘮叨叨的介紹詞遠了；觀眾期待又關愛的眼神糊了，眼前只有出題的電腦面版……

2006年8月15日，徨徨然走入太陽神的國度新生報到，8月17日考試鐘響起，眾人魚貫而入，桌前兩張提示卷外加一張作文紙令大家倒抽了一口氣：最喜歡的作家、詩文改寫、古籍新釋，哇～這是什麼題目啊，第一題還算容易，但第二題……詩要怎麼改寫成散文呢？第三題，怎麼改才不會讓人覺得有褻瀆經典的感覺？我搔破了頭皮，結束鈴適時響起，沒寫完的我竟然沒有慌張的神色，反倒被既新鮮又新奇的感覺衝擊。8月18日面試，現在知道當時坐在我面前的一個是精明犀利的嘉英姐，一個是像彌勒佛的曉憶老師。走出來的心情如釋負重，或許是完成的興奮沖昏了頭，搭錯了公車，一番驚心動魄後，才回到了家。

2007年2月，初春駕返，漸漸適應了步調緊湊的語文班生活，習慣接到嘉英姐靈光乍現的作業，對別人欽慕的眼光也免疫了。父母在得知這個語文班並不保證國文滿分後，開

始不諒解的瞪著我埋首在電腦桌前的身影。想把作品做得更好的自我要求，更是把我壓得喘不過氣，太多必學的知識瞬間蜂擁而來，一時之間，吸飽的海綿也有吃不消的時候……

但國文課，其實也是美學課，撿拾凋落的花瓣排字、互相插在髮梢上比美，大夥玩得不亦樂乎，也讓我開了眼界：原來春夏秋冬、二十四節氣都是很生活的，文人篇章裡頌詠的花草，就是每天發生在我們周遭的大自然，用心感受，這些並不是死背的重點，而是生命記實。

2007年，清明連假，得知要去北京的消息那種波瀾乍興的感覺真的只能說：「好銳利的喜悅刺上我心頭」，隨後一堆不可思議的場景發生在我的眼前：在教室辦理護照、臺胞證、繳交旅費，還有行前說明會，直到我提著行李放上輸送帶，整個人坐在經濟艙的座位上，騰空在雲際，才發現夢在這一刻成了現實。而當我想從中抓住點什麼時，一切卻邈然若無物，能做的事似乎只能好好度過當下。

暮色中挾著白楊樹迎接我們的北京，完全是想像中的模樣；洗塵宴的全聚德烤鴨，焦香甘甜，嚼勁一流；位在馬連道茶葉街上的百蓮名仕，有俗豔也有樸拙的一面；兩串酸到心坎的仙楂糖葫蘆，瞬間縮了我的嘴；在寬廣的天安門意外的他鄉遇故知；紫禁城飽蘊的古早宮廷風華，牽動我的思古幽情；北海御膳房的風景如秀麗的江南，菜色精緻可人，只差彈指間黃袍加身的戲碼；萬惡和珅的藏珍之所——恭王府，一窗一寶，鉅富冠天下，藏著御賜「福」字保身碑；景山崇禎自縊皇家花園的歪脖樹；車伕賣力踩踏的胡同剪影；紅劇場迴盪澄澈的童稚吟唱。

　　第一天到海淀，心從醒來的刹那始終是蹦蹦狂跳的，磨磨蹭蹭的我們終於羞澀的與學伴相見歡。第二天上學，與學伴們的互動更加頻繁，蓋也請我吃的紫米米糕，甜滋滋的深入我心。第三天進海淀，拖著熬夜疲憊的身軀，感傷的上完上午的課，貼心的海淀中學下午安排我們到「玉淵潭」公園作爲爲這段美麗交流的末尾。梅花一樹樹開的茂盛，鏡頭下一張張都是帶著不捨的笑顏。此情此景便似李白的「桃花潭水深千尺，不及汪倫送我情」，在一天中最美的時刻，卻是心情最沉重的時候。

　　到北京不上長城非好漢，而埋葬著明朝帝王豪奢的定陵、像台北忠孝東路的王府井大街、頤和園裡覽不盡的驚奇、文風素養的北大、理學堡壘的清大，西單、雅秀、岳秀市場這些是殺價的天堂，以及天子與上蒼說悄悄話的天壇……都在生命裡成為最眞實的永遠。

北市詩朗一等獎Q4、缸怎麼唸？

　　升上高二，一年一度的盛事除了打靶，就是校際詩歌朗誦比賽。潮水似湧來的叮嚀與告誡無非「不可以拿第一名以外的成績，因爲歷屆學姐都是第一名的！」當下其實很反感，連題目都還沒選出來，更沒有開始練習，如何要求來

著？

多少個盤據在圖書館前的夜晚時分，吃著簡單的魯肉飯，黑暗中我們用聲音抵擋一切的力量。現在想想，真苦了住在山區的同學，為了練習，她們得摸黑著上山。比賽那天，是有始以來狀況最佳的時候，鏗鏘有力的「缸」字迴盪在禮堂，詩朗之美，剎那間我懂了。

胡乃文

越深入語文這塊領域之後，要不是深深愛上它，再不就是走到索然無味的那一部分。而我覺得自己是走到了死胡同，還在努力摸索，想走出一條新的路，用別的方式觀賞、接觸文學。

我自認是還不錯的閱讀者，卻是個不及格的書寫者。看到一個好的作品，我會有很多想法；然而若要無中生有地創作，對我而言就是很大的挑戰。文學天生就是隻長了翅膀的鳥，寫作上若多了很多原則與形式，這隻鳥也等於被困在牢籠中。文字的天空很美，但若只能透過籠子的鐵欄杆往外望，只是讓人感嘆罷了。

但文學仍有它的魅力，在語文班的三年中，我感受到了，而且對我而言也很重要。在語文班學到很多分析的技法，如何表達自己的想法，總而言之，就是想法變敏銳，懂得用不同的方式與角度看各種作品……

以前我總是用「感覺」來選書，進語文班後，比較願意看各種類型的作品，透過歸納、分析，讓我的思考更順暢，

進而延伸出一個完整的架構,對於那篇文章也會更了解,不再是散沙式理解。

最喜歡的應該是一般的個人作業。

最恐怖刺激的也是作業……每次回家打開黃衫學園就會看到新的東西,在瀏覽大家的作品之後,除了佩服同學們見招拆招的創意,也得稱讚一下老師源源不絕的idea。這就像閱讀者與作家的關係,作家能用他們豐富的想像力編出一連串精彩的文章,而閱讀者則是剖析、歸納作家的思緒,但再怎麼分析。我覺得作家還是比閱讀者來得更厲害一點,畢竟寫文章是無中生有,但閱讀只是考驗個人理解程度的高低。

語文班享有很多資源,但不管是金錢、心力還是時間,我們都比別人付出更多的努力去栽培這塊園地。

一趟北京,我們看見對岸學生的強大競爭力與優勢,無怪乎他們能以兩三年的腳步追上我們十年的努力。一趟南投之後,我不再那麼排斥小孩,雙龍的小朋友很可愛,也都很聽話。他們的天真單純,南投的山間美景,我們在山上過著簡單,幾近於自力更生的生活,但卻很愉快。而布農族的八部合音,撼動了他們的天神,也感動了我們的心。一趟旅行不只是眼界的開闊,也是心靈地圖的延展,很多感動是難以言喻的,就放在心裡吧,成為最美的,永遠的收藏。

進景美以前,我只是個普通的國中畢業生,但在誤打誤撞進入語文班,被冠上了「語資班學生」的頭銜,但我從不認為自己是資優生,也不想背負這種名號。今天的成果,是往日的汗水與淚水所耕耘出來的,許多事情不是十八歲的人該去經歷,而我們卻都嚐過了。雖然走過很多坎坷的路,但

我仍要感謝師長們給我們的考驗與挑戰，也謝謝他們陪我們
一起走過來。

張簡嘉琳

旅程，始終沒有終止的一天。

時間在指縫間溜走，三年匆匆。

低頭看著熟悉的鍵盤，回想三年前的一指神功。

看著爆滿的資料夾，憶起三年前的空白。

照片部裡有北京的精彩、南投的燦爛，有數不清的歡笑
和淚水，那是屬於我們的回憶。

高三生活，最令人無法忍受，但也最是充實。任憑國文
巨浪猛烈的灌頂，英文細浪無情的勾引，數學夾雜在其中無
止盡騷擾，撐下去。

蕭瑟枝頭拗不過風的哀求，已一片一片的孱弱之姿落
地，我們在景美的生活也告一段落。「落紅不是無情物，化
作春泥更護花」，畢業只是從學生變成校友，我們的心依舊

繫向此處。

高中生活，最終將練就「一簑煙雨任憑生」的生活態度。我揮一揮衣袖，不帶走一片雲彩。

許賓

像夢一樣。

至今依舊是恍恍惚惚，似乎早自夢中甦醒？又或者，是墮入另一個夢域？

三年前在不情願的狀態下考進語文班，當時以為自己會被字音字形摧殘，或是在無數篇文言文中緩緩窒息……然而，一切都非我所想像。

原來文學是這麼一回事──彷彿踏入一個異想奇地，絢麗多采。

散文、小說、新詩、古文、詞、賦、韻文、極短篇……一個個接連出現在這為期三年且名為樂的夢裡。我想起愛麗思踏入的仙境，花朵總是善於說話，時間永遠凝滯的下午茶會，一隻充滿哲理的毛毛蟲，貓咪微笑高掛在森林至高點……滿滿的驚喜，又或是不斷撞見的意外。也許在我的夢裡他們全稱之為靈感。

於是我開始沒有終點的漫遊：寫作與閱讀，聽講與發表，旅行與服務。閱讀是一切的基礎，也許這三年灌注各色填充物的行為能有所幫助，但一切效果都屬未知。寫作不過是將腦中不切實際異樣想法實體化的一種途徑，聽講是一種抽獎行為，永遠也不會知道這次是精采刺激的思想旅行，或

是兩小時令人昏昏欲睡的折磨極刑。發表是一曲虛擬的雙人舞，臆測著文本作者接下來將踏下的步伐並加以回應，所有的聽者更是嚴格評斷落腳處是否存在瑕疵。旅行如沒有邊界的廣袤平原銜接著天。服務悟出了體諒，對於人、對於事、對於那些一直以來存在的偏見與不公平，理性不是絕對，面對問題有時需要感性更多。

於是我漫遊了三年，在一個用文學與經歷交織而成的夢中。如今夢已屆甦醒之時，我正盤算著該讓哪個充滿異想的仙境充滿我的下一個四年。

生活嘛，就像夢一樣。

而我不過是恍惚間踏進一個一作便是三年的夢，然後……

在文字間，開始不斷夢遊。

陳怡帆

大雨，大風。

刮風，傾盆的，雨。

穿著濕透了的上衣，撐著濕透了的雨傘。白色虹橋出現在眼前，快步，加速，衝進雷雨天的椰林。

還記得嗎？那天語資班的口試，雨，一直，一直下。

然後，故事就這樣開始了……

三年就這樣快速低飛而過了，苟延殘喘的我，衝出快被緊閉的門縫。一樣坐在窗邊，但是這是個束身的高塔，下面的世界是充斥著色彩，充滿活力的，樓下奔跑的人影，找不到我了。

關在課業的石牆裡，常被突如其來的戰爭，被拉進壕溝裡。對著無形的百萬大軍進攻，拎著自己被砍下的頭，血淋淋的，腳步絲毫沒有放慢。

陸思妤

總在旅程的一開始抱著偉大又閃亮的夢想。

三年，六個學期，無數個定格塞滿畫面，原本的劇本被打亂。

慢慢地接近終點，美夢開始縮小，被稀釋，漸漸地，

妳的夢或許只是拉著她們的手，看著午後狂風暴雨下模糊迷人的彩虹。

校園的青綠草味，殘破的跑道，我們打暴力籃球的球框，勵學樓漫長的樓梯間，大風吹的高級涼亭椅，躲教官的陰暗轉角，福利社熱狗堡的撲鼻香，圖書館前的一口缸，烈陽底下妳們發光的模樣，都是就算我窮途潦倒，快要餓死也不會拿出來變賣的寶藏。

妳們一定不是全校最美的女生，也一定不是最令男生流

口水的窈窕長腿美眉，更不會成為大大小小考試的榜首。可是，妳們就是我深深喜歡的女生，最熱血瘋狂的夥伴，最溫暖人心的好朋友。

賴怡安

原本一趟無心的旅程，在回首的時刻竟像是事先計畫的一般，而我竟也有驚無險地通過每一個考驗——這不是個適合回憶的夜晚，但我無法克制自己去想、去翻閱。這三年間所表示及演繹的每一個結論，以及我所下的每一個註解：總是帶點哀怨的，總是帶點刻意的……剝離，蓄意養成一種不俐落的瀟灑，亦即許多賣弄修辭文法的華美面具。

拿出了課本與題目，卻拿不出唸書的心情。

命運的每個環節與安排都有它的意義，我想這就是我為何在這裡的緣故，是命運之神給我許多考驗，並把我帶到這裡。也許我的形體沒有多大的變化這張牢固的書桌仍然健在我的心靈已有所不同，我總覺得我能克服更多的困難了，比起懵懂的當時，對人心也更有體會，對於世事的變化能有更多變、彈性且寬容的看法，雖然談不上洞悉，但也說能觸摸人的靈魂了。

曾馨儀

年紀漸增後回顧自己的文章，總有點陌生。
過往的單純與無知，標明了不可逆的轉變。

蘇庭

高三寫的回顧不見了，於是這回顧便成了真正的回顧——在大學回顧自己的高中時期。

儘管脫離高中並沒有太久，然而那段時光卻彷彿離我相當遙遠。重新品嘗高中的文章，文筆間難以脫離的稚氣，想笑，同時也有些難受。短短兩年不到，我的筆多了理論批判，少了文藝美感；增添了社會的圓潤和未來的迷惘，缺乏了固執的堅持與狂妄的傲氣。

我想，這就是青春年少的軌跡。

國家圖書館出版品預行編目(CIP)資料

意識‧20/陳嘉英編著. -- 初版. - 臺北市：萬卷樓, 2010.02

面；　公分

ISBN 978-957-739-670-9 (平裝)

830.86　　　　　　　　　　　　　　　99001097

意識‧20

ISBN 978-957-739-670-9

2011 年 5 月初版 平裝　　　　　　　　　　定價：新台幣 420 元

編　　著	陳嘉英	出　版　者	萬卷樓圖書股份有限公司
發 行 人	陳滿銘	編輯部地址	106 臺北市羅斯福路二段 41 號 9
總 編 輯	陳滿銘		樓之 4
副總編輯	張晏瑞	電話	02-23216565
校　　對	林秋芬	傳真	02-23218698
封面設計	耶麗米	電郵	wanjuan@seed.net.tw
		發行所地址	106 臺北市羅斯福路二段 41 號 6
			樓之 3
		電話	02-23216565
		傳真	02-23944113
		印　刷　者	晟齊實業有限公司

版權所有‧翻印必究　　　　　新聞局出版事業登記證局版臺業字第 5655 號

如有缺頁、破損、倒裝請寄　網路書店　www.wanjuan.com.tw

回更換　　　　　　　　　　劃撥帳號　15624015